HEYNE BÜCHER

SCIENCE FICTION

Herausgegeben
von Wolfgang Jeschke

CONAN-SAGA

Die Bände in chronologischer Reihenfolge*

Conan (Conan) · 06/3202
Conan und der Zauberer (Conan and the Sorcerer)
Conan der Söldner (Conan the Mercenary)
Conan und das Schwert von Skelos (Conan and the Sword of Skelos)
Conan und der Spinnengott (Conan and the Spider God)
Conan von Cimmerien (Conan of Cimmeria) · 06/3206
Conan der Rebell (Conan the Rebel)
Conan der Pirat (Conan the Freebooter) · 06/3210
Conan und die Straße der Könige (Conan, the Road of Kings)
Conan der Wanderer (Conan the Wanderer) · 06/3236
Conan der Abenteurer (Conan the Adventurer) · 06/3245
Conan der Freibeuter (Conan the Buccaneer)
Conan der Krieger (Conan the Warrior) · 06/3258
Conan der Schwertkämpfer (Conan the Swordsman) · 06/3895
Conan der Thronräuber (Conan the Usurper) · 06/3263
Conan der Befreier (Conan the Liberator) · 06/3909
Conan der Eroberer (Conan the Conqueror) · 06/3275
Conan der Rächer (Conan the Avenger)
Conan von Aquilonien (Conan of Aquilonia)
Conan von den Inseln (Conan of the Isles)
Conan der Barbar (Conan the Barbarian) · 06/3889

* Die einzelnen Bände der Sage von Conan dem Cimmerier sind nur schwer in eine chronologische Reihenfolge zu bringen, die einigermaßen logisch dem Hintereinander der Abenteuer des Helden gerecht wird, denn gerade die Autoren, die relativ spät ihre Beiträge zu der Saga schrieben, wie Offut und Anderson, siedeln ihre Stoffe relativ früh im Leben Conans an, indem sie an Abenteuer anknüpfen, die Howard noch selbst schrieb, bzw. Episoden aufgreifen, die Howard nur andeutete. Aus vielerlei Gründen ist es auch uns leider nicht möglich, die Bände in dieser »chronologisch« geordneten Reihenfolge erscheinen zu lassen. Das sollte dem Lesevergnügen aber keinen Abbruch tun, denn jeder Band ist völlig in sich abgeschlossen. Ausführliches Kartenmaterial und verbindende Texte erleichtern jederzeit die Orientierung im Gesamtwerk.

LYON SPRAGUE DE CAMP
LIN CARTER

Conan
der Befreier

16. Band der Conan-Saga

Ungekürzte, illustrierte und mit
Karten versehene deutsche Erstausgabe

WILHELM HEYNE VERLAG
MÜNCHEN

HEYNE-BUCH Nr. 06/3909
im Wilhelm Heyne Verlag, München

Titel der amerikanischen Originalausgabe
CONAN THE LIBERATOR
Deutsche Übersetzung von Lore Strassl
Die Karten zeichnete Erhard Ringer
Die Illustrationen sind von Klaus D. Schiemann

2. Auflage

Redaktion: F. Stanya

Printed in Germany 1982
Umschlagbild: Neue Constantin Film
Umschlaggestaltung: Atelier Heinrichs & Schütz, München
Satz: Schaber, Wels/Österreich
Druck: Presse-Druck Augsburg
Bindung: Grimm + Bleicher, München

ISBN 3-453-30825-5

Die Hyborische Welt Conans

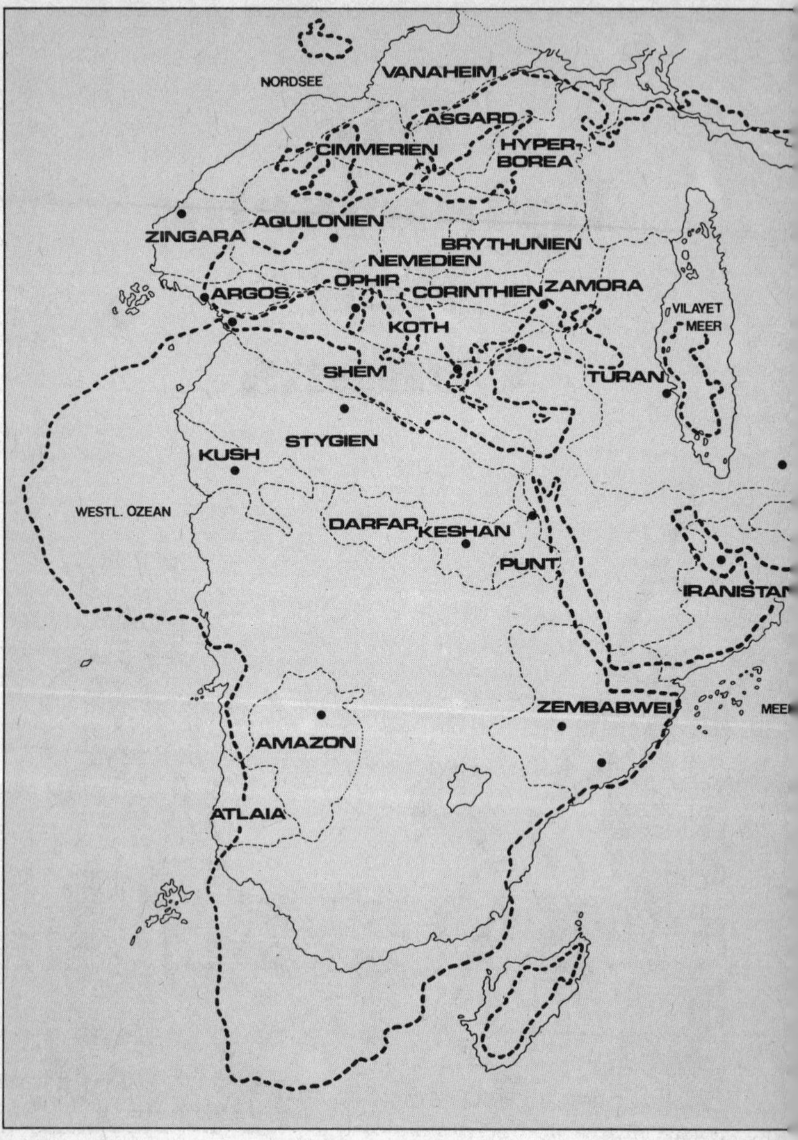
NORDSEE
VANAHEIM
ASGARD
CIMMERIEN
HYPER-
BOREA
AQUILONIEN
ZINGARA
BRYTHUNIEN
NEMEDIEN
OPHIR
ARGOS
CORINTHIEN
ZAMORA
VILAYET
MEER
KOTH
SHEM
TURAN
STYGIEN
KUSH
WESTL. OZEAN
DARFAR
KESHAN
PUNT
IRANISTAN
ZEMBABWEI
MEER
AMAZON
ATLAIA

KHITAI
KUSAN
MEER VON KHITAI
ÖSTLICHER OZEAN
MERU
UTTARA KURU
VENDHYEN
KAMBUJA
MEER VON LEMURIA
DHYA
MEER VON MU
MU
SÜDLICHER OZEAN

Inhalt

Einleitung

Conan, der Cimmerier, Held der Helden, war das geistige Kind Robert Ervin Howards (1906—1936). Howard war ein ziemlich aktiver Pulp*-Autor, und seine Karriere fiel mit der größten Verbreitung des Pulp-Magazins zusammen. Es gab Dutzende dieser regelmäßig erscheinenden Zeitschriften, alle im gleichen Format (etwa 25½ × 15 cm) und auf gräulichem ungeleimten Papier gedruckt. Diese Magazine verschwanden mit Ausnahme einiger weniger, die zwar noch den gleichen Namen tragen, doch ein anderes Format benutzen.

Während des kurzen Jahrzehnts seiner Schriftsteller-Karriere schrieb Howard Fantasy, Science Fiction, Wildwest-, Sport-, Kriminalgeschichten und orientalische Abenteuer-Stories, sowie eine große Anzahl Gedichte. Aber von all seinen Helden fand Conan der Cimmerier am meisten Anklang. Im Genre der Fantasyliteratur ist Howards Werk, dank der Conan-Stories, gleich nach J. R. R. Tolkien das auflagenstärkste.

Howard, der in Peaster, Texas, geboren wurde, verbrachte sein ganzes kurzes Leben in diesem Staat, abgesehen von ein paar kurzen Besuchen in den benachbarten Bundesstaaten und in Mexiko. Sein Vater war Landarzt aus Arkansas, ein Mann von schroffem, herrischem Wesen. Er hatte einen guten Ruf als tüchtiger Arzt. Robert Howards Mutter, die in Dallas, Texas, geboren war, hielt sich für

* Pulps waren die amerikanische Version des Groschenhefts, so genannt nach der schlechten Papierqualität, die dafür verwendet wurde.

gesellschaftlich über ihrem Mann stehend und darüber hinaus auch über alle in Cross Plains, wo die Familie sich 1919 niederließ.

Beide Elternteile, doch vor allem die Mutter, waren ihrem einzigen Kind gegenüber sehr besitzergreifend. Im Kindesalter hütete seine Mutter Robert wie eine Glucke und entschied, mit wem er Freundschaft schließen durfte und mit wem nicht. Als er erwachsen war, schritt sie ein, wenn er sich für ein Mädchen zu interessieren begann. In seinen letzten beiden Lebensjahren gelang es ihm schließlich doch, eine junge Lehrerin zu hofieren. Robert wuchs in fast sklavischer Ergebenheit zu seiner häufig kranken Mutter auf. Nachdem er sich ein Auto gekauft hatte, nahm er sie immer wieder zu längeren Ausflügen durch Texas mit.

Als kleiner Junge war Robert schwächlich und wurde von Stärkeren herumgestoßen, aber er wuchs zu einem großen, kräftigen Burschen heran. Er wog mehr als neunzig Kilo, der größte Teil davon Muskeln. Durch Boxtraining und Gewichtheben hielt er sich in Form. Sein Lieblingssport, sowohl als Zuschauer als auch aktiv, war das Boxen. Trotz seines athletischen Aussehens war Robert Howard ein Bücherwurm. Als schneller, allesverschlingender Leser schaffte er eine ganze Regalreihe der Stadtbibliothek in wenigen Stunden.

Schon als Jugendlicher beschloß er, Schriftsteller zu werden. 1928, nachdem er ein Jahr Wahlfächer in der Howard Payne Academy in Brownwood besucht hatte, erklärte sein Vater sich einverstanden, daß er ein Jahr lang sein Glück mit freiberuflichem Schreiben versuchen dürfe, ehe er Druck auf ihn auszuüben gedachte, einen herkömmlicheren Beruf zu ergreifen. Nach Ablauf dieser Frist waren seine Erfolge, wenn auch bescheiden, so doch vielversprechend genug, daß seine Familie ihm gestattete, seiner Neigung zu folgen.

Robert hing sehr schwankenden Stimmungen nach. In einem Augenblick war er geistreich, charmant und von fesselnder Gesprächigkeit, und schon im nächsten niedergeschlagen, verzweifelt und verschlossen. Der Gedanke an den Freitod wurde im Lauf der Zeit zur Besessenheit. Gelegentliche Bemerkungen und Andeutungen gegenüber seinen Eltern und einigen Freunden wiesen darauf hin, daß er beabsichtigte, seine Mutter nicht zu überleben. Doch niemand nahm diese verschleierten Äußerungen ernst.

1936 war Robert Howard einer der führenden Pulp-Autoren mit einem besseren Verdienst als jeder andere Bürger in Cross Plains. Er erfreute sich bester Gesundheit, hatte einen Beruf, der ihm Spaß machte, ein angemessenes Vermögen, einen wachsenden Kreis von Freunden und Bewunderern, und eine vielversprechende schriftstellerische Zukunft. Aber seine Mutter litt unheilbar an Tuberkulose. Als er erfuhr, daß sie im Koma lag und nicht mehr daraus erwachen würde, stieg er in seinen Wagen und schoß sich eine Kugel in den Kopf.

Von 1926 bis 1930 schrieb Robert Howard eine Reihe von Fantasy-Stories um einen Helden namens Kull, einem Barbaren aus dem versunkenen Atlantis, der zum König eines Festlandreichs wurde. Howard hatte mit diesen Geschichten keinen übermäßigen Erfolg. Von den neun fertiggestellten Kull-Stories konnte er nur drei verkaufen. Sie erschienen in WEIRD TALES, einem Fantasy und Science Fiction Magazin, das von 1923 bis 1954 herausgegeben wurde. Obgleich das Honorar niedrig war und die Bezahlung häufig lang auf sich warten ließ, erwies WEIRD TALES sich doch als Howards zuverlässigster Abnehmer.

1932, nachdem die unverkauften Kull-Geschichten schon einige Zeit in dem Koffer verstaubten, den Howard als Aktenablage benutzte, schrieb er eine davon um. Er änderte den Namen des Helden in CONAN um und fügte der Handlung ein übernatürliches Element hinzu. THE PHOENIX ON THE SWORD (Im Zeichen des Phönix) wurde im Dezember 1932 in WEIRD TALES veröffentlicht. Die Story fand sofort Anklang, und mehrere Jahre lang verbrachte Howard den größten Teil seiner Arbeitszeit damit, weitere Conan-Abenteuer zu schreiben. Achtzehn dieser Stories erschienen noch zu Lebzeiten Howards, andere wurden entweder abgelehnt oder blieben unvollendet. In einigen seiner letzten Briefe erwähnte Robert, daß er überlege, ob er Conan nicht fallenlassen und nur noch Western-Romane schreiben solle.

Conan war sowohl eine Weiterentwicklung König Kulls, als auch eine Idealisierung seines, Robert Howards, Selbst — eine Vorstellung Howards, wie er gern gewesen wäre. Howard verherrlichte die Barbaren und das Barbarentum, genau wie Rudyard Kipling, Jack London und Edgar Rice Burroughs, die alle Robert E. Howard beeinflußten. Conan ist der rauhe, zähe, wurzellose, gewalttätige, weitgereiste, sorglose Abenteurer, stark, von kräftiger, großer Statur, so wie Howard — dessen Leben ruhig verlief, und der eher zurückgezogen und introvertiert war — sich selbst gern vorstellte. Conan vereint die Charakterzüge des texanischen Grenzerhelden Bigfoot Wallace mit Burroughs Tarzan und A. D. Howden Smiths Wikinger Swain, gewürzt mit einer Prise von Howards eigener düsteren Launenhaftigkeit.

Howard schrieb in einem Brief an H. P. Lovecraft: »Conan ist fertig aus dem Nichts gestiegen und trieb mich dazu, die Saga seiner Abenteuer niederzuschreiben . . . Er ist ganz einfach die Verschmelzung mehrerer Männer, die ich kannte — Boxer, Revolverhelden, Alkoholschmuggler, Vormänner auf den Ölfeldern, Glücksspieler und hart arbeitende Männer. Sie alle zusammengenommen ergaben den Abenteurer, den ich Conan den Cimmerier nenne.«

Nach Howards Tod wurden mehrere seiner Stories postum in den Pulp-Magazinen veröffentlicht. Dann machte die Papierknappheit des Zweiten Weltkriegs den Pulps ein Ende, und die Conan-Geschichten gerieten, außer bei einem kleinen Kreis von Enthusiasten, in Vergessenheit. In den fünfziger Jahren veröffentlichte ein New Yorker Verleger die Conan-Stories in geringer Auflage in Buchform.

Ich bekam mit der ganzen Sache zu tun, als ich bei einem New Yorker Literaturagenten einiges noch unveröffentlichtes Howard-Material fand, das ich zur Herausgabe in dieser Serie überarbeitete. Zehn Jahre später sorgte ich für eine Taschenbuchausgabe der gesamten Reihe, einschließlich einiger neuer Conan-Abenteuer, die ich in Zusammenarbeit mit meinen Kollegen Lin Carter und Björn Nyberg schrieb. Jahrelang bemühten wir uns, unseren Stil dem Howards anzupassen — mit welchem Erfolg, das muß der Leser selbst beurteilen.

Dem vorliegenden Roman, bei dem meine Frau, Catherine Crook de Camp, uns bei der Ausarbeitung eine große Hilfe war, werden noch weitere folgen.

Inzwischen ist es Glenn Lord, dem Literaturagenten der Howard-Erben, durch hartnäckige Nachforschungen gelungen, den Koffer mit Howards Material aufzuspüren, der nach seinem Tod verschwunden war. Diese Fundgrube enthielt weitere Conan-Stories und -Fragmente. Auch sie wurden in diese Serie einbezogen. Die unvollendeten Geschichten schrieben Lin Carter und ich fertig. Glenn Lord sorgte auch für die Veröffentlichung Dutzender von Howards anderen Stories, die nichts mit Conan zu tun hatten. Manche waren bereits in Pulps erschienen, weitere noch nie herausgegeben worden. Nun, da Howards Erfolg überwältigend ist, bedauern die, die sich für sein Werk eingesetzt und es fortgesetzt haben, doch sehr, daß Howard ihn nicht mehr selbst erleben konnte.

Es gibt mehrere Erklärungen für das ungewöhnliche Anwachsen von Howards postumer Beliebtheit. Manche schreiben sie dem Zeitgeist zu. Viele Leser wurden der Antihelden müde, der stark subjektiven psychologischen Stories und der Betonung gesellschaftlich-wirtschaftlicher Probleme, von denen ein großer Teil der Romane in den fünfziger und sechziger Jahren geprägt war. Eine Weile sah es ganz so aus, als wäre die Fantasy dem Zeitalter der Technik zum Opfer gefallen, doch der Erfolg von Tolkiens dreibändigem THE LORD OF THE RINGS (Der Herr der Ringe) deutete darauf hin, daß die Fantasy wieder aufblühte. Die Conan-Stories waren unter den ersten dieses Genres, die davon profitierten, und seit ihrer Neuauflage folgten viele Autoren ihren Fußstapfen.

Das Verdienst für diesen Erfolg gebührt natürlich vor allem Howards Fähigkeit als Autor. Er war der geborene Geschichtenerzähler, und das ist die *sine qua non* des Story-Schreibens. Mit dieser Begabung können dem Autor viele Fehler verziehen werden, ohne sie jedoch machen keine anderen Tugenden den Mangel wett.

Obgleich Howard Autodidakt war, fand er doch zu einem bemerkenswerten, ausgeprägten Stil — er war straff, farbig, rhythmisch und ausdrucksvoll. Er benutzte Adjektive sparsam und erreichte seine Effekte durch Verwendung von wirkungsvollen Verben und großartigen Darstellungen, wie sich gut aus einem Ausschnitt der NEMEDISCHEN CHRONIK erkennen läßt: »*Wisse, o Prinz, daß es zwischen den Jahren, da die Meere Atlantis verschlangen und die prunkvollen Städte, ein Zeitalter gab, wie es selbst die kühnsten Träume kaum zu zeichnen vermögen. Prächtige Königreiche breiteten sich über die Erde wie blaue Schleier unter den Sternen aus . . .*« Durch Howards blutvolle Phantasie, seine einfallsreiche Handlung, den fesselnden Stil, seinen erzählerischen Schwung und die Intensität, mit der er sich in seine

Helden versetzt, werden selbst seine trivialsten Stories — seine Boxer- und Western-Geschichten — zu einem Lesevergnügen.

Die etwa fünfzig Conan-Stories, die bisher veröffentlicht wurden, erzählen des Cimmeriers Leben von seiner Jugend bis zum Greisenalter. Als Szenerie, über die sein Held mit dem Schwert in der Hand dahinschreiten konnte, erfand Howard ein Hyborisches Zeitalter, das vor etwa zwölftausend Jahren, mit dem Untergang von Atlantis, begann und bis zum Anfang der Geschichtsschreibung dauerte. Er ging davon aus, daß die Aufzeichnungen dieser Ära, mit Ausnahme weniger Fragmente, die später als Mythen und Legenden ausgelegt wurden, durch Invasionen der Barbaren und durch Naturkatastrophen vernichtet wurden. Er versicherte seinen Lesern, daß es sich dabei um eine rein erfundene Ära handelt, die nicht als ernsthafte Theorie über die Vorgeschichte gewertet werden dürfe.

Im Hyborischen Zeitalter funktionierte die Zauberei, und übernatürliche Wesen wandelten über die Erde. Der westliche Teil des Hauptkontinents — dessen Umrisse sich beträchtlich von denen einer neuzeitlichen Karte unterscheiden — war in eine Anzahl von Ländern aufgeteilt, die ihre Vorbilder in verschiedenen Bereichen des wirklichen Altertums und Mittelalters hatten. So gleicht Aquilonien gewissermaßen dem Frankreich des Mittelalters, mit Poitain als seine Provence; Zingara ähnelt Spanien; Asgard und Vanaheim sind das Skandinavien der Wikinger; Shem mit seinen befehdeten Stadtstaaten erinnert an den Nahen Osten der Antike; während Stygien eine erfundene Version des alten Ägyptens ist.

Conan ist in Cimmerien geboren, einem düsteren, wolkenverhangenen Gebirgsland im Norden, dessen Menschen die Urkelten sind. Conan (sein Name ist keltisch) kommt als

Jugendlicher in das östliche Königreich Zamora, dort betätigt er sich mehrere Jahre lang als Dieb. Danach verdingt er sich als Söldner, zuerst im Orient, in Turan, dann in mehreren hyborischen Königreichen. Als er sich gezwungen sieht, von Argos zu fliehen, wird er Pirat an der Küste von Kush, an der Seite einer shemitischen Piratin, mit einer Mannschaft schwarzer Korsaren.

Später kämpft Conan als Söldner in verschiedenen Ländern. Er erlebt Abenteuer unter den nomadischen Kozakis der östlichen Steppen, und den Piraten der Vilayetsee, der größeren Vorgängerin des Kaspischen Meeres. Er wird Anführer eines Stammes in den Himelanischen Bergen; Mitherrscher einer Wüstenstadt südlich von Stygien; Pirat der Barachaninseln; und Kapitän eines Schiffes zingaranischer Freibeuter.

Schließlich nimmt er in Aquilonien den Söldnerberuf wieder auf. Aquilonien ist das mächtigste der hyborischen Königreiche. Er besiegt die wilden Pikten an der Westgrenze, steigt zum General auf, ist jedoch gezwungen zu fliehen, da der lasterhafte König Numedides auf ihn eifersüchtig ist und ihn ermorden lassen will.

Nach weiteren Abenteuern wird Conan (er ist jetzt etwa vierzig) von der Küste des Piktenlands durch ein Schiff mit den Anführern einer Revolte gegen die tyrannische und exzentrische Herrschaft Numedides befreit. Diese Männer haben Conan als Oberbefehlshaber für die noch aufzustellende Rebellenarmee auserwählt, und damit beginnt der vorliegende Roman.

Villanova, Pennsylvania — *L. Sprague de Camp*
Juli 1978

Conan der Befreier

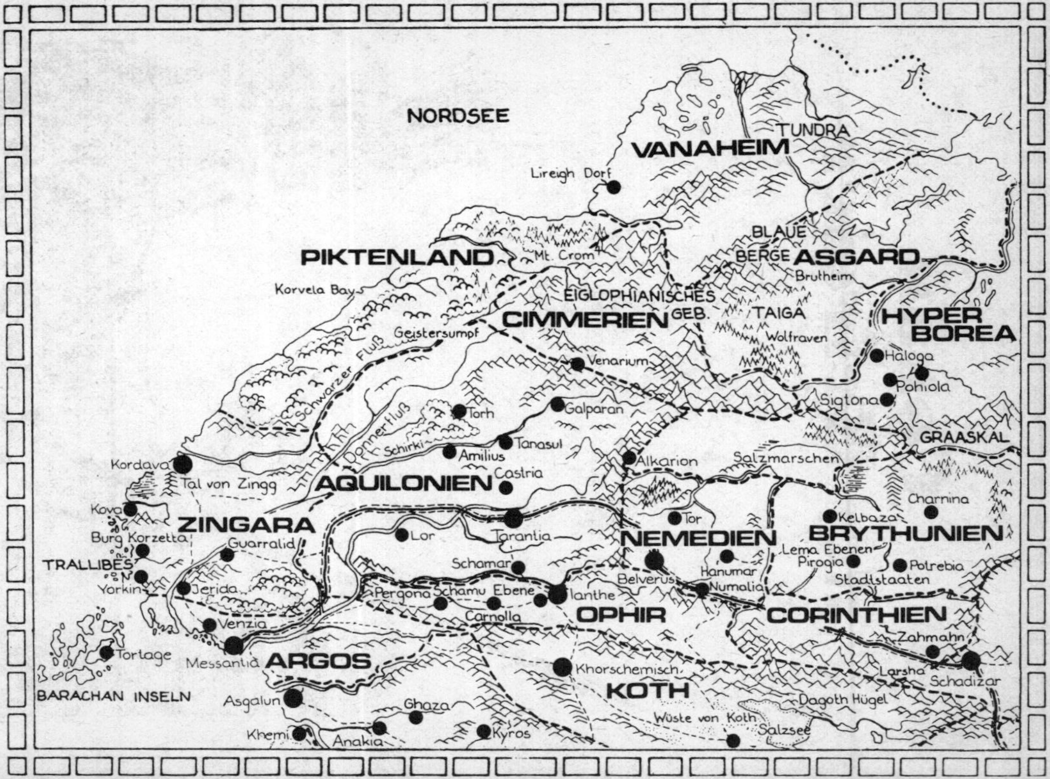
NORDSEE
VANAHEIM
TUNDRA
Lireigh Dorf
PIKTENLAND
Mt. Crom
BLAUE
BERGE
ASGARD
Brutheim
Korvela Bay
EIGLOPHIANISCHES
GEB.
CIMMERIEN
TAIGA
HYPER
BOREA
Geistersumpf
Wolfraven
Haloga
Venarium
Pohiola
Schwarzer Fluß
Sigtona
Torh
Galparan
Donnerfluß
GRAASKAL
Schirki
Tanasul
Kordava
Amilius
Alkarion
Salzmarschen
Castria
Tal von Zingg
AQUILONIEN
Charnina
Kova
Kelbaza
Tor
ZINGARA
Tarantia
Lor
NEMEDIEN
BRYTHUNIEN
Burg Korzetta
Guarralid
Lema Ebenen
TRALLIBES
Schamar
Hanumar
Pirogia
Potrebia
Belverus
Yorkin
Jerida
Pergona
Schamu Ebene
Ianthe
Numalia
Stadtstaaten
Carnolla
OPHIR
CORINTHIEN
Venzia
Zahmahn
Tortage
Messantia
ARGOS
Khorschemisch
Larsha
Schadizar
BARACHAN INSELN
KOTH
Asgalun
Dagoth Hügel
Ghaza
Wüste von Koth
Salzsee
Khemi
Anakia
Kyros

1

WENN DER WAHNSINN DIE KRONE TRÄGT

Die Nacht schwebte auf schwarzen Schleierflügeln über den schlanken Türmen der Königsstadt Tarantia. In den stillen Straßen brannten Laternen wie die Augen von Raubtieren in der Wildnis. Wenige nur wagten sich in einer Nacht wie dieser aus dem Haus, obgleich die nebelverhangene Dunkelheit mit dem würzigen Duft des Frühlings geschwängert war. Jene, die aus zwingenden Gründen unterwegs waren, schlichen verstohlen wie Diebe durch die Stadt und zuckten bei jedem Schatten zusammen.

Auf der Akropolis, um die herum sich die Altstadt ausbreitete, hob der Palast vieler Könige seine Zinnen zu den bleichen Sternen empor. Dieses burgähnliche Kapitol kauerte wie ein phantastisches Ungeheuer längst vergangener Zeiten auf seiner Erhebung und schaute finster auf die Mauern der Außenstadt, deren mächtige Quader es gefangenhielten.

Schweigen lastete dick wie der Staub in modrigen stygischen Grüften in den prunkvollen Gemächern und der Marmorhalle des düsteren Palasts. Die Diener und Pagen verkrochen sich hinter verschlossenen Türen. Niemand, außer der königlichen Leibgarde schritt durch die langen Korridore und stieg die geschwungenen Treppenaufgänge empor oder hinab. Selbst diese kampferprobten Veteranen scheuten davor zurück, allzu genau in den Schatten nach dem Rechten zu sehen, und auch sie zuckten bei jedem unerwarteten Geräusch zusammen.

Zwei Wachen standen reglos vor einem Eingang mit schweren Behängen aus purpurnem Brokat. Sie erstarrten, und Blässe überzog ihre Gesichter, als ein gespenstischer, unterdrückter Schrei aus den Gemächern hinter dieser Tür zu ihnen drang. Ein dünner, mitleiderregender Schmerzensschrei war es, der sich wie eine Nadel aus Eis in die tapferen Herzen der Gardesoldaten bohrte.

»Mitra beschütze uns!« preßte der Posten rechts der Tür durch bleiche Lippen.

Sein Kamerad schwieg, aber sein heftig pochendes Herz hallte diesen inbrünstigen Wunsch wider und fügte hinzu: Mitra beschütze uns alle, und das Land dazu.

Denn es gab ein Sprichwort in Aquilonien, dem stolzesten Königreich der hyborischen Welt: »Die Tapfersten fürchten sich, wenn der Wahnsinn die Krone trägt.« Und der König von Aquilonien war vom Wahnsinn besessen.

Numedides hieß er. Er war Neffe und Thronfolger Vilerus III. und Sproß eines alten Herrschergeschlechts. Seit sechs Jahren stöhnte das Königreich unter seiner drückenden Hand. Abergläubisch, uneinsichtig, genußsüchtig und grausam war Numedides. Doch bisher waren seine Laster lediglich die eines königlichen Wollüstlings gewesen, dessen Appetit nach weicher Weiblichkeit, dem scharfen Knall der Peitsche und dem Gestammel kriecherischer Bittsteller schier unersättlich war. Eine Zeitlang hatte Numedides sich damit zufriedengegeben, seine Minister das Volk in seinem Namen regieren zu lassen, während er in den sinnlichen Lüsten seines Harems und der Folterkammer schwelgte.

All das hatte sich seit der Ankunft Thulandra Thuus geändert. Wer er war, dieser hagere, dunkle Mann voller Geheimnisse, vermochte niemand zu sagen. Auch wußte keiner, von wo aus dem rätselvollen Osten er nach Aquilonien gekommen war, noch weshalb.

Manche raunten, er sei ein Hexer aus dem nebelverschleierten Land Hyperborea; andere, er sei unter den von Geistern heimgesuchten, zerfallenen Palästen Stygiens oder Shems hervorgekrochen. Einige glaubten sogar, er sei ein Vendhyaner, wie sein Name — wenn es wirklich sein Name war — schließen ließ. Vielfältig waren die Mutmaßungen, doch die Wahrheit kannte keiner.

Seit mehr als einem Jahr lebte Thulandra Thuu bereits im Palast und genoß die Freigebigkeit des Königs und die Macht und Vorrechte eines Günstlings. Manche munkelten, er sei ein Philosoph, ein Alchimist, der versuche, Eisen in Gold umzuwandeln oder ein Allheilmittel zusammenzubrauen. Andere schimpften ihn einen Zauberer, der sich der Schwarzen Kunst verschrieben hatte. Einige der weniger abergläubischen Edlen hielten ihn für nichts weiter als einen klugen Scharlatan, der auf Macht aus war.

Doch wie verschieden auch die Meinungen waren, niemand bezweifelte, daß er den König in seinen verhängnisvollen Bann geschlagen hatte. Ob es nun seine angebliche Beherrschung der Alchimie war, die die Habgier des Königs erweckt hatte, oder ob der finstere Thulandra Thuu tatsächlich einen Zauber über den Monarchen verhängt hatte, das wußte niemand mit Sicherheit. Aber es war offensichtlich, daß nicht Numedides, sondern Thulandra Thuu auf dem Rubinthron herrschte. Was ihm gerade in den Sinn kam, wurde Gesetz. Selbst der Kanzler, Vibius Latro, war angewiesen worden, Thulandras Befehle auszuführen, als kämen sie vom König persönlich.

Inzwischen benahm der König sich immer merkwürdiger. Er ließ die Goldmünzen aus seiner Schatzkammer schmelzen und zu Abbildern seiner selbst formen und sie mit Edelsteinen verzieren. Und oft unterhielt er sich laut mit den blühenden Bäumen und auf ihren Stengeln nickenden Blumen entlang der Wege seiner Lustgärten. Wehe dem Königreich, dessen Herrscher vom Irrsinn besessen ist — und noch schlimmer, wenn dieser Wahnsinnige die Marionette eines verschlagenen und skrupellosen Günstlings ist, gleichgültig, ob es sich bei ihm um einen echten Hexer oder einen gerissenen Scharlatan handelt.

Hinter den Brokatbehängen der bewachten Tür befand sich ein Gemach, dessen Wände mit mystischem Purpur bedeckt waren. Ein grauenvolles Bild bot sich hier dem Betrachter.

In einem durchscheinenden Sarkophag aus Alabaster ruhte der König wie in tiefstem Schlummer. Sein feister Körper war unbekleidet. Selbst in der entspannten Haltung verriet er ein Leben des Überflusses und der Bequemlichkeit. Seine Haut war fleckig, seine feuchten Lippen hingen schlaff hinab, dicke Tränensäcke falteten sich unter den Augen. Der unförmige Leib quoll krötengleich und abscheuerregend über den Rand des Sarges.

An den Fußgelenken gebunden hing ein nacktes, zwölfjähriges Mädchen mit dem Kopf nach unten über dem Sarkophag. Ihr zartes Fleisch wies die Spuren grausamer Mißhandlung auf. Ihr langes aschblondes Haar war voller Blut. Die Folterinstrumente lagen jetzt zwischen der herabbrennenden Glut in einem kupfernen Feuerbecken neben einem thronähnlichen Sessel aus schwarzem Eisen, das mit mystischen Zeichen in schwachglänzendem Silber durchzogen war.

Man hatte das Mädchen getötet wie ein Opfertier, und in dem frischen Blut badete König Numedides.

Zur Beleuchtung des Inhalts standen in einer exakten Ellipse neunzehn dicke Kerzen um den Sarkophag, jede so hoch wie ein halbwüchsiger Knabe. Diese Kerzen, so munkelte man im Palast, waren aus Talg von menschlichen Leichen gegossen, doch keiner wußte, woher sie stammten.

Auf dem schwarzen Eisenthron brütete Thulandra Thuu

vor sich hin. Er war ein Mann von asketischer Gestalt und offenbar mittleren Alters. Sein von einem rötlichen Goldstreifen, in Form von ineinanderverschlungenen Schlangen, zusammengehaltenes Haar war silbergrau. Die kalten Augen unter den dicken Lidern erinnerten ebenfalls an Schlangen. Seine Miene war die eines Philosophen, doch der harte, stiere Blick verriet den Fanatiker.

Die Knochen seines schmalen Gesichts waren wie von einem Künstler geformt. Seine Haut war dunkel wie Teakholz. Ab und zu benetzte er die dünnen Lippen mit flinker, spitzer Zunge. Der hagere Leib war großzügig mit Seidenbrokat umwickelt, der eine Schulter unbedeckt ließ, aber auch die dürren Arme einhüllte.

In unregelmäßigen Abständen hob er den Blick von dem alten, mit Pythonhaut gebundenem Buch, das auf seinem Schoß lag, und schaute nachdenklich auf den Alabastersarg, in dem der aufgedunsene Leib König Numedides' in seinem Bad aus Jungfrauenblut ruhte. Stirnrunzelnd widmete er sich danach wieder den Seiten seines Buches. Das Pergament dieses umfangreichen Werkes war mit feiner Hand in einer Sprache vollgekritzelt, die selbst die Gelehrten des Westens nicht kannten. Zeile um Zeile verschlungener, schräger Buchstaben marschierten wie Soldaten in Reih und Glied die Seiten hinab. Viele der Hieroglyphen waren in grüner, roter oder blauer Tinte gezeichnet, die die Zeit nicht zu bleichen vermocht hatte.

Auf einem Tischchen in der Nähe schlug eine Wasseruhr aus Gold und Kristall die Stunde mit silbrigem Klang. Thulandra Thuu schaute erneut, etwas länger diesmal, in den Sarkophag. Die zusammengepreßten Lippen und der düstere Gesichtsausdruck verrieten auch ohne Worte das Mißlingen seines Versuchs. Das helle Rot des Blutes verdunkelte sich, Schaum überzog die Oberfläche, als die Wirkung der allmählich abkühlenden Flüssigkeit nachließ.

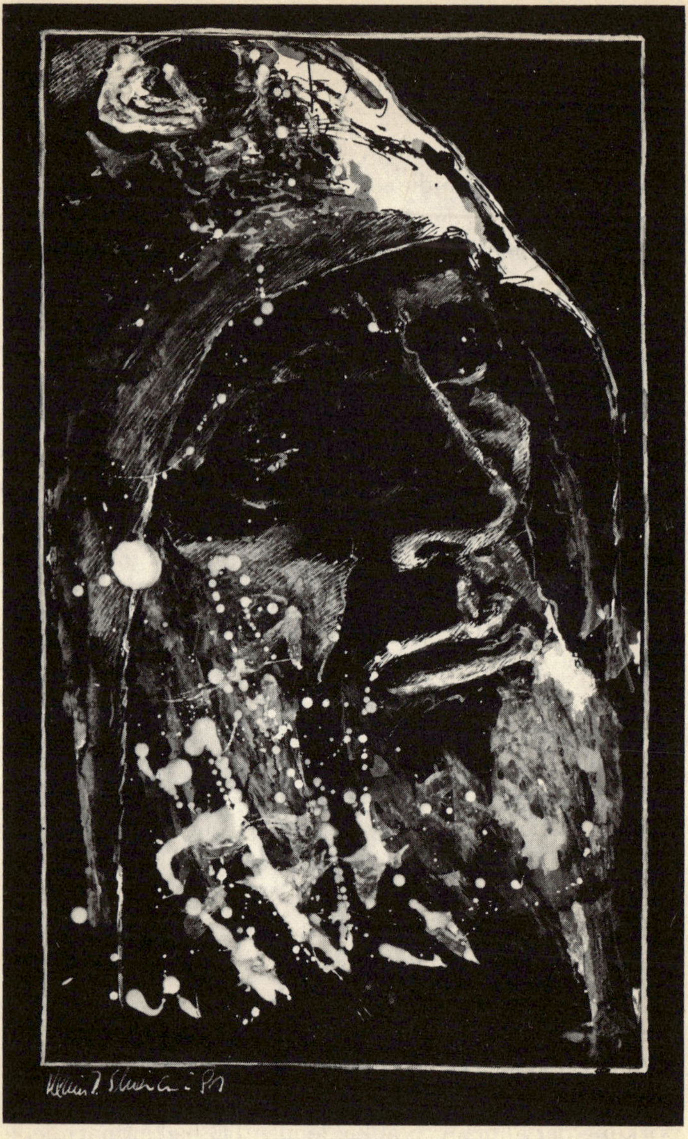

Abrupt erhob der Zauberer sich und schleuderte wütend das Buch von sich. Es prallte gegen die Wandbehänge und fiel aufgeschlagen auf den Marmorboden. Wäre jemand gegenwärtig gewesen und hätte er die Schriftzeichen auf dem Buchrücken nicht nur lesen, sondern auch verstehen können, würde er jetzt den Titel dieses Werkes kennen, der da lautete: *Das Geheimnis der Unsterblichkeit, von Guchupta von Shamballah.*

Aus seiner hypnotischen Trance erwacht, kletterte König Numedides aus dem Sarkophag und stieg in eine Wanne mit duftendem Wasser. Er trocknete sich die derben Züge mit einem flauschigen Handtuch, während Thulandra Thuu das Blut von seinem fettschwabbelndem Körper wusch. Der Hexer gestattete niemandem Zutritt zu seinem Gemach, während er sich mit Zauberei beschäftigte, nicht einmal des Königs Kammerdiener durften es betreten, um ihren Herrn anzukleiden, deshalb mußte Thulandra Thuu sich selbst seiner annehmen. Der Monarch schaute fragend in die grübelnden, düsteren Augen des Zauberers.

»Nun?« krächzte er schließlich. »Hatten wir Erfolg? Sog mein Körper das *Signum vitalis* auf, als es aus dem Blut des kleinen Balges floß?«

»Ein wenig, großer König«, erwiderte Thulandra Thuu mit tonloser, abgehackter Stimme. »Ein wenig — doch nicht genug.«

Numedides brummte unzufrieden und kratzte seinen haarigen Wanst mit ungepflegten Nägeln. Das dichte gelockte Haar seines Bauches war, genau wie das seines gestutzten Bartes, rostrot und mit Grau durchzogen. »Nun, wollen wir dann weitermachen? Aquilonien hat viele Mädchen, deren Familien es nie wagen würden, den Verlust anzuzeigen, und meine Beauftragten sind sehr geschickt.«

»Laßt mich noch einmal alles gründlich durchgehen, o

König. Ich muß Amendaraths Schriften konsultieren, um mich zu vergewissern, ob das teilweise Mißlingen nicht vielleicht ungünstigen Planetenstellungen zuzuschreiben ist. Ich möchte gern erst noch einmal Euer Horoskop stellen. Die Sterne deuten auf bedrohliche Zeiten.«

Der König, der schwerfällig in eine scharlachrote Robe geschlüpft war, hob einen Kelch mit Purpurwein, auf dem rote Mohnblüten schwammen, und goß das exotische Getränk in einem Zug hinab.

»Ich weiß, ich weiß«, knurrte er. »Unruhen an den Grenzen, Komplotte, von mehr als der Hälfte meiner Edlen geschmiedet ... Aber fürchtet nichts, mein besorgter Thaumaturg! Dieses Königshaus ist alt und hat viele Stürme überstanden, es wird auch noch sein, wenn Ihr schon lange Staub seid.«

Des Königs Augen glänzten, und seine Mundwinkel verzogen sich zu einem Lächeln, als er murmelte: »Staub — Staub — alles Staub. Alles außer Numedides.« Dann schien er sich offenbar wieder gefangen zu haben, denn er fragte gereizt: »Weshalb beantwortet Ihr denn meine Frage nicht? Soll ich Euch ein weiteres jungfräuliches Mädchen für Eure Experimente besorgen lassen?«

»Ja, o König«, erwiderte Thulandra Thuu nach kurzem Überlegen. »Mir ist eine Verfeinerung meiner Methode eingefallen, und ich bin sicher, daß sie uns ans Ziel führen wird.«

Der König grinste über das ganze Gesicht und schlug eine haarige Hand auf den knochigen Rücken des Zauberers. Der unerwartete Schlag brachte den dürren Hexer zum Taumeln. Plötzlicher Ärger huschte über die dunklen Züge, war jedoch sogleich wie durch eine unsichtbare Hand weggewischt.

»Gut, mein Herr Magier!« donnerte Numedides. »Macht mich unsterblich, damit ich dieses schöne Land in alle Ewigkeit regieren kann, und eine ganze Schatzkammer voll

Gold soll Euer sein. Schon jetzt spüre ich die ersten Regungen der Göttlichkeit — doch ich werde es meine getreuen und ergebenen Untertanen vorerst noch nicht wissen lassen.«

»Eure Majestät«, rief der bestürzte Zauberer, gewann jedoch sofort seine Haltung zurück. »Euer Reich ist in größerer Bedrängnis, als Ihr offenbar zu wissen scheint. Das Volk wird unruhig. Rebellion schwillt im Süden und an der Küste. Ich verstehe nicht . . .«

Der Monarch winkte ab. »Es wäre nicht das erstemal, daß ich mit Verrätern fertig werde.«

Was der König als lästig, aber von keiner größeren Bedeutung abtat, war in Wirklichkeit eine Situation, die seine ganze Aufmerksamkeit und Besorgnis verlangte. Mehr als eine kleine Revolte schwelte entlang der Westgrenze Aquiloniens, wo das Land von Kriegen zwischen den rivalisierenden Baronen zerrissen wurde. Die Bevölkerung ächzte unter der Uneinsichtigkeit Numedides', brach unter der unerträglich hohen Steuerlast und den Mißhandlungen durch die unbarmherzigen Einzieher des Königs schier zusammen und schrie nach Hilfe. Aber über die Sorgen des einfachen Volkes sah der König souverän hinweg, und das Flehen der Bedauernswerten stieß auf taube Ohren.

Doch Numedides war nicht so völlig in seine ungewöhnlichen Vergnügungen vertieft, daß er sich nicht für die Informationen interessierte, die seine Spitzel ihm durch seinen fähigen Minister, Vibius Latro, zutrugen. Der Kanzler berichtete von Gerüchten, nach denen kein geringerer als Graf Trocero von Poitain sich zum Führer der Unterdrückten gemacht haben sollte. Trocero war ein Mann, den man durchaus ernst nehmen mußte, denn er verfügte über eine unübertreffliche schwere Reiterei, und über kriegerische, absolut loyale Untertanen, die sich auf seinen Wink hin sofort erheben würden.

»Trocero«, murmelte der König, »muß vernichtet werden, das steht fest, aber er ist zu stark für eine offene Auseinandersetzung. Wir müssen einen geschickten Attentäter finden . . . Mein getreuer, eiserner Amulius Procas hat seinen Standort in der südlichen Grenzregion. Er hat schon mehr als einen arroganten Landesherrn niedergeschlagen, der es wagte, zu rebellieren.«

Unleserlich waren die kalten schwarzen Augen Thulandra Thuus. »Am Antlitz des Himmels las ich Omen überwältigender Gefahr für Euren General. Wir müssen uns unbedingt . . .«

Aber Numedides hörte schon nicht mehr zu. Sein trancegleicher Schlummer, zusammen mit dem Opiumwein, hatten seine sinnlichen Lüste aufgepeitscht. Sein Harem beherbergte seit kurzem eine bezaubernde, vollbusige Kushitin, und eine bisher noch nicht erprobte Foltermethode formte sich in seinem kranken Gehirn.

»Ich bin in Eile«, sagte er abrupt. »Haltet mich nicht auf, wenn Ihr nicht wollt, daß ich Euch mit meinen Blitzen zerschmetterte.«

Mit ausgestrecktem Zeigefinger deutete der König von Aquilonien auf Thulandra Thuu und zischte. Dann brüllte er vor Lachen auf, schob die Holzverkleidung hinter den Purpurbehängen zur Seite und schlüpfte hindurch. Von dort führte ein Geheimgang zu jenem Teil des Harems, den man voll Abscheu hinter seinem Rücken das Haus der Schmerzen und Lüste nannte. Der Zauberer schaute ihm mit der Spur eines höhnischen Lächelns nach, ehe er nachdenklich die neunzehn dicken Kerzen löschte.

»O König der Kröten«, murmelte er in seiner, in diesem Land unbekannten Sprache. »Wie wahr du sprichst, nur daß du die Personen verwechselst. Numedides wird zu Staub zerfallen, und Thulandra Thuu den Westen von einem ewigen Thron aus regieren, sobald Vater Set und

Mutter Kali ihren sie liebenden Sohn gelehrt haben, wie er den dunklen Seiten des Seins das Geheimnis des ewigen Lebens entnehmen kann ...«

Die dünne Stimme raschelte durch das düstere Gemach wie das trockene Schleifen von Schlangenhaut über die morschen Knochen Hingemordeter.

2

DIE LÖWEN SAMMELN SICH

Weit im Süden von Aquilonien durchschnitt eine schlanke Kriegsgaleere das stürmische Gewässer des Westlichen Ozeans. Das Schiff, von argossanischer Bauart, näherte sich der Küste, wo die Lichter von Messantia durch die Dämmerung glommen. Ein Streifen hellen Rotes am westlichen Horizont zeigte den Abschied des Tages an, und darüber glitzerten die ersten Sterne am Saphirhimmel, ehe der Schein des aufgehenden Mondes ihnen den Glanz raubte.

An der Back lehnten sieben Personen sich gegen die Reling oberhalb des Buges. Sie trugen schwere Umhänge gegen den eisigen Gischt, der immer wieder an Deck sprühte, wenn der bronzene Rammdorn sich hebend und senkend durch die Wellen bohrte. Einer der sieben war Dexitheus, ein Mann reifen Alters mit ruhigen Augen und ernstem Gesicht, der die wallende Robe des Mitrapriesters trug.

Neben ihm stand ein breitschultriger, schmalhüftiger Edelmann mit graumeliertem dunklen Haar. Sein silberglänzender Brustharnisch wies in gehämmertem Gold drei Leoparden, das Wappen Poitains, auf. Er war Trocero, Graf von Poitain, und seine Standarte mit dem gleichen Wappen flatterte vom Fockmast hoch über seinem Kopf.

Neben ihm lehnte ein jüngerer Mann von stolzer Haltung im Kettenhemd über einem feinen Samtwams, der an seinem Bärtchen zupfte. Er wirkte grazil und sein freundliches Lächeln übertünchte die stete Kampfbereitschaft des erfahrenen, tüchtigen Soldaten. Er war Prospero, ehemaliger

General der aquilonischen Armee. Ein kräftiger Mann mit schütterem Haar, der weder Schwert noch Rüstung trug und sich von der zunehmenden Dämmerung nicht stören ließ, kritzelte mit einem Griffel Zahlen auf eine Tafel, die er gegen die Reling stützte. Publius war der Kämmerer Aquiloniens gewesen, ehe er in verzweifeltem Protest gegen des Königs Politik unbeschränkter Besteuerung und unkontrollierter Ausgaben seinen Posten aufgab.

In seiner Nähe klammerten sich zwei Mädchen an die Reling des schlingernden Schiffes. Eines war Belesa von Korzetta, eine Aristokratin aus Zingara, schlank und anmutig und erst vor kurzem zur Frau gereift. Ihr langes schwarzes Haar flatterte wie ein Seidenbanner im Wind. An ihre Schulter schmiegte sich ein blasses, flachshaariges Kind, das mit weiten Augen auf die Lichter am Rand des Meeres schaute. Tina, eine ophireanische Sklavin, war von Lady Belesa, der Nichte des verstorbenen Grafen von Valenso, von einem grausamen Herrn gerettet worden. Seither waren Herrin und Sklavin unzertrennlich und hatten des mürrischen Grafen selbsterwähltes Exil in der piktischen Wildnis mit ihm geteilt.

Ein Mann mit grimmigem Gesicht und von riesenhafter Statur überragte die beiden. Seine schwelenden Augen von vulkanischem Blau und die schwarze Mähne dichten, glatten Haares, das gegen die mächtigen Schultern streifte, ließen die schlafende Wildheit eines Löwen ahnen.

Conans Seemannsstiefel, die enge Kniehose und das zerrissene Seidenhemd offenbarten seinen mächtigen Körperbau. Er hatte sich diese Kleidungsstücke aus den Truhen des toten Piratenadmirals, des Blutigen Tranicos', ausgewählt, dessen Leiche jetzt noch mit seinen toten Kapitänen um einen runden, mit den Schätzen eines stygischen Prinzen gehäuften Tisches saßen. Die für einen so großen Mann etwas knappen Kleidungsstücke waren geblichen, zerrissen und fleckig von Blut und Schmutz. Doch keiner, der auch nur einen Blick auf den riesenhaften Cimmerier mit dem schweren Breitschwert an der Seite warf, hätte ihn auch nur einen Moment lang für einen Bettler gehalten.

»Wenn wir Tranicos' Schatz auf dem offenen Markt zum Verkauf anbieten«, sagte Graf Trocero überlegend, »werden wir bei König Milo möglicherweise in Ungnade fallen. Bisher hat er uns anständig behandelt, doch wenn ihm Gerüchte unseres Hortes an Rubinen, Smaragden, Amethysten und ähnlichen in Gold gefaßten Edelsteinen zu Ohren kommen, mag es ihm vielleicht einfallen, den Schatz beschlagnahmen zu lassen.«

Prospero nickte. »Ja, Milo von Argos liebt wohlgefüllte Schatzkammern nicht weniger als andere Monarchen. Und wenn wir uns an die Goldschmiede und Geldverdiener in Messantia wenden, wird innerhalb einer Stunde jeder in der Stadt davon wissen.«

»Aber an wen sollen wir die Juwelen denn sonst verkaufen?« fragte Trocero.

»Fragt doch unseren Oberbefehlshaber«, riet Prospero lachend. »Berichtigt mich, wenn es nicht stimmen sollte, General Conan, aber hattet Ihr nicht einst gute Bekannte unter den ... ah ...«

Conan zuckte die Achseln. »Ihr wollt sagen, daß ich selbst ein Pirat war mit einem Hehler in jedem Hafen? Ja, damit habt Ihr sehr wohl recht, und vielleicht wäre ich auch in Kürze wieder einer geworden, hättet Ihr mich nicht rechtzeitig genug abgeholt, um mich auf die Straße der Ehre zu führen.« Er sprach fließend aquilonisch, doch mit einem barbarischen Akzent.

Nach kurzer Pause fuhr der Cimmerier fort: »Mein Plan sieht folgendermaßen aus: Publius soll sich zum Kämmerer von Argus begeben und sich den Einsatz, den er für die Benutzung dieser Galeere hinterlegen mußte, abzüglich der

Leihgebühr, zurückgeben lassen. Inzwischen bringe ich unseren Schatz zu einem vertrauenswürdigen Hehler, den ich noch von früher kenne. Der alte Varro machte mir immer einen anständigen Preis für Beutegut.«

»Man sagt«, gab Prospero zu bedenken, »daß Tranicos' Juwelen von größerem Wert sind als andere Edelsteine auf der ganzen Welt. Männer wie der, zu dem Ihr gehen wollt, würden uns nur einen Bruchteil ihres wirklichen Preises geben.«

»Macht Euch auf eine Enttäuschung gefaßt«, sagte Publius. »Der Wert solcher Kleinodien steigt bei jedem Weitererzählen, fällt jedoch beim Verkauf beträchtlich.«

Conan grinste. »Ich werde herausholen, was ich kann, macht euch deshalb keine Sorgen. Vergeßt nicht, daß ich schon viel mit Hehlern zu tun hatte. Außerdem genügte schon ein Bruchteil des Schatzes, alle Schwerter in Aquilonien anzuheuern.« Der Cimmerier schaute aufs Achterdeck, wo der Kapitän und der Steuermann standen.

»He, dort, Kapitän Zeno!« brüllte er auf argossanisch. »Sagt Euren Ruderern, wenn sie uns an Land bringen, ehe die Tavernen für die Nacht schließen, bekommt jeder zusätzlich zur versprochenen Heuer einen Silberpfennig. Ich sehe bereits das Licht des Lotsenbootes voraus.«

Conan drehte sich zu seinen Gefährten um und senkte die Stimme. »Von jetzt ab, Freunde, müssen wir unsere Zungen hüten, was unseren Reichtum betrifft. Ein zu lautes Wort, wenn erlauscht, kann uns die Mittel kosten, die wir brauchen, die benötigten Männer um unsere Standarte zu scharen. Vergeßt es nicht!«

Das Hafenboot, eine Gig, von sechs kräftigen Argossanern gerudert, näherte sich der Galeere. Im Bug schwenkte eine in einen Umhang gehüllte Gestalt eine Laterne, und der Kapitän beantwortete das Signal. Als Conan sich daran machte, nach unten zu gehen, um seine Habe zu holen, legte

Belesa eine schlanke Hand auf seinen Arm. Ihre sanften Augen suchten seine, ihre Stimme klang bedrückt, als sie fragte: »Wollt Ihr uns immer noch nach Zingara schicken?«

»Es ist das Beste, uns hier zu trennen, Lady. Kriege und Rebellionen sind nichts für Edelfrauen. Der Ertrag der Juwelen, die ich Euch gab, müßte für ein sorgloses Leben für Euch ausreichen und für eine Mitgift ebenfalls, wenn Ihr Euch verehelichen möchtet. Wenn Ihr wollt, werde ich sie für Euch zu klingender Münze machen. Doch nun müßt Ihr mich entschuldigen, ich habe noch etwas in meiner Kabine zu erledigen.«

Wortlos reichte Belesa Conan einen kleinen Beutel aus weichem Leder. Er enthielt die Rubine, die Conan einer Truhe in Tranicos' Höhle entnommen hatte. Als der Cimmerier über den Laufgang zu seiner Achterkabine schritt, schaute Belesa ihm nach. Alles Weibliche in ihr wurde von der Männlichkeit angezogen, die wie die Glut einer Feuersbrunst von ihm ausstrahlte. Wäre ihr unausgesprochener Wunsch erfüllt worden, hätte sie keiner Mitgift bedurft. Doch seit Conan sie und das Mädchen Tina von den Pikten befreit hatte, war er nie mehr als ein Freund und Beschützer für sie gewesen.

Mit schmerzlichem Bedauern wurde ihr klar, daß er klüger als sie in solchen Dingen war. Er wußte, daß eine zarte, hochgeborene Dame, erzogen in den zingaranischen Idealen weiblicher Sittsamkeit und Keuschheit, sich nie dem wilden, rauhen Leben eines Abenteurers anpassen konnte. Außerdem, wenn er getötet oder ihrer müde würde, wäre sie eine Ausgestoßene, denn nie würden die Königshäuser Zingaras die Dirne eines barbarischen Söldners in ihren Marmorhallen dulden.

Seufzend stupste sie das Mädchen, das sich an sie schmiegte. »Zeit, nach unten zu gehen, Tina, und unsere Sachen zu packen!«

Unter Brüllen und Rufen der Schiffsleute und Ruderer legte die schlanke Galeere langsam am Kai an. Publius bezahlte die Hafensteuer und den Lotsen, danach Kapitän Zeno und seine Mannschaft. Nachdem er den argossanischen Seeoffizier noch einmal an die Notwendigkeit der Geheimhaltung ihrer Mission erinnert hatte, verabschiedete er sich mit großem Zeremoniell.

Der Kapitän donnerte seine Befehle. Das Segel wurde herabgeholt und unter dem Laufgang verstaut, die Ruder holte man mit viel Gefluche und großer Lautstärke ein und befestigte sie neben den Bänken. Die Besatzung – Offiziere, Matrosen und Ruderer – strömte zufrieden an Land, wo helles Licht aus Schenken und Tavernen ihnen den Weg wies. Bemalte Dirnen riefen den Männern aus Fenstern im ersten Stock zu und wechselten auffordernde Obszönitäten mit den erwartungsvollen Seeleuten.

Männer lungerten in den Straßen des Hafenviertels herum. Manche torkelten betrunken durch die Gassen, während andere in Türnischen schnarchten, oder in den dunklen Straßenschlünden ihre Blasen erleichterten.

Einer dieser Herumlungerer war weder so betrunken, noch so heruntergekommen, wie er aussah. Er war ein hagerer Zingarier mit scharfgeschnittenen Zügen, der sich Quesado nannte. Weiche blauschwarze Ringellocken umrahmten sein schmales Gesicht, und die dicken Lider über den Augen verliehen ihm den trügerischen Ausdruck schläfriger Gleichgültigkeit. In zerschlissener Kleidung von nüchternem Schwarz lehnte er gegen eine Tür, als hätte er alle Zeit der Welt, und als ein paar betrunkene Seeleute ihn ansprachen, antwortete er mit einem abgedroschenen Witz, den sie grinsend mit auf ihren Weg nahmen.

Quesado beobachtete die Galeere mit scharfen Augen, als sie am Kai vertäut wurde. Er bemerkte, daß nach dem Aufbruch der Besatzung eine kleine Gruppe Männer, von zwei Damen begleitet, das Schiff verließ und auf dem Pier stehenblieb, bis einige der Herumlungerer herbeieilten, um ihnen ihre Dienste anzubieten. Bald darauf verschwand die ungewöhnliche Gruppe, gefolgt von ein paar Trägern, die ihre Seesäcke über die Schultern geworfen hatten oder ihre Truhen auf dem Kopf trugen.

Als die Dunkelheit auch den letzten der Träger verschluckt hatte, stiefelte Quesado zu einer der Weinstuben, in die er mehrere der Mannschaftsmitglieder der Galeere hatte treten sehen. Er fand einen bequemen Platz am Feuer, bestellte sich Wein und musterte verstohlen die Seeleute. Schließlich wählte er einen kräftigen, sonnenverbrannten argossanischen Ruderer, der die Wirkung seines Becherinhalts bereits zu spüren schien, und begann ein Gespräch mit ihm. Er kaufte dem jungen Burschen einen Krug und erzählte ihm einen saftigen Witz.

Der Ruderer lachte dröhnend. Als er sich wieder beruhigt hatte, fragte der Zingarier scheinbar gleichgültig: »Bist du nicht von der großen Galeere, die am dritten Kai anlegte?«

Der Argossaner nickte und trank in tiefen Schlucken von seinem Bier.

»Kauffahrer, nicht wahr?«

Der Ruderer warf sein zerzaustes Haar zurück und starrte den Frager verächtlich an. »Da sieht man wieder, daß diese verdammten Ausländer nichts von Schiffen verstehen!« schnaubte er. »Es ist ein Kriegsschiff, du spindelbeiniger Dummkopf, die *Arianus*, der Stolz der ganzen Seekräfte König Milos.«

Quesado schlug eine Hand auf die Stirn. »Ihr Götter, wie dumm von mir! Sie war so lange unterwegs, daß ich sie nicht mehr wiedererkannte. Aber flatterte nicht ein Löwenbanner von ihrem Mast, als sie anlegte?«

»Das waren die roten Leoparden, das Wappen Poitains, mein Freund«, sagte der Ruderer wichtigtuerisch. »Kein geringerer als der Graf von Poitain persönlich hatte das Schiff geheuert und auch befehligt.«

»Nicht möglich!« tat Quesado erstaunt. »Bestimmt eine sehr wichtige diplomatische Mission, möchte ich wetten ...«

Der betrunkene Ruderer, der sichtlich unter der bewundernden Aufmerksamkeit seines Zuhörers anschwoll, fuhr fort: »Wir haben die verdammteste Reise hinter uns – tausend Seemeilen, oder mehr, legten wir zurück – und es ist ein wahres Wunder, daß die wilden Pikten uns nicht die Kehle aufschlitzten ...«

Er brach ab, als einer der Offiziere der *Arianus* die Hand auf seine Schulter legte und ihn finster ansah.

»Halt deine Zunge in Zaum, du sabbernder Idiot!« Er warf einen mißtrauischen Blick auf den Zingarier. »Der Kapitän mahnte uns, den Mund zu halten, vor allem Fremden gegenüber. Also tu es auch!«

»Jawohl«, murmelte der Ruderer. Er wich Quesados Blick aus und vergrub sein Gesicht im Bierkrug.

»Es ist von keinem wirklichen Interesse für mich, Freunde«, versicherte Quesado den beiden gähnend und mit gleichgültigem Achselzucken. »Es hat sich in letzter Zeit nur so wenig in Messantia getan, daß jede Neuigkeit die Eintönigkeit ein wenig erträglicher macht. Nichts für ungut.« Er erhob sich lässig, bezahlte und schlenderte zur Tür.

Draußen verlor Quesado schnell seine scheinbare Schläfrigkeit. Mit schnellen Schritten eilte er die Hafenstraße hoch, bis er zu einem heruntergekommenen Mietquartier kam, wo er sich ein Zimmer mit einem Blick auf den Hafen genommen hatte. Wie ein Dieb in der Nacht stieg er die schmale Treppe zum ersten Stock hoch.

Sofort verriegelte er die Tür hinter sich, zog die zerschlissenen Vorhänge vor die Dachfenster und zündete an den glühenden Kohlen des kleinen eisernen Feuerbeckens einen Kerzenstummel an. Dann beugte er sich über den zerbrechlichen Tisch und kritzelte mit einem spitzen Federkiel winzige Buchstaben auf einen schmalen Streifen Papyrus.

Als er seine Botschaft geschrieben hatte, rollte der Zingarier den Streifen zusammen und schob ihn geschickt in einen Messingzylinder, der nicht größer als ein Fingernagel war. Dann erhob er sich, öffnete einen Käfig, der an der dem Meer zugewandten Mauer lehnte, und holte eine fette, verschlafene Taube heraus. An einem ihrer Füße befestigte er den winzigen Zylinder. Er trat ans Fenster, zog den Vorhang zurück, öffnete die Scheibe und warf den Vogel hinaus in die Nacht. Während die Taube um den Hafen flatterte und verschwand, lächelte Quesado, denn er wußte, daß sie einen sicheren Platz finden würde, ehe sie im Morgengrauen ihren weiten Flug nach Norden begann.

Neun Tage später erhielt Vibius Latro in Tarantia, der Kanzler König Numedides' und Leiter des Geheimdiensts, vom Wärter der königlichen Taubenställe das Messingröhrchen ausgehändigt. Er rollte den dünnen Papyrusstreifen vorsichtig auf und hielt ihn in die Sonne, die schräg durch das Fenster seines Amtsgemachs schien. Er las:

Der Graf von Poitain ist mit einem kleinen Gefolge auf geheimer Mission aus einem fernen Hafen zurückgekehrt. Q.

Das Verhängnis kann auch über Königen schweben, und Zeichen und Omen künden den Sturz alter Dynastien und den Untergang mächtiger Reiche. Es bedurfte keiner Zauberkünste wie die Thulandra Thuus, um vorherzusehen, daß das Geschlecht Numedides' sich in größter Gefahr befand. Die Zeichen, die auf seinen bevorstehenden Sturz deuteten, waren überall zu erkennen.

Botschaften kamen aus Messantia über staubige Straßen und die unsichtbaren Wege der Luft. Sie erreichten jene, für

die sie bestimmt waren, in Poitain und den anderen Grafschaften entlang der unruhigen und von Feinden verwüsteten Grenzen Aquiloniens; manche fanden sogar ihren Weg in die Palisadenlager und Festungen der getreuen aquilonischen Armee. Denn in diesen Forts waren Schwertkämpfer und Lanzenträger stationiert, Reiter und Bogenschützen, die unter Conan gedient hatten, als er noch Offizier in König Numedides' Armee gewesen war – Männer, die an Conans Seite in der großen Schlacht von Velitrium gekämpft hatten, und zuvor auf der Massakerwiese, wo Conan die Streitkräfte der wilden Pikten besiegte, Männer seines alten Regiments, der Löwen, waren es, die ihn in bester Erinnerung hatten. Und wie die Tiere, deren Namen sie angenommen hatten, blieben sie ihrem Führer treu. Andere, die dem Aufruf folgten, waren es müde, einem irren König zu dienen, der das Wohl seines Volkes seinen unnatürlichen Lüsten opferte und den Wahnsinnsträumen vom ewigen Leben folgte.

In den Monaten nach Conans Ankunft in Messantia quittierten viele aquilonische Veteranen der Piktenkriege den Dienst oder desertierten und zogen südwärts nach Argos. Auch Poitanen und Bossonier, Gundermänner aus dem Norden, Freiwillige aus Tauran, Edelleute aus Tarantia, verarmte Ritter aus ferneren Provinzen, und viele mittellose Abenteurer zogen auf den langen, einsamen Straßen in den Süden.

»Woher kommen sie nur alle?« staunte Publius, als er mit Conan neben dem großen Zelt des Oberbefehlshabers stand und einen Trupp zerlumpter Ritter ins Rebellenlager reiten sah. Ihre Pferde waren mager, das Sattelzeug fadenscheinig, ihre Rüstungen angerostet, sie selbst mit Staub und Schmutz bedeckt. Einige trugen Verbände über alle möglichen Wunden.

»Euer wahnsinniger König hat sich viele Feinde geschaffen«, brummte Conan. »Was glaubt Ihr, welche Meldungen ich erhalte? Von Rittern, deren Ländereien er beschlagnahmt hat, von Edlen, deren Frauen und Töchter er schänden ließ, von Kaufmannssöhnen, denen er das Geld abnahm – ja selbst von einfachen Arbeitern und Landleuten, die mit dem Mut der Verzweiflung die Waffen gegen ihn erhoben. Jene Ritter dort sind Gesetzlose, die verbannt wurden, weil sie es wagten, sich offen gegen den Tyrannen auszusprechen.«

»Tyrannei schaufelt sich meist ihr eigenes Grab«, sagte Publius nachdenklich. »Wie viele Männer haben wir jetzt beisammen?«

»Nach der letzten Zählung gestern abend etwas über zehntausend.«

Publius pfiff durch die Zähne. »So viele? Ich fürchte, wir müssen unsere Rekrutierung ein wenig einschränken, ehe unsere Mittel aufgebraucht sind. So hoch die Summe auch ist, die Ihr für die Juwelen Tranicos' eingehandelt habt, wird sie doch wie Schnee in der Frühlingssonne schmelzen, wenn wir mehr Männer aufnehmen, als wir uns leisten können.«

Conan klopfte dem korpulenten Zivilisten auf den Rükken. »Es ist Eure Aufgabe, guter Publius, dafür zu sorgen, daß von unseren Mitteln nach diesem Festmahl für die Aasgeier noch etwas übrigbleibt. Erst heute ersuchte ich König Milo um mehr Platz für unser Lager. Statt dessen überschüttete er mich mit Beschwerden. Unsere Männer überschwemmen Messantia und überfordern die Möglichkeiten der Stadt, sagte er. Sie treiben die Preise in die Höhe. Einige übertreten die Gesetze und vergehen sich gegen die Bürger. Er will uns hier nicht mehr haben. Wir sollen entweder in ein neues Lager übersiedeln, oder uns auf den Weg nach Aquilonien machen.«

Publius runzelte die Stirn. »Während sich unsere Truppen noch in Ausbildung befinden, müssen wir der Versorgung

geistersumpf
ORIS
ft. tuscelan
conawa
schohira
gwawela
thandara
velitrium
KORMU
westermark
thenitea
schondara
tauran
ft. thandara
SCHWARZER fluss
BOSSONIEN
amilius
SCHIRKI
zingara
couthen
aq
attal
elymia
imirianische höhe
donnerfluss
riesenkerbe
LOR
khorotas
BROCELLIANISCHER forst
schädelstätte
bitaxa
imirus
guarralid
alimane
poitain
thun
culario
BURG VALBROSO
RABIRIAN BERGE
pergo
asta
EBENE VON PALLOS
argos
messantia

CIMMERIEN
VENARIUM
GORALIANISCHE HÜGEL
GALPARAN
RAMAN
TANASUL
PHALKAR
MANARA
MT. GOLAMIRA
ALKARION
KARABAN
CASTRIA
NEMEDIEN
STRASSE DER KÖNIGE
VALKIA
HÖHLE V. ZELATA
TOR
BELVERUS
PELLIA
SCHAMAR
IANTHE
CARNOLLA
OPHIR
KOTH

wegen in Stadt- und Seenähe bleiben. Zehntausend Mann entwickeln einen beachtlichen Appetit, wenn Ihr sie so drillt, wie Ihr es jetzt tut. Und zehntausend Bäuche brauchen viel zu essen, wenn Ihr nicht wollt, daß ihre Besitzer mürrisch werden und desertieren.«

Conan hob die Schultern. »Es läßt sich leider nicht ändern. Trocero und ich reiten morgen aus, um einen neuen Lagerplatz zu finden. Beim nächsten Vollmond dürften wir bereits unterwegs nach Aquilonien sein.«

»Wer ist das?« fragte Publius. Er deutete auf einen Soldaten, der nach Beendigung des Morgendrills jetzt dicht am Zelt des Generals vorbeischlenderte. Er war ganz in schäbiges Schwarz gekleidet, und er hatte offenbar bereits tüchtig gezecht, denn seine dürren Beine taten sich schwer, geraden Kurs zu halten, und einmal stolperte er über einen Stein auf dem Weg. Als er Conan und Publius sah, nahm er seine speckige Mütze ab und verbeugte sich so tief, daß er fast das Gleichgewicht verlor, doch er fing sich wieder und setzte seinen Weg fort.

»Ein Zingarier«, erwiderte Conan, »der vor ein paar Tagen im Lager auftauchte, um sich anmustern zu lassen. Er sieht nach nicht viel aus, ist auch kein Krieger, aber er stellte sich als guter Fechter, ausgezeichneter Reiter und unübertrefflich im Messerwerfen heraus. Also nahm Prospero ihn auf. Ich glaube, er nannte sich Quesado.«

»Euer Ruf zieht Männer von fern und nah wie ein Magnet an«, sagte Publius.

»Also wird mir nichts übrigbleiben, als diesen Krieg zu gewinnen«, brummte Conan. »Früher, wenn ich eine Schlacht verlor, konnte ich mich einfach in andere Länder verziehen, wo man mich nicht kannte, und von vorn anfangen, ohne daß es jemanden interessierte. Doch das dürfte jetzt nicht mehr so einfach sein. Zu viele haben von mir gehört.«

»Das ist gut für uns andere«, meinte Publius grinsend, »daß die Berühmtheit den Führern die Chance raubt zu fliehen.«

Conan schwieg. Er hing seinen Erinnerungen nach und dachte an die schweren Jahre, seit er als zerlumpter, abenteuerdurstiger Junge aus dem nordischen Winter gekommen war. Er hatte kämpfend und wandernd den ganzen thuringischen Kontinent durchquert. Dieb, Pirat, Bandit, Häuptling von Primitiven – all das war er schon gewesen, auch einfacher Soldat, der bis zum General aufgestiegen war und seine hohe Stellung wieder verlor, als das Glück ihm den Rücken kehrte. Von der rauhen Wildnis des Piktenlandes zu den hyrkanischen Steppen, vom Schnee Nordheims zu den dampfenden Dschungeln von Kush, waren sein Name und sein Ruhm Legende. Und so kamen die Krieger selbst aus den fernsten Landen, um sich um sein Banner zu scharen.

Conans Standarte flatterte stolz vom Mittelmast des Generalszeltes im Wind. Sein Wappen hatte er selbst gewählt und entworfen. Es war ein goldener Löwe, hochaufgerichtet vor einem Hintergrund aus schwarzer Seide. Als Sohn eines Schmiedes war Conan nicht edlen Blutes, aber er hatte sich seinen größten Ruhm als Befehlshaber des Löwenregiments in der Schlacht von Velitrium erworben. Seine Standarte hatte er erwählt, weil er wußte, daß Soldaten eine Fahne brauchten, für die sie kämpfen konnten. Nach diesem Sieg von Velitrium war es gewesen, da König Numedides seinen beliebten General hatte in die Falle locken und vernichten wollen, denn er sah in seinem Ruhm eine Gefahr für seine Oberherrschaft und hielt Conan für einen potentiellen Rivalen. Er neidete Conan den wachsenden Ruf der Unschlagbarkeit und fürchtete seine Anziehungskraft als Führer.

Nachdem er der Falle entgangen war, die Numedides ihm gestellt hatte, dachte der Cimmerier voll Nostalgie an die

Tage mit den Löwen zurück. Und nun flatterte das Banner, unter dem er seine größten Siege errungen hatte, wieder über seinem Kopf, als Symbol vergangener Ruhmestaten und als Sammelpunkt für einen Krieg um eine gerechte Sache.

In den Monaten, die da kommen würden, brauchte er jedoch noch mächtigere Siege, und dafür war der goldene Löwe auf schwarzem Feld ein gutes Omen für ihn, denn ganz war auch Conan nicht von Aberglauben frei. Obgleich er über die halbe Welt gestiefelt, geritten und gesegelt war, ferne Länder erforscht, die Sitten und Gebräuche fremder Völker kennengelernt und Einblick in das Leben von Königen und Priestern, Zauberern und Kriegern, Vermögenden und Bettlern gewonnen hatte, schwelte doch noch der primitive Glaube seines cimmerischen Volkes tief in seiner Seele.

Nachdem er sich aus dem Bereich des Generalszeltes entfernt hatte, legte der Spion Quesado schnell seine vorgetäuschte Trunkenheit ab. Er torkelte nicht länger, sondern eilte festen Schrittes dem Nordtor Messantias entgegen.

Der Spion hatte vorsichtshalber sein Zimmer im Hafen beibehalten, als er sich im Soldatenquartier im Zelt außerhalb der Stadtmauer unterbringen ließ. In seinem Zimmer fand er, unter der grob gezimmerten Tür hindurchgeschoben, ein Schreiben vor. Es war nicht unterzeichnet, doch Quesado erkannte die Schrift als die von Vibius Latro.

Nachdem der Spion seine Tauben gefüttert hatte, setzte er sich, um in Ruhe den einfachen Kode zu entschlüsseln, der dem Brief mit dem scheinbar privaten Inhalt zugrunde lag. Indem er jedes vierte Wort entnahm, erfuhr er, daß sein Herr ihm einen Helfer schickte, oder vielmehr eine Gehilfin, die, wie er las, eine Frau von verführerischer Schönheit war.

Quesado gestattete sich ein dünnes, verständnisvolles Lächeln, ehe er seinen üblichen Report mit winzigen Schriftzeichen auf einen schmalen Papyrusstreifen kritzelte und ihn mit Taubenpost ins ferne Tarantia schickte.

Während die Armee ausgebildet wurde und an Stärke stetig weiter zunahm, sagte Conan Lady Belesa und ihrer jugendlichen Schutzbefohlenen Lebewohl. Er blickte der Kutsche nach, die mit einem Begleitschutz aus je einer Schwadron Reiter davor und dahinter, ratternd über die Küstenstraße nach Zingara rollte. Gut versteckt im Gepäck befand sich eine eisenbeschlagene Truhe, die genügend Gold enthielt, um Belesa und Tina viele Jahre ein sorgloses Leben zu gestatten. Und Conan hoffte, daß er sie nicht mehr wiedersehen würde.

Obgleich der riesenhafte Cimmerier durchaus nicht unbeeindruckt von Belesas Charme geblieben war, beabsichtigte er nicht, zu diesem Zeitpunkt mit Frauen Bindungen einzugehen, und schon gar nicht mit einer zarten Edelfrau, für die in den Kriegszelten kein Platz war. Später einmal, wenn die Rebellion von Erfolg gekrönt war, brauchte er vielleicht eine Gattin von königlichem Geschlecht, um seinen Thron zu sichern. Denn Throne, so hoch ihr Preis am Blut Gemeiner auch gewesen sein mochte, bedurften in der Regel der mystischen Macht königlichen Blutes, wollten sie Bestand haben.

Trotzdem verspürte Conan das Verlangen nach einem weiblichen Wesen nicht weniger als jeder andere blutvolle Mann. Lange war er ohne eine Frau gewesen, diese Entbehrung machte sich in Barschheit, düsteren Launen und plötzlicher Unbeherrschtheit bemerkbar.

Schließlich, als Prospero den Grund für Conans Gereiztheit erkannte, riet er ihm, sich doch unter den Tavernendirnen von Messantia umzusehen.

»Mit etwas Glück und Menschenkenntnis könntet Ihr sicher eine Bettgefährtin nach Eurem Geschmack finden, General«, meinte er.

Prospero ahnte nicht, daß seine Worte fruchtbaren Boden in den Ohren des hageren zingaranischen Söldners fanden, der ganz in der Nähe mit dem Rücken gegen eine Zeltstange lehnte, den Kopf auf den Knien, und zu schlafen vortäuschte.

Conan, der genausowenig auf ihn achtete, zuckte nur mürrisch die Achseln auf den Vorschlag seines Freundes. Doch im Lauf der Tage kämpfte sein Verlangen immer mehr mit seiner Selbstbeherrschung, und mit jeder Nacht, die verging, wurde es stärker.

Tag um Tag nahm die Zahl der Soldaten zu. Bogenschützen kamen aus den Bossonischen Marschen, Lanzer aus Gunderland, leichte Reiter aus Poitain, und Männer hoher und niedriger Abstammung strömten aus allen Teilen Aquiloniens herbei. Das Übungsfeld hallte von Befehlen wider, von den Schritten der Infanterie, dem Donner der Reiterei, dem Schnellen von Sehnen und dem Schwirren von Pfeilen. Conan, Prospero und Trocero schufteten unablässig, um den bunten Haufen von Rekruten zu einer gut ausgebildeten Armee zusammenzuschmieden. Aber ob diese Streitmacht, die aus Männern aller Herren Länder zusammengeflickt war und noch nie eine Schlacht erlebt hatte, den Elitetruppen des siegreichen Amulius Procas widerstehen, ja sie schlagen konnte, stand noch offen.

Inzwischen organisierte Publius eine Spionageabteilung. Er schickte seine Agenten tief ins Herz Aquiloniens. Einige hatten lediglich den Auftrag, sich umzuhören. Andere verbreiteten geschickt die Kunde von neuesten Untaten des wahnsinnigen Königs – und sie mußten dabei nicht übertreiben. Wieder andere ersuchten jene Edelleute, die zwar insgeheim die Rebellion guthießen, jedoch nicht offen Partei zu ergreifen wagten, um finanzielle Unterstützung.

Jeden Mittag inspizierte Conan seine Truppen; danach nahm er abwechselnd sein Mahl jeden Tag mit einer anderen Kompanie ein, denn ein guter Führer muß möglichst viele seiner Männer bei Namen kennen und ihre Ergebenheit durch persönlichen Kontakt stärken. Ein paar Tage nach Prosperos Rat, was die Tavernendirnen von Messantia betraf, aß Conan mit einer Schwadron leichter Reiterei. Er saß zwischen den einfachen Soldaten und tauschte derbe Witze mit ihnen aus, während sie Fleisch, Brot und bitteres Bier miteinander teilten.

Als sich plötzlich eine schrille Stimme hob, drehte Conan den Kopf. Ganz in seiner Nähe erzählte ein hagerer Zingarier, den Conan sich erinnerte, schon einmal gesehen zu haben, mit beredten Gesten etwas. Der General achtete nicht mehr auf einen Witz, den sein Tischnachbar eben zum besten gab, und spitzte die Ohren, denn der Bursche sprach von Frauen. Sein Blut floß schneller durch die Adern, als er ihm zuhörte.

»Eine Tänzerin ist sie«, rief der Zingarier gerade, »mit Haar so schwarz wie Rabenflügel, und Augen von der Farbe funkelnder Smaragde. Ein Zauber geht von ihren sanften roten Lippen und dem wohlgerundeten, grazilen Körper aus, und ihre Brüste sind wie reife Paradiesäpfel!« Er streckte die Hände aus und zeichnete die gepriesenen Umrisse in die Luft nach.

»Für ein paar Kupfermünzen tanzt sie jede Nacht in der Taverne der Neun Schwerter und entblößt ihren berückenden Leib im wiegenden Tanz. Aber sie ist eine ungewöhnliche Frau, diese Alcina – eine stolze, anspruchsvolle Maid, die keinem Mann ihre Umarmung gönnt, denn, so behauptet sie, sie hat den noch nicht getroffen, der die wahre Leidenschaft in ihr wecken könnte.

Natürlich«, fügte Quesado hinzu und zwinkerte vielsagend, »sind zweifellos ansprechende Krieger selbst hier in diesem Zelt, die vielleicht, wenn sie es richtig anpacken, ihr Gefallen finden könnten. Möglicherweise wäre unser ritterlicher General hier . . .«

In diesem Moment bemerkte Quesado Conans auf ihn gerichteten Blick. Er unterbrach sich, neigte den Kopf und entschuldigte sich: »Ich bitte tausendmal um Verzeihung, edler General. Euer köstliches Bier löste meine vorschnelle Zunge so sehr, daß ich mich vergaß. Ich ersuche Euch flehentlich, meine indiskreten Worte zu vergessen.«

»Sie sind vergessen«, knurrte Conan und widmete sich wieder seinem Essen.

Aber an diesem Abend fragte er seine Burschen nach dem Weg zur Taverne der Neun Schwerter. Als er sich in den Sattel schwang und mit nur einem berittenen Burschen als Begleitung zum Nordtor donnerte, schaute ihm Quesado im Schatten verborgen mit einem zufriedenen Lächeln nach.

3

AUGEN WIE SMARAGDE

Als die Sonne am wolkenlosen blauen Himmel aufging, kündete Fanfarenschall die Ankunft eines Abgeordneten von König Milo an. Prächtig in seinem bestickten Wappenrock ritt der Herold auf einer Fuchsstute in das Rebellenlager und schwenkte eine versiegelte Schriftrolle. Der Abgesandte rümpfte verächtlich die Nase über die bunten Scharen, die auf den Übungsplatz eilten, um sich zum Morgenappell aufzureihen. Als er mit dröhnender Stimme seinen Wunsch um eine Eskorte zu General Conan verkündete, griff einer von Troceros Männern nach dem Zügel seines Pferdes und führte ihn zur Mitte des Lagers.

»Das riecht nach Schwierigkeiten«, flüsterte Trocero dem Priester Dexitheus zu, als sie dem argossanischen Herold nachsahen.

Der hagere, kahlköpfige Mitrapriester spielte mit seinen Gebetsperlen. »Wir sollten eigentlich inzwischen an Schwierigkeiten gewöhnt sein, mein Graf«, erwiderte er. »Und wie uns doch sehr wohl klar ist, liegen noch weitere vor uns.«

»Ihr meint Numedides?« fragte Trocero mit trockenem Lächeln. »Mein guter Freund, für diese Art von Schwierigkeiten sind wir gerüstet. Ich dachte an Unannehmlichkeiten mit dem Herrscher von Argos. Wenn er mir auch gestattete, hier eine Armee aufzustellen, habe ich doch das Gefühl, daß König Milo diese vielen Männer, die sich einer fremden Sache verschrieben haben, so dicht außerhalb seiner Hauptstadt nicht behagen. Mir deucht, Seine Majestät bereut sein großzügiges Angebot eines bequemen Standorts für unser Lager.«

»Ja«, warf Publius ein, der gerade dazugekommen war, »ich bezweifle nicht, daß es in den Straßen und Gassen von Messantia bereits von Spionen aus Tarantia wimmelt. Numedides wird Druck auf den König von Argos ausüben, der ihn dazu bringen soll, sich gegen uns zu wenden.«

»Der König wäre ein Narr, wenn er es täte«, brummte Trocero. »Nicht, wo unsere Armee so nahe und schon in Kampfstimmung ist.«

Publius zuckte die Achseln. »Der Monarch von Messantia war bisher unser Freund, doch Könige neigen zur Heimtücke, und ihr eigener Vorteil hat den Vorrang selbst bei den edelsten von ihnen. Wir können nichts anderes tun, als abwarten ... Ich frage mich, welche schlechten Neuigkeiten dieser eingebildete Herold brachte.«

Publius und Trocero machten sich daran, ihren Pflichten nachzugehen, während Dexitheus zurückblieb und abwesend seine Perlenschnur befingerte. Als er von zukünftigen Schwierigkeiten sprach, hatte er damit nicht die bevorstehende kriegerische Auseinandersetzung gemeint, sondern etwas anderes, das ihn sehr beschäftigte.

In der Nacht war sein Schlaf durch einen beunruhigenden Traum gestört worden. Gott Mitra gewährte seinen getreuen Anhängern manchmal in Träumen eine Ahnung kommender Geschehnisse, und so fragte sich Dexitheus, ob dieser Traum eine Prophezeiung gewesen war.

In seinem Traum stand General Conan dem Feind auf dem Schlachtfeld gegenüber und erteilte seinen Soldaten mit geschwungenem Schwert Befehle. Doch hinter dem riesenhaften Cimmerier lauerte eine schattenhafte Gestalt, schlank und sich dem Auge entziehend. Nichts weiter vermochte der Schläfer von dieser verstohlenen Gestalt zu sehen, außer daß aus dem kapuzenverborgenen Gesicht smaragdgrüne Augen wie die einer Katze leuchteten, und daß sie nicht von Conans ungeschütztem Rücken wich.

Obgleich die Sonne den milden Frühlingsmorgen wärmte, fröstelte Dexitheus. Er mochte solche Träume nicht. Sie warfen Steinchen in den tiefen Brunnen seiner Gelassenheit. Er wußte genau, daß kein Rekrut des Rebellenlagers Augen von einem solch strahlenden Grün hatte, denn wäre es der Fall, hätte es seiner Aufmerksamkeit nicht entgehen können.

Der Herold trabte auf der staubigen Straße zurück, während Burschen die Rebellenführer zur Beratung zusammenriefen.

Dem riesigen Cimmerier war es noch nicht richtig geglückt, seinen Ärger zu unterdrücken, als seine Burschen ihm für den morgendlichen Drill in die Rüstung halfen. Als Prospero, Trocero, Publius und die anderen sich versammelt hatten, sprach er mit scharfen, abgehackten Worten.

»Kurz gesagt, meine Freunde, es ist der Wunsch Seiner Majestät, daß wir uns in das Grasland, zumindest dreißig Meilen von Messantia entfernt, zurückziehen. König Milo ist der Ansicht, daß unsere Anwesenheit so dicht an seiner Hauptstadt sowohl diese Stadt als auch unsere gute Sache in Gefahr bringt. Einige unserer Männer, so ließ er sagen, benahmen sich zu rüpelhaft. Sie störten des Königs Ruhe und legten sich mit seinen Wachen an.«

»Das hatte ich befürchtet.« Dexitheus seufzte. »Unsere Krieger halten viel von den Freuden des Bechers und des Bettes. Trotzdem dürfte es wohl etwas zuviel verlangt sein, von Soldaten – vor allem von einer so bunt zusammengewürfelten Schar wie der unsrigen – zu verlangen, daß sie sich mit der stillen Demut von Mönchen benehmen.«

»Wie wahr«, sagte Trocero. »Glücklicherweise trifft uns eine Verlagerung nicht unvorbereitet. Wann machen wir uns auf den Weg, General?«

Mit einer heftigen Bewegung schnallte Conan sich den Schwertgürtel um. Seine blauen Augen funkelten wie die eines Löwen unter der geradegeschnittenen schwarzen Mähne.

»Er gewährt uns eine Frist von zehn Tagen, aber ich bin dafür, daß wir sofort aufbrechen. Messantia hat zu viele Augen und Ohren für meinen Geschmack, und die Zunge vieler unserer Krieger löst sich nach einem Becher Wein nur allzu leicht. Ich werde mich nicht dreißig, sondern dreihundert Meilen von diesem Spionennest zurückziehen.

Also, meine Herren, dann wollen wir uns daran machen. Sperrt allen Urlaub und laßt unsere Männer aus den Tavernen holen, mit Gewalt, wenn es sein muß. Heute abend werde ich mit einem Trupp Ausgewählter die Route erkunden und Ausschau nach einem neuen, geeigneten Ort für unser Lager halten. Trocero, habt die Güte, das Kommando zu übernehmen, bis ich zurückkehre.«

Sie salutierten und verließen das Zelt. Den Rest des Tages wurden die Soldaten zusammengeholt und Proviant und Ausrüstung in Wagen verstaut. Noch ehe die nächste Morgensonne sich auf den vergoldeten Türmen Messantias spiegelte, brach man die Zelte ab, und die Kompanien stellten sich in Marschformation auf. Während die letzten Nebelschwaden sich über dem Tiefland verloren, machte die Armee sich auf den Weg – Ritter und Unteroffiziere, Bogenschützen und Lanzer, Flankenschutz und Späher.

Conan und sein Trupp poitanischer leichter Reiterei waren schon nordwärts aufgebrochen, während noch die Dunkelheit das Land verhüllte. Der Barbarengeneral traute König Milos Freundschaft nicht ganz. Viele Überlegungen beeinflussen das Handeln eines Monarchen. Wie leicht mochten Numedides' Spitzel das argossanische Reichsoberhaupt überredet haben, sich mit dem aquilonischen Herrscher zu verbünden, statt sein Geschick mit dem unbestimmbaren von Rebellen zu verknüpfen. Sicherlich wußte Argos, daß Aquiloniens Rache schnell und vernichtend sein würde, falls der Aufstand der Rebellen fehlschlug. Und wenn ein König darauf aus ist, sich einer Armee zu entledigen, dann läßt sich das am leichtesten durch einen Angriff dieser Armee während des Marsches bewerkstelligen, wenn die Soldaten in Reih und Glied überrascht werden können und sie durch ihre Ausrüstung behindert sind ...

Also zogen die Löwen nordwärts. Kompanie um Kompanie der noch unerprobten Armee marschierte über staubige Straßen, durchquerte Flüsse an seichten Furten und schlängelte sich durch die niedrigen Didymianischen Berge. Niemand stellte den Truppen einen Hinterhalt, griff sie an, oder kümmerte sich auch nur um sie. Vielleicht war Conans Mißtrauen, was König Milo betraf, unbegründet, vielleicht war die Armee auch nur zu stark, als daß die Argossaner sich hätten mit ihr anlegen wollen. Möglicherweise wartete der König aber auch nur auf einen günstigeren Moment, da er seine ganzen Kräfte auf die Rebellen werfen konnte. Doch ob er nun Freund oder Feind war, Conan ließ in seiner Wachsamkeit nicht nach.

Als seine Streitmacht unbelästigt den ersten Tagesmarsch hinter sich gebracht hatte, entspannte sich Conan, der vom erwählten neuen Lagerplatz zurückgeritten kam, ein wenig. Sie befanden sich nun außerhalb der Reichweite der Spione, die die krummen Straßen Messantias unsicher machten. Conans Späher und Agenten ritten weit in alle Richtungen, und er verließ sich auf sie, neugierige Augen aufzudecken, die seine Armee beobachteten, doch es schien keine zu geben.

Der riesenhafte Cimmerier vertraute nur wenigen Menschen, und diesen wenigen nie leichtfertig. Die langen Jahre der Kriegserfahrung und Gesetzlosigkeit hatten seine raubtierähnliche Vorsicht noch erhöht. Aber er kannte diese Männer, die ihm folgten. Sie kämpften für eine gemeinsame Sache. Und so kam er gar nicht auf den Gedanken, daß sich bereits Spione unter seinen Reihen befinden mochten und solche, die ihm übelwollten, in seinem Rücken.

Zwei Tage später überquerten die Rebellen den Astar in Hypsonia und kamen auf die Ebene von Pallos. Im Norden erhoben sich die Rabirianischen Berge, eine unregelmäßige Kette purpurner Gipfel, die wie Riesen in den Sonnenuntergang zu marschieren schienen. Die Armee schlug ihr Lager am Rand der Ebene auf, und zwar auf einer niedrigen Hügelkuppe, die einen gewissen Schutz bieten würde, wenn man sie mit Palisaden und Gräben befestigte. Hier konnten die Soldaten – solange sie von Messantia oder den Gehöften in der Umgebung regelmäßig mit Proviant versorgt wurden - weiter ausgebildet werden, ehe sie den Alimane nach Poitain, der südlichsten Provinz Aquiloniens, überquerten.

Während des langen Tages nach ihrer Ankunft arbeiteten die brummelnden Krieger mit Hacke, Schaufel und Beil, um das neue Lager mit einer Schutzwehr zu umgeben. Eine Schwadron leichter Reiterei kanterte einstweilen die Straße zurück, um den langsameren Nachschub zu eskortieren.

Während der zweiten Wache dieser Nacht glitt eine schlanke Gestalt aus der Dunkelheit von Conans Zelt in den silbernen Mondschein. Sie war in einen langen, weiten Kaftan aus beiger Wolle gehüllt, der sich in seiner Tarnfarbe der Erde unter ihren Füßen anpaßte. Diese Gestalt traf sich mit einer zweiten, deren Schatten mit dem eines nahen Zeltes verschmolz.

Die beiden wechselten ein paar geflüsterte Worte, um sich der gegenseitigen Identität zu vergewissern. Dann drückten schlanke Finger mit kostbaren Ringen einen zusammengerollten Streifen Pergament in die arbeitsrauhe Hand der anderen Gestalt.

»Auf dieser Karte zeichnete ich die Pässe ein, die die Rebellen auf ihrem Marsch nach Aquilonien überqueren werden«, erklärte das Mädchen mit der weichen, leicht summenden Stimme, die an das Schnurren einer Katze erinnerte. »Auch die Aufstellung der Regimenter.«

»Ich werde sie weitergeben«, murmelte die andere Gestalt. »Unser Herr wird dafür sorgen, daß Procas sie erhält. Ihr habt Eure Sache gut gemacht, Lady Alcina.«

»Es gibt noch viel mehr zu tun, Quesado«, flüsterte das Mädchen. »Wir dürfen nicht zusammen gesehen werden.«

Der Zingarier nickte und verschwand in den dunkelsten Schatten. Die Tänzerin warf ihre Kapuze zurück und schaute zum silberschimmernden Mond empor. Obgleich sie fast unmittelbar aus den leidenschaftlichen Armen Conans gekommen war, waren ihre Züge eisig und unbewegt. Wie eine aus gelbem Elfenbein geschnittene Maske wirkte das bleiche Oval ihres Gesichts, und in den kalten Tiefen ihrer smaragdgrünen Augen lauerten Spuren von Hohn, Bosheit und Verachtung.

In dieser Nacht, als die Rebellenarmee auf der Ebene von Pallos in der Umarmung der Rabirianischen Berge schlief, desertierte ein Rekrut. Seine Abwesenheit wurde erst beim Morgenappell festgestellt. Man nahm sie nicht wichtig. Der Deserteur, ein Zingarier namens Quesado, war als fauler Drückeberger verrufen, und sein Verlust war leicht zu verschmerzen.

Trotz äußeren Anscheins war Quesado in Wirklichkeit alles andere denn faul. Er war der tüchtigste aller Spione, und mit seiner scheinbaren Bequemlichkeit tarnte er seine stete Wachsamkeit, mit der er alles beobachtete und alles hörte. Er verfaßte knappe, prägnante Berichte, die auch ihr

Ziel erreichten. In dieser Nacht, während das Lager schlummerte, stahl er ein Pferd aus der Koppel, schlich damit an den Wachen vorbei und galoppierte Stunde um ermüdende Stunde nordwärts.

Zehn Tage später, mit Schlamm bespritzt und staubbedeckt, vor Erschöpfung torkelnd, erreichte Quesado das Stadttor von Tarantia. Der Anblick des Sigills, das er über dem Herzen trug, bahnte ihm schnell den Weg zu Vibius Latro, dem Kanzler Numedides'.

Der Herr der Spione runzelte die Stirn, als Quesado ihm die Karte aushändigte, die Alcina ihm zugesteckt hatte. Streng fragte er: »Weshalb habt Ihr sie selbst gebracht? Ihr wißt doch, daß Ihr uns bei den Rebellen wichtiger seid.«

Der Zingarier zuckte die Achseln. »Es war unmöglich, sie durch eine Brieftaube zu schicken, Eure Lordschaft. Als ich mich dieser Rebellenhorde anschloß, mußte ich meine Vögel in Messantia unter der Fürsorge meines Ersatzmanns, dem Kother Fadius, zurücklassen.«

Vibius Latro blickte ihn kalt an. »Weshalb habt Ihr die Karte dann nicht zu Fadius gebracht, der sie auf die übliche Weise hätte hierherbefördern können? Ihr hättet wahrhaftig in diesem Verräternest bleiben und weiter Augen und Ohren offenhalten können. Ich rechnete mit Eurem Messer in Conans Rücken.«

Quesado gestikulierte hilflos. »Als Lady Alcina mir diese Karte übergab, Herr, war die Armee bereits einen Dreitagemarsch von Messantia entfernt. Ich hätte wohl schlecht um einen sechstägigen Urlaub ersuchen können, ohne Verdacht zu erregen, und mich als Deserteur nach Messantia zu begeben, hätte mich der Gefahr ausgesetzt, von den Argossanern festgenommen zu werden. Keinesfalls wäre es möglich gewesen, mich wieder der Armee anzuschließen, nachdem ich mich ohne Erlaubnis entfernt hatte. Und tatsächlich kommt es vor, daß Brieftauben von Falken oder Raubkatzen geschlagen werden oder von einem Jäger erlegt. Ich hielt es doch für besser, ein Dokument von solcher Wichtigkeit selbst zu überbringen.«

Der Kanzler brummte mißvergnügt. »Warum habt Ihr es dann nicht gleich direkt zu General Prokas gebracht?«

Quesado begann zu schwitzen. Auf seiner Stirn und den bartstoppeligen Wangen glitzerten Schweißperlen. Bei einem Mann wir Vibius Latro in Ungnade zu fallen, war gefährlich.

»Ge ... general Pro ... prokas kennt mich nicht.« Der Spion stammelte und seine Stimme klang jetzt jammernd. »Mein Sigill würde ihm nichts sagen. Nur Euch, Eure Lordschaft, unterstehen alle Verbindungen für die Übermittlung solcher Informationen an das Militär.«

Ein schwaches Lächeln huschte über die dünnen Lippen und die durchsichtigen Züge des anderen. »Richtig«, brummte er. »Ihr habt den Umständen entsprechend gehandelt. Es wäre mir allerdings lieber gewesen, Alcina hätte die Karte weitergeleitet, ehe die Rebellen nordwärts zogen.«

»Mir deucht, die Rebellenführer hatten sich bis zu jenem Abend, als sie sie mir gab, selbst noch nicht für die genaue Route entschieden«, sagte Quesado. Er wußte nicht, ob das stimmte, aber es klang glaubhaft.

Vibius Latro entließ den Spion und befahl seinen Schreiber zu sich. Er studierte die Karte und diktierte eine kurze Botschaft an General Amulius Procas, von der der König eine Kopie bekommen sollte. Nachdem der Schreiber Alcinas grobe Skizze abgezeichnet hatte, rief Latro einen Pagen und gab ihm beide Kopien jedes Schriftstücks.

»Bring dies dem Schreiber des Königs!« hieß ihn der Kanzler. »Und ersuche, daß Seine Majestät seinen Siegel auf einen Satz dieser Dokumente setze. Wenn er nichts dagegen einzuwenden hat, dann reite damit zu Amulius Procas in Poitain. Hier ist eine Vollmacht für den königlichen Marstall. Such dir das schnellste Pferd aus und wechsle an jeder Posthalterei!«

Die Botschaft gelangte nicht in die Hände des Schreibers, sondern in die schmalen dunklen Thulandra Thuus. Sein khitanischer Diener, Hsiao, brachte sie ihm. Als des Königs Zauberer sie las und die Karte im Licht der Leichentalgkerzen studierte, lächelte er kalt und nickte dem Khitan zufrieden zu.

»Genau wie Ihr es vorhersagtet, Herr«, erwiderte Hsiao auf das Nicken. »Ich erklärte dem Pagen, daß Seine Majestät und sein Schreiber sich gegenwärtig in Euren Gemächern aufhielten, und so händigte er mir die Schriftrollen aus.«

»Das hast du gut gemacht, Hsiao«, lobte Thulandra Thuu. »Hol mir das Wachs, ich werde den Rollen selbst das Siegel aufdrücken! Es besteht keine Notwendigkeit, Seine Majestät mit solch unwichtigen Dingen in seinen Vergnügungen zu stören.«

Aus einer verschlossenen Truhe nahm der Zauberer ein Duplikat von des Königs Siegelring. Er faltete eine Kopie von Karte und Botschaft, dann zündete er einen Fidibus an einer der großen Kerzen an, wärmte damit das Siegelwachs und ließ es auf den offenen Rand der Rolle tropfen, schließlich drückte er den Siegelring darauf und händigte sie dem Khitan aus.

»Gib es Latros Kurier«, sagte er, »und sag ihm, Seine Majestät wünscht, daß General Procas es schnellstens erhält. Dann setz mir einen Brief an Graf Ascalante von Thune auf, der gegenwärtig das Vierte Tauranische Regiment bei Palaea befehligt. Ich benötige seine Anwesenheit hier.«

Hsiao zögerte. »Gefürchteter Herr!« murmelte er.

Thulandra Thuu schaute seinen Diener scharf an. »Ja?«

»Es ist dieser unwürdigen Person nicht unbekannt, daß Ihr und General Procas nicht im besten Einvernehmen zueinander steht. Gestattet mir die Frage: Ist es Euer Wunsch, daß er über den Barbarengeneral siegt?«

Thulandra Thuu lächelte mit dünnen Lippen. Hsiao wußte, daß der Zauberer und der General heftige Rivalen in der Gunst des Königs waren. Hsiao war auch der einzige, dem der Zauberer sich anvertraute. Thulandra brummte:

»Im Augenblick, ja. Solange Procas in den Südprovinzen, fern von Tarantia bleibt, ist er keine Gefahr für meine Position hier. Mir bleibt nichts übrig, als mich damit abzufinden, daß er seiner fetten Liste von Erfolgen noch einen Sieg hinzufügt, denn weder er noch ich wären erfreut, Conan vor Tarantias Toren zu sehen.

Procas steht zwischen den Rebellen und ihrem Vormarsch auf die Hauptstadt. Ich beabsichtige, daß er den Aufstand niederwirft, das ist richtig, aber auf eine Weise, daß der Lorbeer mir zufällt. Dann wird vielleicht ein bedauerlicher Unfall unseren heldenhaften General im Augenblick seines Triumphes von unserer Seite reißen, ehe er siegreich nach Tarantia zurückkehren kann. Und nun mach dich auf den Weg!«

Hsiao verbeugte sich tief und zog sich stumm zurück. Thulandra Thuu schloß eine Ebenholztruhe auf und gab seine Kopie der Dokumente hinein.

Trocero starrte verwirrt seinen Oberbefehlshaber an, der wie ein gefangener Tiger im Käfig auf und ab lief, während seine Augen vor Ungeduld und Ärger funkelten.

»Was habt Ihr, General Conan?« fragte er. »Ich dachte zuerst, die Enthaltsamkeit mache Euch zu schaffen, doch jetzt, da Ihr die Tänzerin mitgebracht habt, ist diese Erklärung wie ein löchriger Weinbeutel. Welche Sorgen quälen Euch denn?«

Conan hörte mit seinem Hin- und Herlaufen auf und trat an den Klapptisch. Mit finsterer Miene goß er sich einen Becher Wein ein.

»Keine, auf die ich mit dem Finger deuten könnte«, knurrte er. »Aber seit kurzem habe ich ein ungutes Gefühl, und jeder Schatten macht mich mißtrauisch.«

Er unterbrach sich und schaute abrupt wachsam in eine Ecke des Zeltes. Dann zwang er sich zu einem rauhen Lachen und warf sich in seinen ledernen Faltstuhl.

»Crom!« fluchte er. »Ich bin so unruhig wie eine läufige Hündin. Aber ich weiß nicht, was es ist, das an meinen Eingeweiden nagt. Manchmal, bei unseren Besprechungen, ist mir fast, als belauschten die Schatten jedes unserer Worte.«

»Schatten haben zuweilen Ohren.« Trocero nickte. »Und Augen ebenso.«

Conan zuckte die Achseln. »Ich weiß, daß außer Euch und mir niemand hier ist, das Mädchen ruht sich aus, meine beiden Burschen putzen meinen Harnisch, und die Wachen ziehen ihre Runden um das Zelt. Trotzdem spüre ich, daß jemand lauscht.«

Trocero nahm Conans Ahnung nicht auf die leichte Schulter. Unruhe erwachte auch in ihm. Er hatte die Erfahrung gemacht, daß Verlaß war auf die primitiven Instinkte des Cimmeriers, die viel schärfer waren als die eines Mannes aus einer zivilisierteren Gegend, als seine, beispielsweise.

Trotzdem hatte auch er, Trocero, seinen eigenen sechsten Sinn, und der sagte ihm, daß der grazilen Tänzerin nicht zu trauen war, die nur zu willig als Conans Geliebte mitgekommen war. Etwas an ihr störte Trocero, obgleich er nicht genau sagen konnte, was es war. Gewiß, sie war schön — vielleicht zu schön, um für ein paar Kupfermünzen, die man ihr zuwarf, in einer Hafentaverne zu tanzen. Auch war sie zu schweigsam und geheimnisvoll für seinen Geschmack. Trocero hatte üblicherweise keine Schwierigkeiten, mit seinem Charme eine Frau dazu zu bringen, sich ihm mit einem Wasserfall von Worten anzuvertrauen. Aber bei Alcina hatte er absolut keinen Erfolg. Sie hatte seine Fragen höflich beantwortet, doch ohne dabei etwas über sich preiszugeben, und er war danach nicht klüger gewesen als zuvor.

Er zuckte die Achseln und schenkte sich ebenfalls einen Becher Wein ein. Zu den neun Höllen Mitras mit diesen beunruhigenden Gedanken! »Die Untätigkeit macht Euch zu schaffen, Conan«, meinte er. »Wenn wir erst auf dem Marsch sind und das Löwenbanner über unseren Köpfen flattert, werdet Ihr gleich wieder Euer altes Selbst sein. Dann werdet Ihr nicht mehr an lauschende Schatten denken.«

»Möglich«, brummte der Cimmerier.

Was Trocero sagte, war nicht von der Hand zu weisen. Stellte man Conan einen Feind aus Fleisch und Blut gegenüber, drückte ihm kalten Stahl in die Hand, dann würde er ohne Bedenken selbst gegen eine große Übermacht kämpfen. Doch hatte er mit ungreifbaren Bedrohungen und unfaßbaren Schatten zu tun, dann erwachte der primitive Aberglaube seiner barbarischen Vorfahren in ihm.

Hinter einem Vorhang in einem Winkel des Zeltes lächelte Alcina zufrieden wie eine Katze, die eine Maus verschlungen hat, während ihre schlanken Finger mit einem sonderbaren Talisman spielten, der an einer dünnen Kette von ihrem Hals hing. Auf der ganzen Welt gab es nur ein Gegenstück dazu.

Weit im Norden, hinter den Ebenen und Bergen, jenseits des Alimanes, saß Thulandra Thuu auf seinem schmiedeeisernen Thron. Auf seinem Schoß, zur Hälfte aufgerollt, hielt er

ein Pergament mit astrologischen Diagrammen und Zeichen. Vor ihm, auf einem Tischchen, stand ein ovaler Spiegel aus schwarzem Vulkanglas. Am Rand dieses mystischen Spiegels fehlte ein halbrunder Splitter. Und diese kleine halbe Scheibe aus Obsidian, die mit unsichtbarer psychischer Kraft mit dem Spiegel verbunden war, hing zwischen den runden Brüsten der Tänzerin Alcina.

Während der Zauberer das Diagramm auf seinen Knien studierte, hob er hin und wieder den Kopf zu der kleinen Wasseruhr aus Gold und Kristall neben dem Spiegel. Von diesem seltenen Instrument erklang ein schwaches, gleichmäßiges Tropfen, das nur das schärfste Ohr vernehmen konnte.

Als die Silberglocke in der Uhr die Stunde schlug, nahm Thulandra Thuu die Hände von dem Pergament. Seine klauengleiche Hand beschrieb eine Bewegung vor dem Spiegel und murmelte einen Zauberspruch in einer unbekannten Sprache. Während er tief in den Spiegel schaute, verbanden sein Geist und seine Seele sich mit seiner Dienerin, der Lady Alcina. Denn wenn eine mystische Trance zu bestimmten Zeiten, die von gewissen Stellungen der Himmelskörper abhingen, den Geist der beiden vereinte, dann sah der Zauberer in Tarantia, was Alcina erblickte, und ihre gemurmelten Worte wurden auf magische Weise an ihn übermittelt.

Wahrlich, der Hexer hatte keinen Bedarf an Vibius Latros Korps von Spionen. Und wahrlich, Conans scharfe Sinne trogen ihn nicht: selbst die Schatten in seinem Zelt hatten Augen und Ohren.

4

DER BLUTIGE PFEIL

Im Morgengrauen jeden Tages rissen die Messingtrompeten die Männer aus dem Schlaf und riefen sie zur mehrstündigen Übung auf die Ebene von Pallos. Erst wenn die Sonne unterging, taten sie den Feierabend kund. Trotzdem nahm die Armee an Zahl immer weiter zu. Mit den Neuankömmlingen gelangten sowohl die letzten Neuigkeiten, als auch Gerüchte und Klatsch aus Messantia ins Lager. Der Mond war von einer Silberscheibe zu einer Stahlsichel geschrumpft, als die Führer der Rebellion sich in Conans Zelt zum Abendessen einfanden. Nachdem sie ihre einfache Feldmahlzeit mit schwachem, noch nicht ausgegorenem Bier hinuntergespült hatten, hielten sie eine Besprechung ab.

»Von Tag zu Tag scheint König Milo unruhiger zu werden«, meinte Trocero.

Publius nickte. »Ja, es gefällt ihm nicht, eine so gewaltige Streitmacht, die nicht unter seinem Kommando steht, innerhalb seiner Grenzen beherbergen zu müssen. Er befürchtet vielleicht, daß wir uns gegen ihn wenden könnten, da er eine weit leichtere Beute abgeben würde als der aquilonische Tyrann.«

Dexitheus, der Mitrapriester, lächelte. »Könige sind, gelinde ausgedrückt, ein mißtrauischer Schlag. Stets bangen sie um ihre Krone. Milo ist nicht anders als der Rest.«

»Glaubt Ihr, daß er versuchen wird, uns in den Rücken zu fallen?« fragte ihn Conan.

Der schwarzgewandete Priester hob eine schmale Hand.

»Wer kann das schon sagen? Selbst ich, der ich durch mein heiliges Amt Erfahrung gesammelt habe, in den Herzen der Menschen zu lesen, vermag nicht einmal zu ahnen, welch finstere Gedanken der König ausbrütet. Ich würde raten, daß wir den Alimane so bald wie möglich überqueren.«

»Die Armee ist bereit«, erklärte Prospero. »Die Männer sind gut ausgebildet und sollten auch bald eingesetzt werden, ehe die Untätigkeit ihren Kampfgeist abstumpft.«

Conan nickte ernst. Erfahrung hatte ihn gelehrt, daß eine bis ins letzte ausgebildete, aber unbeanspruchte Armee sich gerade durch den von ihren Ausbildern so sorgsam eingedrillten Stolz und Kampfgeist in streitende Gruppen zersplittert – oder sie wie eine überreife Frucht zu verfaulen beginnt.

»Ich pflichte Euch bei, Prospero«, sagte der Cimmerier. »Aber die gleiche Gefahr könnte auch in einem verfrühten Aufbruch liegen. Ganz sicherlich hat Procas seine Spione, von denen er weiß, daß wir in den nordargossanischen Bergen lagern. Und ein so gerissener General wie er wird sicher annehmen, daß wir beabsichtigen, den Alimane nach Poitain zu überqueren, da das die unzufriedenste aller aquilonischen Provinzen ist. Er braucht lediglich an jeder Furt Posten aufzustellen und seine Grenzlegion einsatzbereit zu halten, um sofort zu der richtigen Furt aufzubrechen.«

Trocero streifte sein graumeliertes Haar mit selbstbewußter Geste zurück. »Ganz Poitain wird sich erheben, um mit uns zu marschieren. Aber meine Partisanen halten sich noch ruhig, damit Procas nicht zu früh gewarnt wird.«

Die anderen tauschten bedeutungsvolle Blicke, in denen sich Hoffnung und Skepsis die Waage hielten. Vor wenigen Tagen waren Kuriere aus dem Rebellenlager aufgebrochen, um Poitain als Kaufleute, Kesselflicker und Händler zu betreten. Ihre Aufgabe war es, Graf Troceros Lehnsmänner und andere zu Plünderzügen und Ablenkungsmanövern aufzufordern, um die Königstruppen zu verwirren und zur Verfolgung von Plündertrupps zu verlocken. Hatten die Agenten ihre Mission erst ausgeführt, würden sie der Rebellenarmee das Zeichen zum Aufbruch geben – mit einem in Blut getauchten poitanischen Pfeil. Doch das Warten auf dieses Zeichen war ungemein nervenaufreibend.

»Ich mache mir weniger Gedanken über den Aufstand von Poitain«, sagte Prospero, »denn der ist so sicher wie nur etwas in dieser sich stets verändernden Welt sein kann, als über die versprochene Abordnung der Barone aus den nördlichen Provinzen. Wenn wir am neunten Tag des Frühlingsmonds nicht in Culario sind, werden sie sich zurückziehen, da für sie die Pflanzzeit beginnt.«

Conan brummte und leerte seinen Kelch. Die Edelleute aus dem Norden hatten in ihrer schwelenden Revolte gegen Numedides geschworen, die Rebellen zu unterstützen, wollten sich jedoch nicht offen zu einem Aufstand bekennen, der vielleicht mißlingen könnte. Käme es dazu, daß das Löwenbanner am Alimane unterging, oder daß die poitanische Revolte nicht wirkungskräftig genug war, so würden keine Verbindungen zwischen den selbstsüchtigen Baronen und den Rebellen auf sie weisen.

Die Vorsicht der Barone war verständlich, doch die Ungewißheit zerrte an den Nerven der Rebellenführer. Wenn sie auf der Ebene von Pallos ausharren mußten, bis die Poitanen ihr Geheimsignal schickten, würden sie dann Culario noch rechtzeitig erreichen? Trotz der heftigen Ungeduld seines barbarischen Wesens riet Conan, Geduld zu bewahren, bis das verabredete Zeichen kam. Aber seine Offiziere schwankten und waren zum Teil anderer Ansicht.

So diskutierten die Rebellenführer bis tief in die Nacht hinein, Prospero wollte die Armee in drei Gruppen teilen und sie gleichzeitig über die drei geeignetsten Furten schikken, und zwar die von Mevano, Nogara und Tunais.

Conan schüttelte den Kopf. »Procas wird genau *damit* rechnen.«

»Was dann?« fragte Prospero stirnrunzelnd.

Conan breitete die Karte aus und deutete mit einem narbigen Zeigefinger auf die mittlere Furt von Nogara. »Wir täuschen hier eine Überquerung vor, mit nicht mehr als zwei oder drei Kompanien. Ihr wißt schon, mit Tricks, die den Gegner überzeugen sollen, daß ihre Zahl bedeutend größer ist als in Wirklichkeit. Wir errichten leere Zelte, zünden Lagerfeuer und exerzieren einige Kompanien in Sichtweite des Feindes, dann ziehen wir sie in einem Bogen hinter ein Wäldchen, wo sie von ihm nicht gesehen werden können, und schicken sie von der anderen Seite nach vorn. Am Ufer werden wir ein paar Wurfmaschinen aufstellen, um die überquerenden Späher zur Eile anzutreiben. Die donnernden Geschosse werden Procas und seine Armee schnell herbeilocken.

Ihr, Prospero, werdet Euch um dieses Ablenkungsmanöver kümmern«, fügte Conan hinzu. Der junge Offizier protestierte, weil er dadurch die eigentliche Schlacht versäumen würde, aber Conan winkte ab. »Trocero, Ihr und ich teilen die übrigen Truppen auf. Eine Hälfte wird die Mevanofurt nehmen, die andere die bei Tunais. Mit ein wenig Glück bekommen wir Procas in die Zange.«

»Vielleicht habt Ihr recht«, murmelte der Graf von Poitain. »Mit dem Aufstand unserer Poitanen in Procas' Rükken ...«

»Mögen die Götter Eurem Plan hold sein, General«, murmelte Publius und wischte sich die Stirn. »Wenn nicht, ist alles verloren.«

»Ah, Ihr Schwarzseher!« brummte Trocero. »Krieg ist ein riskantes Geschäft. Wir haben nicht weniger zu verlieren als Ihr. Doch ob wir nun gewinnen oder verlieren, wir müssen zusammenstehen.«

»Ja, selbst am Fuß des Galgens«, brummte Publius.

Hinter der Abtrennung in Conans Zelt lag seine Geliebte auf einem Lager aus Fellen. Ihr schlanker Körper schimmerte im Schein einer Kerze, deren flackernde Flamme sich auf seltsame Weise in ihren smaragdgrünen Augen und in der verschleierten Tiefe des kleinen Obsidiantalismans spiegelte, der in dem duftenden Tal zwischen ihren Brüsten ruhte. Ein zufriedenes Lächeln spielte über ihre Züge.

Noch vor dem Morgengrauen wurde Trocero von einem Posten wachgerüttelt. Der Graf gähnte, streckte sich, blinzelte und schob ungehalten die Hand des Soldaten zur Seite.

»Genug!« donnerte er. »Ich bin wach, Tölpel, obgleich es wohl noch kaum hell genug für den Morgenappell ist . . .«

Sein Gesicht erblaßte und seine Stimme erstarb, als er sah, was der Mann ihm entgegenstreckte. Es war ein poitanischer Pfeil, der von der Spitze bis zum gefiederten Schaft mit verkrustetem Blut bedeckt war.

»Wie kam er hierher?« fragte er. »Und wann?«

»Erst vor wenigen Augenblicken, mein Lord«, erwiderte der Posten. »Ein Reiter aus dem Norden brachte ihn.«

»Ah! Ruf meine Burschen! Gib Alarm und bring den Pfeil sofort zu General Conan!« befahl Trocero, während er aufstand.

Der Posten salutierte und verließ das Zelt. Gleich darauf rannten zwei Burschen, die noch den Schlaf aus den Augen rieben, herein und halfen dem Grafen in seine Kleidung und die Rüstung.

»Endlich tut sich was, bei Mitra, Ischtar und dem Crom der Cimmerier!« rief Trocero. »Du da, Mnester! Ruf meine Hauptleute zur Besprechung! Und du, Junge, sieh nach, ob die Schwarze Lady bereits gefüttert und getränkt wurde! Sattle sie, schnell! Schnall die Gurte fest, ich lege keinen Wert auf ein kaltes Bad im Alimane!«

Noch ehe die Sonne sich rubinrot über die bewaldeten Gipfel der Rabirianischen Berge erhob, wurden die Zelte abgebrochen, die Posten zurückgerufen und die Wagen beladen. Als auch die letzten Morgennebel sich verzogen hatten, war die Armee bereits in drei Kolonnen auf dem Marsch zum Saxulapaß durch die Berge und dahinter nach Aquilonien und in den Kampf.

Das Land wurde rauh und die Straße immer holpriger. An beiden Seiten erhoben sich kahle Hügel mit gezackten Felsen durchzogen. Das waren die Vorläufer der Rabirianischen Berge, die westwärts ihren stattlichen, größeren Brüdern folgten.

Stunde um Stunde schleppten sich die Krieger und Bediensteten die steilen Hänge hoch und auf der anderen Seite wieder hinunter. Die Sonne brannte auf sie herab, während sie die schweren Wagen über die Höhen zerrten und sich wie ein Schwarm Bienen um sie drängten, um die Karren zu schieben, zu heben und zu ziehen. Auf den abfallenden Hängen wurde jedes Rad mit einer Kette umwickelt, damit es sich nicht drehen konnte und die Kette als Bremse diente. Staubwolken stiegen auf und verschmutzten die kristallklare Bergluft.

Von jedem Kamm, den sie überquerten, sah es aus, als zöge das Hauptgebirge sich immer noch weiter von ihnen zurück. Endlich, als die purpurnen Schatten des Spätnachmittags die östlichen Hänge jedes Hügels umschmeichelten, war es, als würde plötzlich ein Vorhang zurückgezogen. Die Bergkette lag vor ihnen und mit ihr der Saxulapaß, eine tiefe Klamm in der mittleren Gipfelregion, die aussah, als hätte ein wütender Riese sie mit der Axt hineingeschlagen.

Als die Armee sich zum Paß hochkämpfte, schickte Conan einen Trupp guter Bergsteiger die steilen Wände der Kluft empor, um sich zu vergewissern, daß kein Hinterhalt ihrer harrte. Die Späher signalisierten, daß alles in Ordnung war, und so marschierte die Armee hindurch. Die Schritte der Männer, das Klappern der Ausrüstung, das Trommeln der Hufe und das Knarren der Wagen schallte von den Felswänden zu beiden Seiten wider.

Am Ende des engen Passes schlängelte sich der Weg in die Tiefe und verlor sich zwischen den dicht wachsenden Zedern und Fichten, die die Nordhänge bedeckten. In der Ferne, hinter den mittelhohen Bergen, war bereits der Alimane zu sehen, der sich wie eine silberne Schlange, von den letzten Strahlen der Sonne beschienen, durch das Flachland wand.

Mit den Ketten um die Wagenräder folgten sie dem Serpentinenweg ins Tal. Beim ersten Funkeln der Sterne am Nachthimmel erreichten sie eine Gabelung. Hier hielt die Armee an und schlug ihr Lager auf. Conan stellte ausreichend Posten auf, um sich vor einem unerwarteten Überfall des Feindes von der anderen Seite des Flusses aus zu schützen. Doch nichts störte die Ruhe der müden Truppen, außer vielleicht das Knurren eines Leoparden, den der Ruf eines Postens verscheuchte.

Am nächsten Morgen nahmen Trocero und seine Abteilung die rechte Abzweigung, die sie zur Furt von Tunais bringen würde. Conan und Prospero mit ihren Truppen folgten der linken Gabelung, bis sie kurz vor Mittag zu einer weiteren Abzweigung kamen. Hier bog Prospero mit seiner kleineren Abteilung nach rechts, zur mittleren Furt, der von Nogara, ab. Conan setzte seinen Marsch mit den restlichen Fußsoldaten und der Reiterei weiter westwärts fort zur Mevanofurt.

Kompanie um Kompanie, Schwadron um Schwadron von Conans Rebellen zog die schmalen Straßen entlang. Sie lagerten des Nachts noch einmal in den Bergen und setzten dann ihren Weg fort. Als sie endlich die letzten Hügel des

Vorgebirges hinter sich hatten, sahen sie zwischen Tannengehölzen erneut das breite, schimmernde Band des Alimanes, der Argos von Poitain trennte. Gewiß, Argos beanspruchte einen Streifen Land am Nordufer des Flusses, der bis zur Mündung des Alimanes in den Khorotas reichte, doch unter Vilerus III. hatten die Aquilonier dieses Gebiet besetzt und da sie die Stärkeren waren, es auch nicht mehr zurückgegeben.

Als Conans Division das Flachland erreichte, befahl der Cimmerier seinen Männern, von jetzt ab möglichst den Mund zu halten, und falls sie sprechen mußten, dann nur im Flüsterton. Soweit es möglich war, sollten sie auch dafür sorgen, daß die Pferdegeschirre und Rüstungen nicht klirrten und die Wagen nicht allzusehr knarrten und rasselten. Die Karren hielten schließlich zwischen größeren Baumgruppen, und die Männer schlugen ihre Zelte außerhalb Sichtweite der Mevanofurt auf. Vorausgeschickte Kundschafter meldeten, daß kein Feind zu sehen sei, brachten jedoch die unerfreuliche Neuigkeit mit, daß der Fluß durch die Schneeschmelze Hochwasser führte.

Lange ehe der Morgen eines bewölkten Tages graute, ließen Conans Hauptleute ihre Soldaten aus dem Schlaf reißen. Brummelnd würgten die Männer ein kaltes Frühstück hinunter und reihten sich zu Kolonnen. Conan stapfte herum, stieß Flüche aus und drohte jenen, die es wagen sollten, ihre Stimmen zu heben oder ihre Waffen fallen zu lassen, mit fürchterlichen Strafen. In seinen besorgten Ohren klangen ihre Bewegungen so laut, daß er meinte, es müßte meilenweit über das Rauschen des Flusses hinweg zu hören sein. Eine besser ausgebildete Streitmacht, dachte er säuerlich, würde wie auf Katzenpfoten dahinschleichen.

Um die Geräusche in Grenzen zu halten, wurden die Befehle der Hauptleute und Feldwebel an ihre Männer durch

Handsignale weitergegeben, was allerdings zu beachtlicher Verwirrung führte. Eine Kompanie, die das Zeichen zum Aufbruch erhielt, drängte sich durch die Reihen einer anderen. Fäuste wurden geballt und Nasen bluteten, ehe die Offiziere etwas Ordnung in das Durcheinander bringen konnten.

Eine tiefe Wolkendecke öffnete ihre Schleusen, als Conans Truppen sich dem Flußufer näherten. Der Cimmerier hielt seinen Rapphengst Fury an und spähte durch die dichten Regenschleier zum anderen Ufer hinüber. Vor den Hufen seines Pferdes brauste das lehmigbraune Wasser vorbei.

Conan winkte seinen Adjutanten Alaricus, einem vielversprechenden jungen aquilonischen Hauptmann, herbei. Alaricus lenkte sein Pferd dicht an das des Generals.

»Wie tief, glaubt Ihr, ist der Fluß?« flüsterte der Cimmerier.

»Gewiß mehr als knietief, General«, erwiderte Alaricus ebenfalls flüsternd. »Möglicherweise reicht das Wasser bis zur Brust. Gestattet, daß ich hineinreite, um mich zu vergewissern.«

»Paßt auf, daß Ihr nicht in ein Loch stolpert«, warnte ihn Conan.

Der junge Hauptmann lenkte seinen Fuchswallach in die wirbelnden Fluten. Das Tier scheute, doch dann watete es gehorsam dem Nordufer entgegen. In Flußmitte schäumte das Wasser über die Zehen von Alaricus' Stiefel. Als er über die Schulter zurückblickte, winkte ihn Conan zurück.

»Wir müssen es riskieren«, knurrte der General, nachdem sein Adjutant wieder neben ihm stand. »Gebt den Befehl weiter, daß Dios leichte Reiterei als erste überqueren und sich in den Wäldern drüben umsehen soll! Dann werden die Fußsoldaten in einer Reihe hintereinander hinüberwaten. Jeder hält sich am Gürtel des Vordermanns fest. Einige dieser Burschen würden sicher ertrinken, wenn sie mit ihrer schweren Ausrüstung ausrutschten.«

Der bleiche, sonnenlose Tag schritt voran und die Schwadron leichter Kavallerie planschte in den Fluß. Am anderen Ufer angelangt, winkte Hauptmann Dio, um anzudeuten, daß kein Feind zu sehen war.

Conan hatte genau aufgepaßt, als die Pferde sich durch das lehmige Wasser kämpften, und sich die jeweilige Tiefe gemerkt. Er stellte fest, daß das Flußbett sich in Strommitte hob und auch das andere Ufer seicht war. Jetzt bedeutete er der ersten Kompanie Fußsoldaten, den Fluß zu überqueren. Gleich darauf befanden sich zwei Kompanien Lanzer und eine Kompanie Bogenschützen in den Fluten. Jeder Soldat hielt den Vordermann am Gürtel fest. Die Schützen hoben ihre Bogen über die Köpfe, damit sie nicht naß wurden.

Conan lenkte seinen Hengst dicht an Alaricus' Wallach. »Schickt jetzt die schwere Reiterei durch den Fluß und danach die Wagen. Ceros Kompanie Fußsoldaten soll sie begleiten, um sie aus den Lehmlöchern zu heben, wenn sie steckenbleiben. Ich werde von der Flußmitte aus alles überwachen.«

Fury stolperte bis über das Sprunggelenk in das rauschende Wasser. Als er scheute und wieherte, als wittere er Gefahr, verstärkte Conan seinen Griff um die Zügel und zwang das Tier durch die tiefste Flußstelle.

Seine scharfen Augen wanderten über das jadegrüne Laubwerk am Nordufer, wo ein wahres Dickicht blühender Sträucher, deren Farbenpracht durch den grauen Tag ein wenig gedämpft wurde, sich um die kahlen Stämme alter Bäume schmiegte. Die Straße auf der Nordseite wurde zu einem dunklen Tunnel zwischen den frischbelaubten Eichen, die die Last des wolkenschweren Himmels zu tragen schienen. Hier gab es mehr als genug Möglichkeiten, eine ganze Armee zu verstecken, dachte Conan düster. Die leichte

Kavallerie wartete noch, eng aneinandergedrängt in einer kleinen Lichtung, wo es aussah, als wäre die Straße geradewegs aus dem Wasser gekommen. Dabei hätte Dio mit seinen Leuten erst den umgebenden Wald absuchen müssen, ehe der erste Fußsoldat das Nordufer erreichte. Conan winkte wütend.

»Dio!« brüllte er von der Untiefe in der Flußmitte. Falls sich der Feind in der Nähe befand, mußte er ohnedies die Überquerung längst bemerkt haben, also sah Conan keinen Grund mehr, leise zu sein. »Verteilt Euch endlich und durchkämmt den Wald! Verdammt, setzt Euch schon in Bewegung!«

Die drei Kompanien Fußsoldaten kletterten schlammig und triefend ans Nordufer, während Dios Reiter sich in Gruppen teilten und in den Büschen beiderseits der Straße verschwanden. Eine Armee ist am gefährdetsten, wenn sie einen Strom überquert, das wußte Conan. Ein ungutes Gefühl machte sich in ihm breit.

Er wendete sein Pferd, um das Südufer zu überblicken. Die schwere Reiterei war bereits knietief im Wasser, und die vordersten Wagen kämpften sich durch die Fluten. Ein paar waren im Schlamm des Flußbetts steckengeblieben. Soldaten bemühten sich, die Räder freizubekommen.

Ein plötzlicher Schrei zerriß die Luft. Als Conan herumwirbelte, sah er eine flüchtige Bewegung in den Büschen direkt an der Kreuzung von Fluß und Straße. Mit einer schnellen Warnung riß Conan am Zügel seines Hengstes und duckte sich. Ein Pfeil, der für ihn bestimmt gewesen war, flitzte an ihm vorbei und bohrte sich in den Hals eines jungen Offiziers hinter ihm. Als der Sterbende zusammensackte und ins strudelnde Wasser stürzte, drückte Conan seinem Pferd die Fersen in die Weichen und trieb es vorwärts, während er gleichzeitig Befehle brüllte. Er mußte unbedingt sofort zu seinen Truppen, die in Feindberührung gekommen waren, gleichgültig, ob es sich bei dem Gegner nur um wenige Männer handelte, die lediglich die Furt bewacht hatten, oder um die geballte Streitmacht Procas'.

Plötzlich bäumte Fury sich auf und taumelte unter dem Aufprall eines Pfeiles. Mit einem grauenvollen Wiehern sank das Tier in die Knie und warf Conan aus dem Sattel. Der Cimmerier schluckte einen Mundvoll schmutzigen Wassers und kämpfte sich auf die Beine, nicht ohne wütende Flüche auszustoßen. Ein weiterer Pfeil prallte gegen seinen Brustharnisch und fiel in die Fluten. Ringsum war die bleierne Stille des grauen Tages zerrissen. Ein dichter Pfeilhagel zwitscherte ins Wasser. Die Männer brüllten ihre Schlachtrufe hinaus, schrien vor Schmerzen oder auch Angst, und verfluchten die Götter.

Conan blinzelte das Wasser aus den brennenden Augen und sah eine Dreifachreihe von Bogen und Armbrustschützen in den blauen Röcken der Grenzlegion. Wie ein Mann waren sie aus den üppigen Büschen gesprungen, um die im Fluß zappelnden Rebellen unter Beschuß zu nehmen.

Das wütende Schwirren der Pfeile vermischte sich mit dem dumpferen Surren der Armbrustbolzen. Obgleich die Armbrustschützen mit ihren schweren Waffen nicht so schnell und so oft schießen konnten wie die Bogenschützen, hatten doch ihre Geschosse eine größere Reichweite und Durchschlagskraft – die Eisenbolzen drangen durch den besten Harnisch. Mann um Mann fiel, schreiend oder stumm, und das lehmige Wasser schloß sich über ihren Köpfen und schwemmte ihre Leiber an die Ufer.

Conan watete durch den Fluß und suchte nach einem Trompeter, um seine Männer zur Schlachtformation zu sammeln. An einer seichten Stelle fand er einen blonden Gundermann, der dumm auf die ringsum im Wasser versinkenden Kameraden stierte. Conan planschte laut fluchend auf ihn zu, doch als er den Burschen am Wams packen wollte, krümmte der Gundermann sich und stürzte kopfüber ins Wasser. Ein Bolzen hatte sich in seine Eingeweide gebohrt. Die Trompete entglitt den schlaffen Fingern und wurde von der Strömung mitgerissen.

Während Conan stehenblieb, um Luft zu holen, schaute er sich wie ein Löwe in der Falle um. Ein zunehmendes Rasseln und Klirren von der Lichtung lenkte seine Aufmerksamkeit auf sich. Aquilonische Kavallerie – gerüstete Lanzer und Schwertkämpfer auf kräftigen Rossen – donnerten aus dem Wald und stürmten auf das Durcheinander von leichter Reiterei und Fußsoldaten der Rebellen ein. Die kleineren Pferde der Rebellenkundschafter wurden von den mächtigen Streitrossen zur Seite geschoben, und die Fußsoldaten niedergeritten und -getrampelt. In wenigen Augenblicken war das Nordufer von den Rebellen gesäubert. Und dann, mit der Präzision einer Wasseruhr, öffneten sich Procas' Schwadrone zu einer weiten Reihe von Reitern, die ihre Tiere ins Wasser lenkten, um gegen die Rebellen im Fluß vorzugehen.

»Zu mir!« brüllte Conan und schwenkte sein Schwert. »Formt Karrees!«

Doch jetzt platschten die Überlebenden des Gemetzels, die von der aquilonischen Kavallerie ins Wasser zurückgetrieben worden waren, in panischer Flucht durch den Fluß. Sie schoben und stießen ihre Kameraden, die ans Nordufer unterwegs waren, zur Seite.

Durch den aufgewühlten Fluß donnerten Procas' Reiter und wirbelten Schaum auf. Der ersten Reihe folgte eine zweite, eine dritte, dann noch eine und eine weitere. Und von den Flanken setzten Procas' Armbrustschützen ihren Beschuß fort, den die Bogenschützen der Rebellen nicht beantworten konnten, weil sie nicht einmal dazu gekommen waren, die Sehnen einzuhängen.

»General!« brüllte Alaricus. Conan drehte sich um. Der

junge Hauptmann kämpfte sich durch das Wasser, das seinem Pferd bis zur Brust reichte. »Rettet Euch! Hier sind wir geschlagen, aber Ihr könnt die Männer am Südufer um Euch scharen. Hier, nehmt meinen Hengst!«

Conan stieß einen heftigen Fluch auf die schnell näherkommende Reihe schwerer Reiterei aus. Einen Augenblick lang zögerte er. Er hatte gute Lust, sich allein auf sie zu werfen und links und rechts um sich zu hauen. Aber er gab diesen Gedanken schnell auf. In früheren Tagen hätte der Cimmerier sich vielleicht auf eine solche Wahnsinnstat eingelassen, doch jetzt war er General und verantwortlich für das Leben anderer, außerdem hatte die Erfahrung seine jugendliche Tollkühnheit mit Vorsicht gedämpft. Als Alaricus sich daran machte, vom Pferd zu springen, faßte Conan den Steigbügel mit der Linken und knurrte: »Bleib oben, Junge! Wir kehren zum Südufer zurück. Crom verfluche Procas!«

Alaricus stieß seinem Pferd die Fersen in die Weichen. Es mühte sich aufs argossanische Ufer zu. Conan hielt sich weiter am Steigbügel fest und begleitete ihn mit langen, halb springenden Schritten, mitten durch die Rebellenreiter und -fußsoldaten hindurch, die in wirrer Flucht südwärts drängten.

Hinter ihnen ritten die Aquilonier. Sie stachen mit ihren Lanzen und hieben mit den Schwertern nach den Nachzüglern, die gegen die Strömung ankämpften. Schon jetzt war das lehmige Wasser des Alimanes unterhalb der Furt von Mevano rotgefärbt. Nur die Tatsache, daß auch die Verfolger durch die wirbelnde Flut behindert wurden, rettete Conans Vorhut vor der völligen Vernichtung.

Schließlich erreichten die Fliehenden eine Schwadron schwerer Reiterei, die nach der Rebelleninfanterie die Überquerung begonnen hatte. Die Fußsoldaten drängten sich zwischen die herbeiwatenden Pferde und brüllten in ihrer

Panik. Die dadurch verschreckten Pferde bäumten sich auf und schlugen aus, bis auch die Reiter die Flucht ergriffen. Hinter ihnen plagten sich die Wagenlenker verzweifelt, die im Schlamm steckenden Räder freizubekommen und mit den Versorgungswagen zu wenden. Doch als sie die Hoffnungslosigkeit dieser Bemühungen einsahen, planschten auch sie zum Südufer zurück. Beim Erreichen der verlassenen Karren machten die Aquilonier die brüllenden Ochsen nieder und drängten weiter durch den Fluß. Durchweichte Leichen schaukelten in der Strömung und waren stellenweise wie gefällte Baumstämme ineinander verkeilt. Die Ladung der umgekippten Wagen – Zeltleinwand und Stangen, Lanzen und Pfeile – wurden von der Flut flußabwärts getrieben.

Sich heiser brüllend, kletterte Conan das Südufer hoch, wo die restlichen Kompanien, die den Befehl zum Überqueren noch nicht bekommen hatten, abwartend ausharrten. Er befahl ihnen, in Verteidigungsformation zu gehen, aber überall löste die Rebellenarmee sich zu wirren Haufen fliehender Soldaten auf. Sie warfen ihre Lanzen, Schilde und Helme von sich und rannten in alle Richtungen aus dem Fluß und über die Ebene, die an ihn anschloß. Alle Disziplin, die ihnen in Monaten sorgfältigster Ausbildung eingedrillt worden war, war in diesem Augenblick der Panik vergessen.

Ein paar Gruppen hielten ihre Stellung, als die aquilonische Kavallerie sie erreichte, und kämpften mit verzweifelter, hartnäckiger Wildheit, aber sie wurden niedergeritten oder verstreut.

Conan stieß in dem Durcheinander auf Publius. Er packte ihn an der Schulter und brüllte in sein Ohr. Doch in dem Getümmel vermochte der Kämmerer kein Wort zu verstehen und deutete nur hilflos. Zu seinen Füßen lag bewußtlos Conans Adjutant, den Publius gegen die schweren Stiefel der Fliehenden schützte. Alaricus' Pferd war durchgegangen.

Wütend fluchend trieb Conan die kopflose Meute um sich mit der flachen Klinge auseinander. Dann hob er Alaricus auf die Schulter und rannte weitausholenden Schrittes südwärts. Der dicke Publius lief schnaufend neben ihm her. Nicht weit hinter ihnen kletterte die aquilonische Reiterei aus dem Fluß, um die fliehenden Rebellen zu verfolgen und die Wagen zu umzingeln, die noch am Ufer standen.

Den Lenkern der Wagen, die weiter vom Ufer entfernt waren, gelang es, ihre plumpen Gefährte zu wenden. Sie trieben die Ochsen zu schnellerem Lauf an, um die Sicherheit der Hügel zu erreichen. Die südwärts führende Straße war schwarz von Fliehenden, obgleich eine große Zahl quer über die Wiesen lief, um sich im Schutz der Wälder zu verstecken.

Da der Tag noch jung und die aquilonischen Streitkräfte frisch waren, drohte Conans Division die Vernichtung durch die Hand der gut berittenen Verfolger. Doch hier kam es zu einem Einhalt – einem kurzen nur, doch er genügte für einen geringen Vorteil für die Flüchtlinge. Die Aquilonier, die die Versorgungswagen umringt hatten, machten sich nun, trotz ihrer Befehle brüllenden Offiziere daran, die Fuhrwerke zu plündern, statt die Rebellen zu verfolgen. Als Conan es bemerkte, keuchte er:

»Publius, wo ist die Soldtruhe?«

»Ich – weiß – nicht«, schnaufte der Kämmerer. »Sie war – in einem – der letzten Wagen – vielleicht konnte sie – noch in Sicherheit gebracht – werden. Ich – kann nicht mehr – Conan. Lauft – ohne mich – weiter!«

»Reißt Euch zusammen, Publius!« knurrte der Cimmerier. »Ich brauche einen Mann, der mit Geld und Zahlen umzugehen weiß. Ah, mein Mehlsack kommt zu sich.«

Als Conan seine Last absetzte, öffnete Alaricus die Augen und stöhnte. Der Cimmerier, der ihn eilig nach Verletzungen untersuchte, fand keine. Offenbar war der Hauptmann durch einen Armbrustbolzen betäubt worden, der lediglich seinen Helm gestreift und eingebeult hatte. Conan half ihm auf die Beine.

»Ich habe Euch getragen, Junge«, brummte er. »Jetzt ist es an der Zeit, daß Ihr mir helft, unseren fetten Freund zu schleppen.«

Gleich darauf brachen die drei wieder in Richtung der Berge auf. Publius hatte je einen Arm um die Schultern der beiden Offiziere gelegt und stolperte zwischen ihnen dahin. Es begann wieder zu regnen, leicht anfangs, doch dann in Strömen.

Das Geschick hatte es nicht gut gemeint mit Conan. Er saß fröstelnd in der Dunkelheit irgendwo in einer Mulde der Rabirianischen Berge. Die Schlacht war für ihn verloren, seine Männer verstreut – jene, die den Kampf und danach die blutige Rache des Königsgenerals und seiner Suchtrupps überlebt hatten. Es sah ganz so aus, als hätte sich ihre gute Sache in wenigen Stunden zerschlagen, als wäre sie im lehmigen, blutgefärbten Hochwasser des Alimanes versunken.

Hier in dieser felsigen Mulde, zwischen Eichen und Tannen versteckt, warteten Conan, Publius und etwa hundert andere Rebellen das Ende der Dunkelheit und der hoffungslosen Nacht ab. Die Flüchtlinge waren eine gemischte Meute: rebellische aquilonische Edle, tapfere Landleute, bewaffnete Gesetzlose, und Glücksritter. Manche waren verwundet, glücklicherweise wenige schwer, und viele Herzen pochten unruhig in ihrer Verzweiflung.

Amulius Procas' Legionen durchsuchten die Hügel, um alle Überlebenden niederzumetzeln, dessen war Conan sicher. Die siegreichen Aquilonier wollten ganz offenbar die Rebellion ein für allemal niederwerfen und alle Aufständischen, die sie erwischen konnten, in den Tod schicken. Unwillig mußte Conan dem königlichen General zugestehen, daß sein Plan sehr geschickt durchdacht war. Wäre er, Conan, an Procas' Stelle gewesen, hätte er wohl die gleiche Strategie verfolgt.

In düsterem Schweigen machte Conan sich Sorgen um Prospero und Trocero. Prospero sollte die Überquerung an der Nogarafurt vortäuschen und so Procas' Haupttrupp auf sich lenken, damit Conan und Trocero nur mit kleinen Spähtrupps zu tun bekommen würden. Statt dessen war Procas' geballte Truppe aus ihren Verstecken aufgetaucht, als Conans Vorhut sich im Alimane hoffnungslos im Nachteil befand. Conan fragte sich, wie Procas so geschickt die Rebellenpläne durchschaut hatte.

Vom Fluß und vom Regen durchweicht kauerten die Männer sich in der Dunkelheit um ihren Führer. Sie wagten es nicht, ein Feuer zu machen, denn sein Schein mochte die Suchtrupps herbeilocken und zu ihrer Vernichtung führen. Hustend und niesend hockten die Männer herum. Als einer von ihnen auf das Wetter fluchte, wies Conan ihn zurecht.

»Wir können den Göttern für den Regen danken. Wäre es ein klarer Tag gewesen, hätte Procas uns alle niedergemetzelt. Kein Feuer!« donnerte er einen Soldaten an, der Feuerstein und Stahl aneinanderschlug. »Willst du vielleicht Procas' Hunde auf uns hetzen? Wie viele sind wir? Meldet euch, aber leise! Publius, habt die Güte mitzuzählen!«

»Hier! Hier!« riefen die Männer, während Publius an den Fingern mitzählte. Als das letzte »Hier!« verklungen war, sagte er:

»Hundertdreizehn, General, Ihr und ich nicht mitgerechnet.«

Conan brummte. So sehr der Durst nach Rache auch in

des Barbaren Herzen brannte, war es ihm doch klar, daß eine so geringe Zahl kaum den Kern für eine neue Armee bilden konnte. Er täuschte seinen Männern Zuversicht vor, aber der Wurm der Verzweiflung nagte an ihm.

Er stellte Wachen auf, und während der Nacht stolperten erschöpfte Männer, von diesen Posten geleitet, allein und zu zweien und dreien in die Mulde. Gegen Mitternacht kam Dexitheus, der Mitrapriester, auf einer behelfsmäßigen Krücke und schwer auf den Arm eines Postens gestützt, herbeigehumpelt. Er hatte sich den Knöchel verstaucht, und die Schmerzen machten ihm offensichtlich sehr zu schaffen.

Inzwischen hatte sich die Zahl der Flüchtlinge, die sich hier eingefunden hatte, auf etwa zweihundert erhöht, von denen manche schwer verwundet waren. Trotz seiner eigenen Schmerzen machte der Mitrapriester sich daran, die Verwundeten zu versorgen. Er entfernte vorsichtig die Pfeilspitzen, die noch in ihnen steckten, und verband stundenlang ihre Verletzungen, bis Conan ihm barsch gebot, sich endlich zur Ruhe zu legen.

Das provisorische Lager bot wenig Bequemlichkeit, und die Rebellen, befürchtete Conan, hatten keine große Chance, die nächste Nacht noch zu erleben. Aber zumindest hatten die meisten noch ihre Waffen und würden ihre Haut teuer verkaufen, falls Procas' Trupps ihr Versteck entdeckten.

Der Morgen kam mit einem Himmel, an dem die Wolken sich immer weiter zurückzogen, und es versprach ein klarer, sonniger Tag zu werden. Conan wurde durch die leise gewechselten Worte vieler Bewaffneter geweckt. Die Neuankömmlinge waren Prospero und seine Täuschungsabteilung, etwa fünfhundert Mann stark.

»Prospero!« rief Conan und sprang auf, um seinen Freund erfreut zu umarmen. Dann führte er den Offizier ein wenig zur Seite und sprach im Flüsterton zu ihm, damit schlechte Neuigkeiten die Verzweiflung seiner Männer nicht noch verstärkten. »Mitra sei Dank, daß Ihr noch lebt! Wie verlief der Tag? Wie habt Ihr uns gefunden? Wißt Ihr etwas von Trocero?«

»Eins nach dem anderen, General«, sagte Prospero und holte Luft. »Wir fanden lediglich eine kleine Abteilung des Feindes an der Nogarafurt, die bei unserem Anblick schleunigst die Flucht ergriff. Den ganzen Tag marschierten wir im Kreis, bliesen unsere Trompeten, trommelten laut, aber wir lockten damit keine Königstreuen an die Furt. Da mir das merkwürdig vorkam, schickte ich einen Kundschafter flußabwärts zur Tunaisfurt. Er meldete, daß dort eine heftige Schlacht im Gange war. Dann erreichte uns ein Fliehender von Eurer Division und berichtete von dem Gemetzel an der Mevanofurt. Da ich mit meinem kleinen Trupp nicht unnötig zwischen die Mühlsteine zweier feindlicher Divisionen geraten wollte, zogen wir uns in die Berge zurück. Hier erfuhren wir von weiteren Fliehenden, welche Richtung sie Euch hatten nehmen sehen. Was ist mit Euch?«

Conan biß die Zähne zusammen, um seinen Ärger über sich selbst zurückzuhalten. »Ich machte mich zum Narren, Prospero, und führte meine Leute geradewegs in Procas' Rachen. Ich hätte warten müssen, bis Dio die Wälder um die Furt durchsucht hatte, ehe ich die Jungs den Fluß überqueren ließ. Es ist ganz gut für Dio, daß er gleich beim ersten Ansturm fiel – wäre er es nicht, hätte er sich gewünscht, es zu sein, wenn er mir erst in die Hände geraten wäre. Er und seine Schwadron standen nur endlos wie die Schafe herum, statt sich im Unterholz zu verteilen. Aber trotzdem war es meine Schuld, denn meine Ungeduld ließ mich überstürzt handeln. Procas hatte Kundschafter in den Bäumen, die das Zeichen zum Angriff gaben. Jetzt ist alles verloren.«

»Aber nicht doch, Conan«, versuchte Prospero ihn aufzurütteln. »Wie Ihr selbst zu sagen pflegt: Man darf die Hoffnung nicht aufgeben, ehe nicht der letzte Mann ins Gras gebissen hat. Und in jedem Krieg schwankt die Gunst der Götter von einer zur anderen Seite. Laßt uns zur Ebene von Pallos und unserem Lager zurückkehren. Vielleicht stoßen wir unterwegs auf Trocero. Wir sind nun mehrere hundert Mann stark und werden es auf tausend bringen, wenn erst die weiteren Nachzügler uns gefunden haben. In Hunderten Verstecken wie diesem dürften unsere Leute Schutz gesucht haben.«

»Procas ist weit in der Übermacht«, sagte Conan düster, »und seinen kampferprobten Truppen hat der leichte Sieg auch noch die Brust geschwellt. Was können ein paar tausend, durch die Niederlage entmutigte Männer schon gegen sie ausrichten? Außerdem wird er inzwischen sicherlich die Pässe durch die Rabirianischen Berge besetzt haben, zumindest aber den Hauptpaß bei Saxula.«

»Zweifellos«, pflichtete Prospero ihm bei, »aber Procas' Truppen sind in ihrer Suche nach den Flüchtlingen weit verstreut. Unsere hungrigen Löwen könnten seine Meuten Bluthunde eine nach der anderen verschlingen. Wir stießen auf dem Weg hierher auf eine davon – eine Schwadron leichte Reiterei – und machten sie bis zum letzten Mann nieder. Kommt, General! Ihr habt Euch einen Ruf als ein Mann gemacht, der nie aufgibt. Ihr habt eine Bande von Gesetzlosen in eine ordentliche Armee verwandelt und schon so manchen Thron zum Wanken gebracht, das gleiche könnt Ihr doch wieder tun! Also faßt neuen Mut!«

Conan holte tief Atem und straffte die mächtigen Schultern. »Ihr habt recht, bei Crom! Wir haben ein Gefecht verloren, aber unsere gute Sache verlangt, daß wir weiterkämpfen, selbst wenn nur noch wir zwei Rücken an Rücken dafür stehen. Und wir haben das zumindest.«

Er griff in die Schatten und holte aus einem Spalt im Felsen das Löwenbanner, das Symbol der Rebellion. Sein Fahnenträger, obgleich tödlich verwundet, hatte es hierher in die Berge gebracht. Nachdem er seinen Verletzungen erlegen war, hatte Conan die Standarte zusammengerollt und sie wütend aus den Augen verbannt. Jetzt rollte er sie im Licht des neuen Tages wieder auf.

»Es ist nicht viel, was wir retten konnten«, brummte er. »Aber mehr als ein Thron ist mit weniger erobert worden.« Conans Gesicht verzog sich zu einem grimmigen, entschlossenen Lächeln.

5

DER PURPURNE LOTOS

Der freundliche Tag offenbarte, daß das Glück die Rebellenarmee doch nicht ganz verlassen hatte. Die Nacht war stark bewölkt gewesen, und so hatten Amulius Procas' Krieger viele der verstreuten Verstecke der Rebellen nicht aufgespürt. Sobald die Sonne ihre Strahlen über das Land schickte, schleppten sich viele Haufen der niedergeschlagenen Löwenkrieger, die von den Suchtrupps entweder nicht entdeckt worden waren oder sie zurückgeworfen hatten, über die Rabirianischen Berge zurück.

Die Nacht war nicht mehr fern, als Conan und die Überreste seiner Armee sich dem Saxulapaß näherten. Der General schickte ein paar Mann als Kundschafter voraus, da er überzeugt war, daß sie sich ihren Weg würden hindurchkämpfen müssen. Er schüttelte ungläubig den Kopf, als die zurückkehrenden Späher ihm meldeten, daß keine Truppen der Grenzlegion in Paßnähe zu sehen waren. Es gab lediglich Spuren – die Asche von Lagerfeuern und andere Überreste –, die darauf hindeuteten, daß eine Abteilung von Procas' Männern im Paß gelagert hatte, doch sie selbst war verschwunden.

»Crom! Was bedeutet das?« murmelte Conan nachdenklich und starrte auf die mächtige Kerbe im Berg. »Könnte es sein, daß Procas seine Männer noch tiefer nach Argos hineingeschickt hat?«

»Das glaube ich nicht«, meinte Publius, »denn das würde einen offenen Krieg mit Milo heraufbeschwören. Viel wahr-

scheinlicher halte ich es, daß er seine Truppen über den Alimane zurückzog, ehe der Hof von Messantia von seiner Überschreitung hören würde. Erhöbe König Milos dann Protest dagegen, könnte Procas guten Gewissens behaupten, daß kein königlich aquilonischer Soldat sich mehr auf argossanischem Territorium aufhält.«

»Wir wollen hoffen, daß Ihr recht habt«, brummte Conan. »Vorwärts, Männer!«

Gegen Mittag hatte Conan weitere vollständige Kompanien um sich gesammelt, die vor dem Hinterhalt an der Mevanofurt unversehrt die Flucht hatten ergreifen können. Aber der größte Gewinn für die Rebellen war Graf Trocero persönlich, der mit zweihundert Mann Reiterei und Fußsoldaten auf einer Kuppe sein Lager aufgeschlagen und es mit Palisaden befestigt hatte. Der Graf von Poitain war bereit, sein kleines Fort gegen Procas und seine ganze eiserne Legion zu verteidigen. Zutiefst gerührt umarmte Trocero Conan und Prospero.

»Mitra sei Dank, daß Ihr noch lebt!« rief er. Er wandte sich dem Cimmerier zu. »Ich hörte, Ihr seid von einem Pfeil durchbohrt worden und Eure Division sei südwärts geflohen wie die Wildgänse.«

»Bei Gerüchten über eine Schlacht entspricht gewöhnlich nur ein Zehntel der Wahrheit«, sagte Conan lächelnd. Er berichtete von dem Hinterhalt bei Mevano und fragte: »Und wie erging es Euch bei der Tunaisfurt?«

»Nicht besser als Euch. Ich glaube, Procas persönlich hatte dort das Kommando übernommen. Seine Leute waren sowohl am Süd- als auch Nordufer versteckt und griffen uns von beiden Seiten an, als wir uns anschickten, den Fluß zu überqueren. Ich hätte nicht gedacht, daß er es wagen würde, in solcher Stärke die argossanische Grenze zu überschreiten.«

»Amulius Procas kennt keine Skrupel, wenn er sich etwas

verspricht. Aber sagt, wie seid Ihr hierhergekommen? Durch den Saxulapaß?«

»Nein. Als wir uns ihm näherten, kampierte dort eine größere Abteilung von Procas' Männern. Glücklicherweise kannte einer meiner Reiter, ein ehemaliger Schmuggler, eine schmale Schlucht parallel zum Paß, durch die er uns führte. Es war ein schwindelerregender Aufstieg, aber wir schafften es mit einem Verlust von lediglich zwei Pferden. Jetzt, sagt Ihr, sei der Saxulapaß offen?«

»Zumindest war er es vergangene Nacht«, antwortete Conan. Er schaute sich um. »Wir wollen uns beeilen, zu unserem alten Lager auf der Ebene von Pallas zurückzukommen. Meine Männer zusammen mit Euren ergeben immer noch gut über tausend Krieger.«

»Tausend machen noch lange keine Armee«, brummte Publius. »Es ist nicht mehr als ein Bruchteil der zehntausend, die nordwärts mit uns marschierten.«

»Es ist ein neuer Anfang«, versicherte ihm Conan, dessen Pessimismus der vergangenen Nacht verflogen war. »Ich entsinne mich noch gut, wie alles mit nur fünf unverzagten Herzen begann.«

Als die Überreste der Rebellenarmee dahinmarschierten, schlossen sich ihnen weitere Trupps an, die dem Gemetzel entgangen waren, auch kleinere Gruppen und einzelne Überlebende. Immer wieder schaute Conan besorgt über die Schulter zurück und erwartete jeden Augenblick, Procas' gesamte Grenzlegion in wilder Verfolgung die Rabirianischen Berge herabstürmen zu sehen. Aber Publius teilte seine Befürchtung nicht.

»Überlegt doch, General«, sagte er. »König Milos hat uns nicht – zumindest noch nicht – verraten oder sich gegen uns gestellt, denn zweifellos wäre er uns sonst in den Rücken gefallen, während Procas uns angriff. Mir deucht, nicht einmal der wahnsinnige König von Aquilonien würde es wagen, einen offenen Krieg mit Argos zu riskieren, denn die Argossaner wären ein zäher Gegner. Amulius Procas weiß, wie weit er gehen darf. Hätte er unüberlegt benachbarte Reiche beleidigt, wäre er längst nicht mehr General in des Königs Gnaden. Wenn wir erst unsere Ausbildungslager erreicht und unsere Befestigungen verstärkt haben, sind wir für den Augenblick sicher. Die Reservevorräte und die Lagerbediensteten erwarten uns.«

Conan zog finster die Brauen zusammen. »Außer Numedides besticht oder erpreßt König Milo, daß er gegen uns vorgeht.«

In gewisser Weise waren Conans Befürchtungen nicht aus der Luft gegriffen. Denn nicht lange danach saßen aquilonische Agenten mit König Milos und seinen Ratgebern beisammen. Der Sprecher der Aquilonier war Quesado, der Zingarier, der Messantia mit einigen Begleitern nach einem langen, anstrengenden Ritt – in einem weiten Bogen um die sich bekriegenden Armeen – erreicht hatte.

Quesado, jetzt prunkvoll in schwarzem Samt und Stiefeln aus dem feinsten roten kordovanischen Leder ausstaffiert, hatte sich verändert, und diese Veränderung war nicht ausgesprochen zum Besten seines Auftraggebers. Als König Numedides von den Erfolgen des Spions in Vibius Latros Diensten hörte, war er sofort hocherfreut gewesen und hatte darauf bestanden, Quesado zu befördern und ins Diplomatische Corps aufzunehmen. Das stellte sich als Fehler heraus.

Der Zingarier war ein ausgezeichneter Spion gewesen, dessen Stärke in seiner Unauffälligkeit gelegen hatte. Jetzt plötzlich war er, was Sold und Prestige betraf, die Stufen hinaufgefallen, und nun legte er seine Fassade der Bescheidenheit ab und die Überheblichkeit eines zingaranischen Möchtegern-Herrn kam zum Vorschein. Er schaute über den scharfen Kamm seiner Nase hinab und versuchte mit kaum verschleierten Drohungen König Milo und seine Ratgeber zu überzeugen, daß es in ihrem eigenen Interesse besser wäre, sich der Gunst des Königs von Aquilonien zu versichern, als die Lumpenarmee seiner Feinde zu unterstützen.

»Mein Lord König und meine Herren«, sagte Quesado mit scharfer, belehrender Stimme, »ganz sicher dürfte es Euch doch klar sein, daß wir Euch, falls Ihr Euch nicht entschließt, Eure Freundschaft zu meinem Herrn zu beweisen, zu unseren Feinden zählen müssen. Und je länger Ihr unseren Feinden, den Rebellen, Unterschlupf gewährt, um so schlimmer wird der Makel des Verrats gegen meinen Herrn, den mächtigen König von Aquilonien, auf Euch lasten.«

König Milos breites Gesicht überzog sich mit dem Rot des Grimms. Er richtete sich scharf auf seinem thronähnlichen Sessel auf. Milo war ein vierschrötiger Mann mittleren Alters mit dichtem grauen Bart, der ihm weit über die Brust fiel. Er war wortkarg, schwerfällig wie es schien, und erweckte eher den Eindruck, ein ehrlicher Bauer zu sein, als der Herrscher eines wohlhabenden, kultivierten Reiches. Er brauchte eine Weile, sich zu etwas zu entschließen, doch hatte er eine Entscheidung getroffen, ließ er sich auch nicht mehr davon abbringen. Wütend funkelte er Quesado an und schnaubte:

»Argos ist ein freies, souveränes Reich und wird, so Mitra ihm wohlgesinnt bleibt, auch nie der Herrschaft des Königs von Aquilonien unterstehen. Verrat kann nur von einem Untertan gegen seinen Regenten begangen werden. Wollt Ihr vielleicht behaupten, werter Herr, daß der feiste Numedides der Oberlehnsherr von Argos ist?«

Quesado begann zu schwitzen. Seine knochige Stirn

glitzerte feucht im sanften Licht, das in bläulich, grünlich und rötlich schimmernden Streifen durch das Buntglasfenster der Ratskammer fiel.

»Das war nicht meine Absicht, Eure Majestät«, entschuldigte er sich hastig. Etwas demütiger fügte er hinzu: »Aber bei allem Respekt, Sire, muß ich doch darauf hinweisen, daß mein Herr wohl kaum die Unterstützung übersehen kann, die ein benachbarter Monarch Rebellen gegen seinen Rubinthron von Göttergnaden gewährt.«

»Wir haben sie nicht unterstützt«, sagte Milo finster. »Ich bin überzeugt, Eure Spione haben Euch berichtet, daß die Überreste der Rebellenarmee auf der Ebene von Pallos ihr Lager aufgeschlagen habe, und da sie keinen Nachschub von Messantia erhalten, verzweifelt versuchen, sich von dem, was die Umgebung ihnen bietet, zu ernähren. Die berühmten bossonischen Bogenschützen nutzen ihre Geschicklichkeit, um Enten und Wild zu erlegen. Ihr sagt, General Procas' Sieg war ausschlaggebend? Nun, was hat das mächtige Aquilonien dann von einer Meute von Flüchtlingen zu befürchten, die der Hunger zu Banditen gemacht hat? Wir hörten, daß sie nur noch einen Bruchteil ihrer früheren Stärke haben, und daß ihre Zahl durch Desertion von Tag zu Tag abnimmt.«

»Das stimmt, mein Lord König«, sagte Quesado, der seine Haltung zurückgewonnen hatte. »Aber dann darf ich wohl auch fragen, was hat das kultivierte Argos zu gewinnen, wenn es dieser Bande Mordbrenner Unterschlupf gewährt? Da sie nicht fähig ist, gegen ihren rechtmäßigen Herrscher vorzugehen, muß sie sich gezwungenermaßen durch Raubzüge gegen Eure getreuen Untertanen am Leben erhalten.«

Mit finsterem Gesicht gab Milo sich dem Schweigen hin, denn er vermochte Quesado keine überzeugende Antwort zu geben. Schließlich konnte er ihm ja nicht sagen, daß er seinem alten Freund, dem Grafen Trocero, sein Wort gegeben hatte, den Rebellen zu erlauben, sein Land als Stützpunkt für einen Feldzug gegen einen benachbarten König zu benutzen. Außerdem verärgerte ihn der Versuch des aquilonischen Abgesandten, ihn zu einer übereilten Antwort zu drängen. Er war es gewohnt, sich für seine Entscheidungen Zeit zu lassen, und das ohne Belehrungen.

Schwerfällig erhob er sich und beendete die Sitzung. »Wir werden den Wunsch unseres Brudermonarchen in Erwägung ziehen, Gesandter Quesado. Unsere Herren werden Euch von Unserer Entscheidung zu einem Uns beliebigen Zeitpunkt unterrichten. Ihr habt Unsere Erlaubnis, Euch zurückzuziehen.«

Die Lippen zu einem falschen Lächeln verzogen, verbeugte sich Quesado tief und verließ rückwärtsgehend die Ratskammer. Die Wut fraß an ihm. Das Schicksal hatte diesmal den rebellischen Cimmerier begünstigt, aber das Glück war launenhaft, wie bald schon mochte es sich wieder von ihm abwenden. Denn auch wenn er es nicht wußte, nährte Conan eine Schlange an seiner Brust.

Die Löwenarmee war keineswegs so geschwächt und am Verhungern, wie Milo und Quesado annahmen. Sie zählte inzwischen wieder fünfzehnhundert Mann, baute von Tag zu Tag ihre Stärke weiter auf und sammelte Vorräte. Die mageren Pferde weideten im hohen Gras der Ebene; die weiblichen Bediensteten, die im Lager zurückgeblieben waren, als die Armee nordwärts marschierte, pflegten die Verwundeten. Ein großer Teil der Versorgungs- und Waffenwagen war dem Feind nicht in die Hände gefallen, und jeden Tag humpelten weitere Überlebende ins Lager, und so wuchsen die dünnen, aber entschlossenen Reihen der Rebellen. Die Wälder wisperten unter den Schritten der Jäger und hallten von den Axthieben der Holzfäller wider, während im Lager geschickte Hände Speere und Lanzenschäfte schnitzten, und die Ambosse der Schmiede unter dem Hämmern von Pfeil- und Lanzenspitzen und Schwertern dröhnten.

Am ermutigendsten war das Gerücht, daß die Nachhut, etwa tausend Mann, unter dem aquilonischen Baron Groder, dem Gemetzel bei Tunais entgegen war und nun durch die Berge im Osten irren sollte. Um diesem Gerücht nachzugehen, schickte Conan Prospero mit einer Abteilung leichter Reiter aus, die, falls es sich als Tatsache herausstellte, die Kameraden zum Lager geleiten sollte. Dexitheus betete zu Mitra, daß es kein Gerücht war, denn mit Groders Truppe würden sie ihre Stärke fast verdoppeln können. Königreiche waren schon unter dem Ansturm von weniger als dreitausend entschlossenen Männern gefallen.

Der Vollmond funkelte wie das gelbe Auge eines erzürnten Gottes auf die Ebene von Pallos herab. Ein kalter, unruhiger Wind pfiff durch das hohe Gras und zerrte mit Geisterfingern an den Umhängen der Posten, die um das Rebellenlager Wache hielten.

In seinem mit Kerzen beleuchteten Zelt saß Conan noch spät über einem Krug Bier und hörte seinen Offizieren zu. Einige, die ihre kürzliche Niederlage noch nicht verkraftet hatten, zögerten, im Augenblick an weitere kriegerische Auseinandersetzungen auch nur zu denken. Andere, in denen der Rachedurst brannte, drängten auf einen baldigen Angriff, selbst mit ihren gegenwärtigen geringen Kräften.

»Hört doch, General!« sagte Graf Trocero. »Amulius Procas wird ganz sicher so kurz nach unserer Niederlage keinen Angriff erwarten, also haben wir schon einmal das Überraschungsmoment auf unserer Seite. Sind wir erst über dem Alimane, schließen sich unsere poitanischen Freunde an, die für ihren Aufstand nur auf unser Kommen warten.«

Conans wildes Blut feuerte ihn an, den Rat seines Freundes zu befolgen. Jetzt über die Grenze zu schlagen, unmittelbar nach ihrem so großen Pech würde aus der Niederlage einen Sieg machen und ihren Vergeltungsdurst befriedigen. Er brauchte dringend etwas, das seine Männer aufrütteln würde, und ein siegreicher Ausfall wäre genau das Richtige, ihre Moral zu heben. Es gab schon viel zu viele, die sich aus dem Staub machten, weil sie ihre Lage für hoffnungslos hielten. Wenn er nicht die Deiche der Loyalität mit Hoffnung auf einen Sieg abdichten konnte, würde das Aussickern der Unzufriedenheit zur Flut werden, die seine Armee davonschwemmte.

Doch der mächtige Cimmerier war in seiner langjährigen Kampferprobung weise geworden, was den Krieg betraf. Die Erfahrung mahnte ihn, seinen Eifer zu zügeln und seine restliche Streitmacht nicht überstürzt einzusetzen – zumindest nicht, ehe Prospero mit Neuigkeiten über Baron Groder und seine Truppe zurückkehrte. Konnte er erst sichergehen, daß mit dieser mächtigen Verstärkung zu rechnen war, war immer noch Zeit, den günstigsten Augenblick für den Angriff zu beschließen.

Conan entließ seine Befehlshaber und suchte die warmen Arme und den weichen Busen Alcinas. Die goldhäutige Tänzerin hatte ihn mit ihrer geschickten Art, seine Leidenschaft zu stillen, betört. Doch an diesem Abend entzog sie sich lachend seiner Umarmung und bot ihm einen Kelch Wein an.

»Es wird Zeit, mein Lord, daß du das Getränk eines wahren Herrn genießt, statt wie ein Bauer bitteres Bier in die Kehle zu gießen«, sagte sie. »Ich brachte eine Flasche des besten Weines aus Messantia für dich.«

»Crom und Mitra, Mädchen, ich habe heute abend genug getrunken. Jetzt durste ich nach dem Wein deiner Lippen, nicht nach gegorenem Traubensaft.«

»Aber es ist ein sanftes Anregungsmittel, mein Lord, um dein Verlangen zu erhöhen – und meinen Genuß daran«, gurrte sie. Im Kerzenschein stand sie in einem durchsichtigen seidenen Nachtgewand vor ihm, das nicht dazu beitrug, ihre üppigen und doch grazilen Formen zu verbergen. Sie lächelte ihn verführerisch an und streckte ihm den Kelch entgegen. »Der Wein enthält Gewürze aus meiner Heimat, die deine Sinne erhöhen werden. Willst du ihn nicht doch trinken, mir zuliebe, mein Lord.«

Mit wallendem Blut schaute er auf das mondbleiche Oval ihres Gesichts und brummte: »Mein Verlangen nach dir ist groß genug, und allein der Duft deines Haares erhöht meine Sinne. Aber gib mir den Kelch, wenn ich dir damit einen Gefallen tu. Ich leere ihn auf die Freuden dieser Nacht.«

Mit drei tiefen Schlucken goß er den Wein hinunter. Er achtete nicht auf den leicht beißenden Geschmack der Gewürze. Dann stellte er den Kelch ab und griff nach dem bezaubernd schönen Mädchen, deren weite Augen auf ihn gerichtet waren.

Doch als er sie in seine Arme schließen wollte, drehte sich plötzlich das Zelt um ihn, und ein brennender Schmerz bohrte sich in seine Eingeweide. Er griff nach dem Zeltmast, verfehlte ihn jedoch, und stürzte schwer auf den Boden.

Alcina beugte sich über ihn. Ihre Züge schienen vor seinem getrübten Blick zu Dunst zu schmelzen, durch den ihre grünen Augen wie glühende Smaragde brannten.

»Croms Blut, Dirne!« keuchte Conan. »Du hast mich vergiftet!«

Er versuchte sich aufzurichten, aber sein Körper war wie zu Blei erstarrt. Obgleich die Adern in seinen Schläfen heftig pulsierten, sein Gesicht vor Anstrengung tiefrot anlief, und seine Sehnen sich wie Schiffstaue unter der Haut hoben, vermochte er nicht aufzustehen. Nach Luft schnappend fiel er zurück. Dann schoben sich immer dichtere Schleier vor seine Augen, bis er aus dem hellen Zelt in einen trancegleichen Wachtraum fiel. Er konnte weder sprechen, noch sich auch nur im geringsten bewegen.

»Conan!« murmelte das Mädchen und bückte sich noch tiefer zu ihm hinab, aber er antwortete nicht, vermochte es nicht. Mit seidenweicher Stimme flüsterte sie: »Das wäre es also, Barbarenschwein! Und bald werden die Überreste deiner Armee dir in die Hölle folgen, aus denen du und sie einst krochen!«

Völlig ruhig setzte sie sich und holte das Amulett zwischen ihren Brüsten hervor. Ein Blick auf die Zeitkerze auf einem Tischchen verriet ihr, daß noch eine halbe Stunde vergehen mußte, ehe sie Verbindung mit ihrem Herrn aufnehmen konnte. In sphinxgleichem Schweigen saß sie reglos, bis die Zeit gekommen war. Dann konzentrierte sie sich auf das kleine Bruchstück aus Obsidian.

Im fernen Tarantia kicherte Thulandra Thuu, der in seinen magischen Spiegel schaute, als er die stille, auf dem Boden liegende Gestalt des Cimmeriers sah. Gleich erhob er sich, gab den Spiegel in sein Schränkchen zurück, weckte seinen Diener und schickte ihn mit einer Botschaft zum König.

Hsiao fand Numedides, der gerade eine Massage durch vier schöne, nackte Mädchen genoß. Sittsam schlug der Khitan die Augen zu Boden, verbeugte sich und sagte:

»Mein Herr läßt Eure Majestät respektvoll unterrichten, daß der Banditenrebell Conan in Argos durch meines Herrn überweltliche Kräfte den Tod gefunden hat.«

Grunzend richtete der König sich auf und schob die Mädchen zur Seite. »Eh? Er ist tot, sagst du?«

»So ist es, mein Lord König.«

»Ausgezeichnet, ausgezeichnet.« Numedides schlug sich erfreut, laut klatschend auf den nackten Schenkel. »Wenn ich erst ... Genug davon! Was noch?«

»Mein Herr ersucht um Erlaubnis, eine Botschaft an General Amulius Procas schicken zu dürfen, um ihn von dieser Neuigkeit zu unterrichten und ihm zu gestatten in Argos einzudringen, damit er die Rebellen aufreiben kann, ehe sie einen neuen Führer gewählt haben.«

Numedides winkte herablassend. »Hebe dich hinweg, gelber Hund, und sag deinem Herrn, er soll tun, was er für richtig hält! Und jetzt wollen wir weitermachen, Mädchen!«

Und so brach noch in dieser Nacht ein Kurier zu General Procas' weit entferntem Hauptquartier an der argossanischen Grenze auf. Die Botschaft, die er trug, würde in weniger als vierzehn Tagen dafür sorgen, daß die Grenzlegion sich mit all ihrer Macht auf die führerlosen Männer unter dem Löwenbanner stürzte.

In Conans Zelt öffnete Alcina ihre Reisetruhe. Sie holte ein Pagenkostüm heraus und zog es an. Unter den Kleidungsstücken in der Truhe lag ein kleines Kupferkästchen, das sie durch ein Drehen des silbernen Drachens auf dem Deckel öffnete. Diese kleinere Truhe enthielt eine größere Zahl Ringe, Armreifen, Halsketten, Ohrringe und andere juwelenverzierte Schmuckstücke. Alcina kramte in diesen Kleinodien, bis sie ein rechtechtiges Kupferstück fand, auf dem etwas in argossanischer Schrift eingraviert war. Dieses Kupferplättchen – eine von Quesado besorgte Fälschung – berechtigte den Träger, Pferde an den königlichen Posthaltereien zu wechseln. Sie nahm eine schnelle Auswahl unter ihren Pretiosen vor, steckte sie in ihr Mieder, dann füllte sie den kleinen Beutel, der von ihrem Gürtel baumelte, mit Gold- und Silbermünzen.

Schließlich löschte sie die Kerze und trat aus dem dunklen Zelt. Zu dem Posten davor sagte sie: »Der General schläft. Er hat mich gebeten, eine dringende Botschaft für ihn an den Hof von Argos zu bringen. Würdet Ihr die Güte haben, einen Burschen zu beauftragen, mir sofort ein Pferd zu satteln und es schnellstmöglich hierher zu bringen?«

Der Wachtposten rief einem Unteroffizier, der wiederum einen Soldaten schickte, um ein Pferd zu satteln, während das Mädchen ungerührt am Zelteingang wartete. Die Krieger, die daran gewöhnt waren, daß die Mätresse ihres Oberbefehlshabers nach Belieben kam und ging, und die sie ihrer Schönheit wegen bewunderten, beeilten sich, ihren Auftrag auszuführen.

Als das Pferd zu ihr gebracht worden war, stieg sie graziös in den Sattel und folgte dem Posten, den man ihr zugeteilt hatte, zum Palisadentor, dann verschwand sie im schnellsten Trott über die mondbeschienene Ebene.

Vier Tage später traf Alcina in Messantia ein. Sie eilte zu Quesados Versteck, wo sie seinen Nachfolger, Fadius, den Kother, vorfand, der Quesados Brieftauben fütterte.

»Sagt mir bitte, wo finde ich Quesado?« erkundigte sie sich.

»Habt Ihr denn nicht davon gehört?« fragte er. »Er ist jetzt Gesandter des Königs von Aquilonien und zu stolz, Zeit mit unseresgleichen zu verschwenden. Er war erst ein einzigesmal hier, seit er in seiner diplomatischen Mission nach Messantia kam.«

»Nun, ob er jetzt ein großer Mann ist oder nicht, ich muß ihn sofort sprechen. Ich habe Neuigkeiten von der größten Wichtigkeit.«

Brummelnd führte Fadius Alcina zu der vornehmen Unterkunft, wo die Aquilonier untergebracht waren. Quesados Diener zog ihm gerade die Stiefel aus und richtete sein Nachtlager, als Alcina und Fadius unangemeldet hereinplatzten.

»Verflucht!« brüllte Quesado. »Was seid ihr für ein ungezogenes Lumpenpack, daß ihr einen Herrn überfallt, der sich zur Ruhe legen will?«

»Du weißt verdammt gut, wer wir sind«, fauchte Alcina. »Ich kam, um dir mitzuteilen, daß Conan tot ist.«

Quesado riß den Mund auf, dann schloß er ihn langsam wieder. »Das ändert die Sache ungemein«, sagte er schließlich. »Zieh mir die Stiefel wieder an, Narses! Ich muß mich sofort zum Palast begeben. Was ist geschehen, Lady Alcina?«

Eine kurze Weile später begehrte Quesado Einlaß in den Palast und verlangte von oben herab, zum König geführt zu werden. Der Zingarier beabsichtigte, den Monarchen aufzufordern, Conans geschrumpfte Armee durch die argossanischen Streitkräfte überfallen zu lassen. Er war sicher, daß die Rebellen, demoralisiert durch den Verlust ihres Führers, in einem Überraschungsangriff niedergemacht oder in alle Winde zerstreut werden konnten.

Das Schicksal bestimmte jedoch, daß die Ereignisse zu anderen Pfeifentönen marschieren sollten. Aus dem Schlummer geweckt, bekam König Milo einen Wutanfall über die Unverfrorenheit Quesados, auf einer Mitternachtsaudienz zu bestehen.

»Seine Majestät«, richtete der Oberpage dem ehemaligen Spion aus, »befiehlt, daß Ihr Euch sofort von hinnen hebt und zu einer dem König passenderen Zeit wiederkommt. Er schlägt Euch eine Stunde vor Mittag morgen vor.«

Quesado lief rot vor Ärger an. Er schaute von oben auf den Pagen herab und näselte: »Mein guter Mann, es scheint Euch nicht klar zu sein, wer und was ich bin.«

Der Page lachte und erwiderte Quesados Unverschämtheit mit gleicher Münze. »O doch, Sir, wir alle wissen nur zu genau, wer Ihr seid – und was Ihr wart!« Spöttisches Grinsen verbreitete sich auf den Gesichtern der Wachen zu beiden Seiten des Pagen, der fortfuhr: »Doch nun verlaßt den Palast. Und nehmt die Füße in die Hände, wenn Ihr nicht die Ungnade meines hohen Herrn auf Euch herabbeschwören wollt!«

»Diese Worte wirst du noch bereuen, Bube!« Quesado knirschte mit den Zähnen und drehte sich um. Er stapfte wütend über das Kopfsteinpflaster zu seinem früheren Quartier im Hafen, wo Fadius und Alcina seiner harrten. Dort kritzelte er eine von seinem Grimm diktierte Botschaft an den König von Aquilonien und berichtete von seiner Abfuhr auf dem Hof von Argos. Dann befestigte er sie am Bein einer der Brieftauben.

Ein paar Tage später erreichte der Bericht des ehemaligen Spions Vibius Latro, der ihn sofort dem König zur Kenntnis brachte. Numedides, der sich schon bei geringeren Anlässen nicht beherrschen konnte, las aus dem Bericht die Halsstarrigkeit des Königs von Argos gegenüber seinem mächtigen Nachbarn heraus und schickte sofort in größter Eile einen weiteren Kurier an General Amulius Procas. Der überbrachte eine Nachricht, die mehr als nur ein Betreten des Nachbarstaats erlaubte, wie die Botschaft zuvor. Sie befahl dem General ohne Verzögerung die Grenze nach Argos zu überschreiten und mit allen zur Verfügung stehenden Kräften auch die letzten Überreste der Rebellion zu zermalmen.

Procas, ein kampferprobter und gerissener alter Krieger, wand sich unter dem königlichen Befehl. Am Abend, der den siegreichen Kämpfen am Alimane gefolgt war, hatte er schleunigst die Abteilungen, die die fliehenden Rebellen gejagt hatten, aus argossanischem Territorium zurückgezogen. Diese Überschreitungen konnten gerade noch als schlecht abzubrechende Verfolgung entschuldigt werden. Wenn er sich aber jetzt einer neuen Übertretung schuldig machte, die schon fast einer Invasion nahe kam, würde König Milos' Einstellung von vorsichtiger Neutralität zweifellos zu offener Feindseligkeit umschlagen.

Aber der königliche Auftrag gestattete keine Widerrede

und schon gar keine Befehlsverweigerung. Wenn er seinen Kopf behalten wollte, mußte Procas wohl oder übel angreifen, selbst wenn alles in dem alten Veteranen gegen diesen überstürzten Feldzug aufbegehrte.

Procas verzögerte den Aufbruch um mehrere Tage, in der Hoffnung, der König besänne sich doch noch und zöge den Befehl zurück. Aber keine neue Nachricht erreichte ihn, und Procas wagte nicht, noch länger zu zaudern. Und so überquerte seine ganze Legion an einem klaren Frühlingstag den Alimane. Der Fluß, dessen Hochwasser inzwischen zurückgegangen war, stellte für seine Schwadronen aus Rittern in glitzernden Rüstungen, vierschrötigen Speerkämpfern in Kettenhemden, und Bogenschützen in Lederharnischen, kein nennenswertes Hindernis dar. Sie wateten hindurch und marschierten unbeirrbar die sich dahinschlängelnde Straße weiter, die zum Saxulapaß durch die Rabirianischen Berge und von dort zum Rebellenlager auf der Ebene von Pallos führte.

Erst am Morgen nach Alcinas Ritt aus dem Lager erfuhren die Offiziere vom Geschick ihres Führers. Sie sammelten sich um ihn, legten ihn auf sein Lager und suchten ihn nach Wunden ab. Dexitheus, der noch immer auf einen Spazierstock gestützt humpelte, roch an den kärglichen Überresten in dem Kelch, aus dem Conan Alcinas Trunk geleert hatte.

»Dieser Trank«, sagte er, »war mit dem Saft des stygischen Purpurlotos' vermischt. Eigentlich müßte unser General jetzt so tot wie König Tuthamon sein. Aber er lebt, obgleich nicht viel mehr als ein Leichnam mit offenen Augen.«

Publius schnippte mit den Fingern, wie er es manchmal tat, wenn er seine Zahlen zusammenrechnete, und meinte: »Vielleicht benutzte der Giftmischer nur soviel der Droge, wie für einen normalen Menschen ausreichen würde, ohne

Conans übermenschliche Größe und Kraft in Betracht zu ziehen.«

»Es war sicher die grünäugige Hexe!« rief Trocero. »Ich habe ihr nie getraut, und ihr Verschwinden beweist eigentlich schon ihre Schuld. Hätte ich die Macht dazu, würde ich sie auf dem Scheiterhaufen verbrennen!«

Dexitheus wandte sich dem Grafen zu. »Grünäugig, sagtet Ihr?«

»Ja, Augen so grün wie Smaragde. Aber was soll's? Ganz sicher kennt Ihr Conans Mätresse, die schöne Alcina?«

Dexitheus schüttelte mit ahnungsvollem Stirnrunzeln den Kopf. »Ich hörte zwar, daß unser General sich eine Tänzerin aus den Tavernen Messantias mitbrachte«, murmelte er, »aber ich versuche immer, die Hurerei bei meinen Söhnen zu übersehen, und Conan hielt die Frau voll Takt meinen Augen fern. Wehe unserer guten Sache! Denn der große Gott Mitra warnte mich in einem Traum vor einem grünäugigen Schatten im Rücken unseres Anführers. Allerdings wußte ich nicht, daß dieses Übel bereits unter uns weilte. Wehe mir, der ich versäumte, die Warnung an meine Kameraden weiterzugeben!«

»Macht Euch keine Vorwürfe«, versuchte Publius ihn zu beruhigen. »Conan lebt, und wir können unseren Göttern danken, daß die schöne Giftmischerin keine gute Rechnerin ist. Wir müssen dafür sorgen, daß niemand außer seinen Burschen ihn betreut, und es darf außer ihnen auch niemand das Zelt betreten. Wir müssen unseren Soldaten erklären, daß er an einer unbedeutenden Fußverletzung leidet, die ihm jedoch das Gehen verbietet. Inzwischen hat alles seinen normalen Gang zu gehen. Bis er gesundet, wenn er gesundet, übernehmt wohl Ihr das Kommando, Trocero.«

Der poitanische Graf nickte ernst. »Ich werde tun, was ich kann, als stellvertretender Oberbefehlshaber. Und Ihr, Publius, müßt zusehen, daß unser Spionagenetz wieder geflickt wird, damit wir uns über Procas' Schritte auf dem laufenden halten können. Es ist Zeit für den Morgenappell, also muß ich euch verlassen. Ich werde die Burschen so hart drillen wie Conan, ja und härter sogar!«

Bis Procas mit seiner Invasion begann, hatten die Löwen ihre beobachtenden Augen und lauschenden Ohren schon wieder ausgeschickt. Berichte über die Stärke des Invasors erreichten die Rebellenführer, die in Conans Zelt zusammengekommen waren. Trocero war in den letzten Tagen stärker ergraut, und die Erschöpfung hatte neue Linien in sein Gesicht gezeichnet. Trotzdem strahlte er Selbstsicherheit aus. Er fragte Publius:

»Was wissen wir über die Zahl des Feindes?«

Der Kämmerer beugte sich über seine Wachstafeln. Als er den Blick wieder hob, wirkte er beunruhigt. »Sie ist dreimal so hoch wie unsere«, antwortete er sorgenvoll. »Es verspricht ein schwarzer Tag zu werden, meine Freunde. Wir können nicht viel weiter tun, als uns zum Endkampf zu stellen.«

»Seid guten Mutes!« tröstete ihn der Graf und klopfte dem wohlbeleibten Kämmerer auf den Rücken. »Ihr würdet nie einen guten General abgeben, Publius. Ihr würdet den Soldaten versichern, daß sie geschlagen sind, ehe die Schlacht überhaupt beginnt.« Er wandte sich an Dexitheus. »Wie geht es unserem Patienten?«

»Er gewinnt nach und nach ein wenig seines Bewußtseins zurück, doch bis jetzt vermag er sich noch nicht zu bewegen. Ich glaube jetzt, daß er am Leben bleiben wird, Mitra sei gedankt!«

»Nun, wenn er nicht reiten kann, wenn die Fanfaren schallen, dann muß wohl ich mich für ihn aufs Pferd schwingen. Haben wir schon Nachricht von Prospero?«

Publius und Dexitheus schüttelten den Kopf. Trocero

zuckte die Achseln und murmelte: »Dann müssen wir eben das Beste aus den vorhandenen Kräften machen. Der Feind wird bis morgen so nah sein, daß wir uns entschieden haben müssen, ob wir kämpfen oder fliehen werden.«

Vom Berg herab strömte die schwere Reiterei und die Infanterie der Grenzlegion. Ein Trupp galoppierender Späher ritt voraus, und in ihrer Mitte saß General Amulius Procas in seinem Streitwagen. Die Rebellen, die sich zum Kampf gesammelt hatten, bildeten ihre Schlachtformation mitten auf der Ebene.

Die stille Luft bot den Wartenden keinen Trost in ihren Ängsten und stummen Gebeten. Die breite Front der überlegenen aquilonischen Streitkräfte gestattete Graf Trocero keine Möglichkeit für geschickte Flanken- oder Umzingelungsmanöver. Doch sich jetzt zurückzuziehen, würde die sofortige Auflösung der Rebellenarmee bedeuten. Es war dem Grafen nur zu klar, daß ein zeitmäßig genau berechneter Rückzug mit Nachhutgeplänkel, um die Verfolgung zu verzögern, in diesem Fall nicht gegeben war. Ein solcher Rückzug mit gleichzeitigen Kampfmaßnahmen war lediglich mit erfahrenen, selbstsicheren Truppen möglich. Diese Männer hier, bereits durch ihre Niederlage am Alimane entmutigt, würden ganz einfach die Flucht ergreifen, jeder Mann für sich, und dann hätte die aquilonische Kavallerie ein leichtes Spiel mit ihnen und würde sie einen nach dem anderen niedermetzeln, bis die Nacht gnädig ihre dunklen Fittiche um sie breitete.

Trocero, der den näherkommenden Feind von seinem Befehlsstand auf einem Hügel entgegenblickte, winkte seinem Burschen zu, ihm sein Streitroß zu holen. Er schnallte einen Riemen seiner Rüstung enger und schwang sich in den Sattel. Er wandte sich an die paar hundert Reiter, die sich um ihn geschart hatten, und sagte:

»Ihr seid mit unserem Plan vertraut, meine Freunde. Es ist eine geringe Chance, aber unsere einzige.«

Denn Trocero hatte sich für einen selbstmörderischen Sturm direkt in die aquilonischen Reihen entschieden, um in einem Irrsinnsversuch an Amulius Procas heranzukommen. Er wußte, daß sich der gegnerische Oberbefehlshaber, ein stämmiger Mann mittleren Alters, durch frühere Verwundungen behindert und seiner alten Knochen wegen, schwer auf dem Pferderücken tat, und deshalb vorzog, in einem Streitwagen ins Gefecht zu ziehen. Er wußte auch, daß der Lenker dieses Streitwagens Schwierigkeiten haben würde, das plumpe Gefährt zu manövrieren. Wenn also die Rebellenreiterei durch ein Wunder an den aquilonischen General herankommen und ihn töten könnte, würden die ihres Oberbefehlshabers beraubten Truppen möglicherweise ihres Kampfgeistes verlustig gehen und die Reihen sich auflösen.

Die Aussicht, wie Trocero angedeutet hatte, war alles andere als rosig, aber dieser Plan war der beste, der ihm in den Sinn gekommen war. Er bemühte sich jedenfalls, seinen Untergebenen seine Besorgnis nicht anmerken zu lassen. Er lachte und scherzte mit ihnen, als wäre ihnen der Sieg sicher und nicht die absolute Vernichtung durch der Welt beste Kampftruppe, noch dazu in dreifach größerer Stärke.

Wieder griff das Schicksal in Person König Milos, des Königs von Argos, zugunsten der Rebellen ein. Noch ehe die aquilonische Invasion begonnen hatte, unterrichtete ein Spion, der in seiner Eile Messantia zu erreichen, drei Pferde zuschanden geritten hatte, den König von Numedides' Befehl, argossanisches Gebiet zu betreten. Also erfuhr König Milo von dem beabsichtigten Angriff etwa zur gleichen Zeit wie die Rebellenführer. Schon zutiefst über die Arroganz des Gesandten Quesado empört, packte den üblicherweise sehr ausgeglichenen Monarchen die Wut. Sofort befahl er der nächsten Division seiner Armee, im Eilmarsch nach Norden aufzubrechen, um die Invasion aufzuhalten.

Zu einem anderen Zeitpunkt hätte Milo es sich vielleicht noch einmal überlegt. Da er nicht annahm, daß Numedides beabsichtigte, sich eines Teiles seines Hoheitsgebiets zu bemächtigen, wie der frühere König Vilerus es getan hatte, hätte er eigentlich guten Grund, von nicht wiedergutzumachenden Maßnahmen Abstand zu nehmen. Aber bis sein Ärger abgekühlt war, waren seine Truppen bereits auf dem Marsch. Und in seiner üblichen Dickköpfigkeit weigerte der König sich, seine Entscheidung rückgängig zu machen.

Amulius Procas hatte seine Armee angehalten und formierte seine Truppen in ordentlicher Aufstellung zum Angriff, als ein atemloser Kundschafter herbeigaloppierte und neben seinem Streitwagen anhielt.

»General!« keuchte er und schnappte heftig nach Luft. »Eine gewaltige Staubwolke steigt von der Straße aus dem Süden auf. Es sieht aus, als nähere sich eine weitere Armee.«

Procas ließ den Späher seine Worte wiederholen. Dann zog er, heftige Flüche ausstoßend, seinen Helm vom Kopf und schmetterte ihn wütend auf den Boden seines Streitwagens. Es war genau, wie er es befürchtet hatte. König Milo hatte von der Invasion gehört und schickte seine Truppen aus, sie aufzuhalten. Er donnerte seine Adjutanten an:

»Sagt den Männern, sie dürfen sich einstweilen rühren, und seht zu, daß sie Wasser haben. Befehlt den Spähern, einen Bogen um die Rebellenarmee zu machen und südwärts vorzustoßen, um die Zahl und Zusammensetzung der sich nähernden Streitkräfte auszukundschaften. Laßt ein Zelt errichten und ruft meine Stabsoffiziere zu einer Besprechung zusammen.«

Als seine Späher eine Stunde später meldeten, daß tausend Mann Kavallerie im Anritt waren, sah Amulius Procas sich einem Dilemma ausgesetzt. Ohne ausdrücklichen Befehl seines Königs wagte er nicht, Argos zum offenen Kampf zu provozieren. Genausowenig konnte er es sich leisten, einen direkten Befehl Numedides' ohne ausschlaggebenden Grund zu mißachten.

Gewiß, Procas' Armee konnte zweifellos die Rebellen schlagen und Milos Reiterei nach Messantia zurückjagen. Aber eine solche Handlungsweise würde einen Krieg heraufbeschwören, auf den Aquilonien nicht vorbereitet war. Zwar war sein Land größer und hatte eine höhere Bevölkerungszahl, doch dafür war sein König, gelinde ausgedrückt, exzentrisch und seine Herrschaft hatte das mächtige Aquilonien ernsthaft geschwächt. Die Argossaner kämpften außerdem mit gerechter Empörung gegen einen Invasor auf ihrem Hoheitsgebiet, und mit der Unterstützung selbst der kleinen Rebellenstreitkraft, wie sie sich um das Löwenbanner geschart hatte, mochten sie leicht die Waagschale zu ihren Gunsten neigen.

Aber Procas durfte auch nicht den Rückzug antreten. Da die Zahl seiner Männer höher war, als die der Rebellenarmee und der argossanischen Kavallerie, würde König Numedides sehr wahrscheinlich einen Rückzug als Feigheit oder Verrat betrachten und ihn, Procas, einen Kopf kürzer machen.

Als die Sonne allmählich den Westhimmel hinabwanderte, war Procas immer noch in der Besprechung mit seinen Offizieren und hatte seine Entscheidung hinausgezögert. Schließlich sagte er:

»Es ist zu spät, heute noch mit der Schlacht zu beginnen. Wir werden uns ein Stück nordwärts zurückziehen, wo wir unseren Nachschub gelassen haben, und ein befestigtes Lager errichten. Schickt einen Mann, der den Pionieren sagen läßt, daß sie mit dem Graben beginnen sollen.«

Trocero, der die Königstreuen von seiner Erhebung aus schmalen Augen beobachtete, war lange schon wieder abgesessen. Neben ihm stand Publius und kaute an einem Rebhuhnschenkel. Schließlich brummte der Kämmerer:

»Was, in Mitras Namen, macht Procas denn jetzt? Er hatte uns doch, wo er uns haben wollte, und jetzt zieht er sich zurück und schlägt ein Lager auf. Hat er den Verstand verloren? Er sollte wirklich wissen, daß wir uns in der Nacht einfach verziehen oder in einem Bogen an ihm vorbei Aquilonien erreichen könnten.«

Trocero zuckte die Achseln. »Vielleicht hat die Nachricht, daß sich Argossaner nähern, etwas damit zu tun. Es muß sich natürlich noch herausstellen, ob Milos Kavallerie uns zu helfen oder gegen uns vorzugehen beabsichtigt. Wir würden zwischen den beiden Truppen wie zwischen zwei Mühlsteinen aufgerieben werden, außer Procas rechnet damit, daß die Argossaner die schmutzige Arbeit für ihn machen.«

Noch während der Graf sprach, lenkte das Donnern von Hufen seine Aufmerksamkeit südwärts über die Ebene. Bald darauf kanterte ein kleiner Trupp Berittener die Erhebung hoch – eine Gruppe Argossaner, von einem Rebellenkavalleristen geführt. Zwei der Neuankömmlinge stiegen mit einem Rasseln ihrer Rüstung von den Pferden und schritten vorwärts. Einer war hochgewachsen, hager, mit ledriger Gesichtshaut und dem Aussehen eines erfahrenen Haudegen. Sein Begleiter war jünger, klein, hatte breite Backenknochen, eine Stupsnase und klare, wache Augen. Er trug einen vergoldeten Harnisch und darüber einen purpurnen Umhang, der scharlachrot eingefaßt war. Der Federbusch auf seinem Helmkamm war purpurfarben und scharlachrot.

Der hagere Veteran sprach als erster: »Heil, Graf Trocero! Ich bin Hauptmann Arcadio, der Befehlshaber der königlichen Garde, und stehe zu Euren Diensten. Darf ich mir gestatten, Euch mit Prinz Cassio von Argos, dem Thronfolger, bekanntzumachen? Wir möchten uns mit Eurem General Conan, dem Cimmerier, besprechen.«

Trocero nickte dem Offizier zu und verbeugte sich leicht vor dem Prinzen von Argos, zu dem er sagte: »Ich entsinne mich Eurer gut, mein Prinz. Ihr wart ein recht ausgelassenes Kind und auch als junger Bursche noch ein echter Wildfang. Was General Conan betrifft, muß ich leider sagen, daß er unpäßlich ist. Aber ich bin sein Stellvertreter und Ihr dürft gern mich den Zweck Eures Besuches wissen lassen.«

»Unser Zweck, Graf Trocero«, sagte der Prinz, »ist, etwas gegen die Übertretung unseres Hoheitsgebiets durch die Aquilonier zu unternehmen. Aus diesem Grund sandte mein königlicher Vater mich mit einer rasch verfügbaren Streitmacht hierher. Ich nehme an, daß meine Offiziere und ich Euch und Euren Soldaten als Verbündete betrachten können?«

Trocero lächelte. »Ihr seid uns herzlichst willkommen, Prinz Cassio. Ihr habt einen langen und staubigen Ritt hinter Euch. Würdet Ihr und Hauptmann Arcadio mir die Ehre geben, mich in unser Zelt zu einer kleinen Erfrischung zu begleiten, während Eure Männer sich ein wenig ausruhen? Zwar ist unser Wein längst ausgegangen, aber wir haben noch einen kleinen Vorrat an Bier.«

Auf dem Weg zum Zelt sagte Trocero leise zu Publius: »Das erklärt Procas' Zaudern, als er uns schon so gut wie in der Zange hatte. Er wagt den Angriff nicht, aus Furcht, dadurch einen Krieg mit Argos heraufzubeschwören. Und er kann sich auch einen Rückzug nicht leisten, will er nicht als Feigling hingestellt werden. Also kampiert er, wo er ist, und wartet ab ...«

»Trocero!« rief eine polternde Stimme aus dem Zelt. »Mit wem sprecht Ihr da noch, außer Publius? Kommt herein!«

»Das ist General Conan«, wandte sich Trocero, sein

Erstaunen unterdrückend, an die beiden Besucher. »Habt die Güte einzutreten, meine Herren.«

Sie fanden Conan in Hemd und Kniehose auf sein Fellager gestützt. Unter der Fürsorge Dexitheus' hatte er sein volles Bewußtsein wiedergewonnen. Seine eiserne körperliche Verfassung hatte ihm geholfen, zu einem großen Teil die Wirkung des Giftes zu überwinden, das einem normalen Menschen den Tod gebracht hätte. Er konnte jetzt wieder denken und sprechen, aber noch nicht viel mehr, denn das Gift lähmte immer noch seine mächtigen Muskeln. Es ergrimmte ihn natürlich sehr, daß er sich ohne Hilfe nicht zu bewegen vermochte.

»Götter und Teufel!« fluchte er. »Könnte ich nur aufstehen und ein Schwert schwingen, dann würde ich diesem Procas zeigen, wie man damit umgeht! Aber sagt, wer sind diese Argossaner?«

Trocero machte Prinz Cassio und Hauptmann Arcadio mit ihm bekannt und berichtete über Procas' letzten Schritt. Conan knurrte.

»Das muß ich selbst sehen. Burschen! Helft mir auf die Beine. Procas täuscht vielleicht den Rückzug nur vor, um uns des Nachts mit einem Überraschungsangriff zu beglükken.«

Mit je einem Arm um den Hals seiner beiden Burschen schleppte sich Conan zum Eingang. Die Sonne, durch die Gipfel der Rabirianischen Berge wie gepfählt, warf dunkle Schatten über die Hänge. In mittlerer Entfernung spiegelten sich ihre letzten Strahlen dunkelrot auf der Rüstung der Aquilonier, die sich mit der Errichtung eines Lagers plagten. Das Schlagen von Hämmern auf Zeltpflöcke klang dumpf durch die Abendluft.

»Glaubt Ihr, daß Procas verhandeln wird?« fragte Conan. Die anderen zuckten die Achseln.

»Er hat sich nicht mit uns in Verbindung gesetzt und wird

es vielleicht auch nicht tun«, sagte Trocero. »Wir müssen eben abwarten.«

»Wir haben den ganzen Tag gewartet«, knurrte der Cimmerier, »und unsere Männer mußten derweilen im Harnisch in der glühenden Sonne stehen. Ich persönlich würde es begrüßen, wenn etwas geschähe – irgend etwas, um diese aufreibende Warterei zumindest zu unterbrechen.«

»Mir deucht, der Wunsch unseres Generals wird gleich erfüllt werden«, murmelte Dexitheus und beschattete die Augen mit der Rechten, als er zum fernen Lager der Königstreuen spähte. Die anderen starrten ihn an.

»Was jetzt, mein Herr Priester?« fragte Conan.

»Seht doch!« rief Dexitheus und deutete.

»Ischtar!« hauchte Hauptmann Arcadio. »Ich will verdammt sein, wenn sie sich nicht aus dem Staub machen!«

Und das taten sie ganz offensichtlich. Sie flohen nicht, machten sich jedoch zweifellos für einen geordneten Rückzug bereit. Trompeten hallten dünn aus der Ferne. Statt sich weiter mit der Befestigung ihres Lagers zu beschäftigen, brachen die Männer der Grenzlegion, die von hier aus nicht größer als Ameisen aussahen, die Zelte wieder ab, die sie eben erst errichtet hatten, beluden die Versorgungswagen und machten sich, Kompanie um Kompanie, auf den Weg zu den Rabirianischen Bergen. Conan und seine Kameraden schauten einander verblüfft an.

Der Grund des Rückzugs wurde jedoch bald offenbar. In schnellem Marsch rückte aus dem Osten eine vierte Streitmacht über die Hügel heran. Trocero schätzte sie auf gut fünfzehnhundert Mann stark, als sie sich in weiten Reihen in Schlachtformation zum Kampf bereitmachte.

Ein Späher der Rebellen spornte sein Pferd den Hang empor und sprang vor Conan aus dem Sattel. »Mein Lord General«, meldete er keuchend, »sie marschieren unter dem

Leopardenbanner Poitains und der Standarte Baron Groders von Aquilonien!«

»Crom und Mitra!« wisperte Conan, dann brach er in schallendes Gelächter aus. Es war tatsächlich Prospero mit der Rebellentruppe, die er im Osten gesucht hatte.

»Kein Wunder, daß Procas jetzt die Beine in die Hand nimmt. Nun, da wir in der Übermacht sind, kann er es tun, ohne sich die Ungnade seines hohen Herrn zuzuziehen. Er wird Numedides erzählen, daß drei Armeen ihn gleichzeitig umringt und zweifellos geschlagen hätten.«

»General Conan!« mahnte Dexitheus. »Ihr müßt auf Euer Lager zurückkehren und ruhen. Wir können es uns nicht leisten, daß Ihr einen Rückfall erleidet.«

Als seine Burschen ihm auf das Fellager zurückhalfen, flüsterte Conan: »Prospero, Prospero! Dafür schlage ich dich zum Ritter, wenn Aquilonien mein wird!«

In Fadius' armseligem Zimmer in Messantia saß Alcina allein, mit den Händen um ihr Obsidianamulett und behielt die abwechselnd schwarzen und weißen Schichten der Zeitkerze in den Augen. Fadius trieb sich irgendwo auf den nächtlichen Straßen oder in Kneipen herum. Alcina hatte ihn brüsk fortgeschickt, damit sie sich ohne Zeugen mit ihrem Herrn in Verbindung setzen konnte.

Die flackernde Flamme sank tiefer, als die Kerze eine schwarze Wachsschicht hinabbrannte. Als das Schwarz dem Weiß wich, hob die Tänzerin den Talisman und konzentrierte ihre Gedanken darauf. Schwach, wie gesprochene Worte in einem Traum, klang in ihrem aufnahmebereiten Geist der trockene Ton Thulandra Thuus, während vor ihr, in dem düsteren Gemach kaum erkennbar, ein Bild des Zauberers selbst zu sehen war, der auf seinem Eisenthron saß.

Thulandra Thuus Worte rauschten sanft durch Alcinas Geist, so daß es ihrer vollen Aufmerksamkeit bedurfte, während ihre Augen an den Lippen und Gesten ihres Meisters hingen, um seine Mitteilung richtig zu verstehen.

»Ihr habt gute Arbeit geleistet, meine Tochter. Gibt es etwas Neues in Messantia?«

Alcina schüttelte den Kopf, und das geisterhafte Flüstern fuhr fort: »Dann habe ich eine neue Aufgabe für Euch. Schlüpft beim ersten Licht des neuen Tages in Eure Pagenlivree, nehmt ein Pferd und folgt der Straße in den Norden ...«

Alcina verzog das Gesicht und rief: »Muß ich denn unbedingt diese häßlichen Fetzen tragen und mich wieder in die Wildnis begeben, wo Ameisen und Käfer meine Schlafgefährten sind? Ich flehe Euch an, Meister, laßt mich eine Weile hierbleiben und wieder Frau sein!«

Der Zauberer hob spöttisch eine Braue. »Ihr zieht also die Fleischtöpfe Messantias vor?«

Sie nickte heftig.

»Das läßt sich aber leider im Augenblick nicht machen. Eure Mission dort ist beendet, und jetzt brauche ich Euch, um die Grenzlegion und ihren General im Auge zu behalten. Wenn es dort etwas unbequem für Euch ist, dann tröstet Euch mit den Reichtümern und Ehren, die ich Euch nach unserem Sieg versprochen habe.

Die Truppe, die der König von Argos ausgeschickt hat, müßte inzwischen die Ebene von Pallos erreicht haben. Ehe die Sonne zweimal aufgeht, wird Amulius Procas in aller Wahrscheinlichkeit den Rückzug über den Alimane nach Poitain angetreten haben. Er wird, so sehe ich es jedenfalls, die Nogarafurt nehmen. Also macht Euch auf den Weg, schlagt einen weiten Bogen um die Armeen und nähert Euch der Furt aus dem Norden auf der Straße von Culario. Dann berichtet mir bei der nächsten günstigen Konjunktion.«

Die Flüsterstimme schwieg, und die hauchfeine Vision schwand. Grübelnd blieb Alcina sitzen.

Ein heftiges Pochen erschallte an der Tür und Fadius torkelte herein. Der Kothier hatte mehr seiner Zeit und Vibius Latros Geld in einer messantinischen Taverne verbraucht als klug war. Mit ausgestreckten Armen wankte er auf Alcina zu und sagte mit schwerer Zunge:

»Komm, meine kleine Blume! Ich bin es müde, auf dem harten Boden zu schlafen. Es wird Zeit, daß du deinem Kameraden die gleiche Gunst schenkst wie den barbarischen Großköpfen ...«

Alcina sprang auf und wich vor ihm zurück. »Nimm dich zusammen, Fadius!« warnte sie. »Ich habe etwas gegen Anmaßungen von deinesgleichen!«

»Komm doch, meine Hübsche«, brummte Fadius. »Ich tu' dir doch nicht weh ...«

Alcina griff blitzschnell in das Mieder ihres Gewandes. Wie durch Zauber hatte sie plötzlich einen schmalen Dolch in ihren ringgeschmückten Fingern. »Bleib mir vom Leib!« warnte sie. »Der geringste Kratzer damit, und du *warst* ein Spion!«

Die Drohung drang in Fadius' benebelten Verstand, und er wich erschrocken vor der Klinge zurück. Er kannte die Flinkheit der Tänzerin. »Aber ... aber ... meine süße, kleine ...«

»Hinaus!« schrie Alcina. »Und wage es nicht, zurückzukommen, ehe du nüchtern bist!«

Vor sich hin fluchend wankte Fadius durch die Tür. Alcina trat an ihre Truhe zwischen den Taubenschlägen und wühlte darin nach dem Pagenkostüm, das sie in der Frühe tragen würde.

6

DAS SPHINXGEMACH

Zwischen Sonnenuntergang und Mitternacht ritten die Männer von Argos, Reihe um Reihe zum Trommelschlag und den Freudenrufen der Rebellen ins Lager. Gepökeltes messantinisches Fleisch, grobkörniges Gerstenbrot und Beutel mit Bier aus den schrumpfenden Vorräten der Rebellen wurden an Baron Groders halbverhungertes Regiment und Prosperos erschöpften Trupp verteilt. Pferde wurden getränkt und auf Weiden mit üppigem Gras gebracht, als die Rebellen und ihre neuen Verbündeten Lagerfeuer anzündeten und sich zu einem geruhsamen Abend zusammensetzten.

Bald machten die über die Ebene von Pallos flackernden Feuer den funkelnden Sternen am Himmel Konkurrenz, und das Lachen und Brüllen von viertausend Mann, vom Abendwind nordwärts getragen, drang wie Grabgesang an die Ohren von Procas' sich zurückziehenden Truppen.

Im Zelt, das das Rebellenhauptquartier darstellte, scharten sich Prinz Cassio, Hauptmann Arcadio und die Rebellenführer um Conans Lager, um sich mit einem frugalen Mahl zu stärken und die Pläne für den nächsten Tag zu besprechen.

»Wir werden sie alle gemeinsam bei Sonnenaufgang verfolgen!« rief Trocero.

»Nein!« wehrte der jugendliche Prinz ab. »Die Anweisungen meines königlichen Vaters sind eindeutig. Nur wenn General Procas mit seiner Streitmacht tiefer in unser Territorium dringt, dürfen wir gegen ihn kämpfen. Der König hofft, daß allein schon unsere Anwesenheit den General von einer solchen Unüberlegtheit abbringen wird. Und nun, da die Aquilonier die Flucht ergriffen haben, sieht es auch ganz so aus, als hätte er recht.«

Conan schwieg, aber das vulkanische Funkeln seiner blauen Augen verriet seine Enttäuschung und Verärgerung. Der Prinz warf einen von Ehrfurcht und Mitgefühl erfüllten Blick auf ihn.

»Ich verstehe, wie Euch jetzt zumute ist, General Conan«, sagte er sanft. »Aber Ihr müßt auch unsere Lage verstehen. Wir möchten keinen Krieg mit Aquilonien, das doppelt so stark ist wie wir. Wir haben wahrhaftig bereits mehr als genug riskiert, indem wir Eurer Armee Zuflucht innerhalb unserer Grenzen boten.«

Mit einer Hand, die vor Anstrengung zitterte, hob Conan seinen Bierbecher an die Lippen. Schweiß perlte auf seiner Stirn, als wiege das Getränk hundertmal soviel wie es wirklich tat. Er verschüttete ein wenig des Inhalts, trank den Rest und ließ den leeren Becher auf den Boden fallen.

»Dann laß uns Procas allein verfolgen«, drängte Trocero. »Wir können ihn über den Alimane zurücktreiben, und jeder Mann, den wir töten, wird einer weniger gegen uns sein, wenn Poitain sich erhebt. Wenn die Überlebenden sich zu einer Schlacht entschließen sollten – nun, der Sieg hängt immer von den launischen Göttern ab.«

Conan lockte dieser Vorschlag sehr. Jeder kriegerische Instinkt seiner barbarischen Seele drängte ihn, seine Männer zu einer Treibjagd auf die Königstreuen auszuschicken, sie zu hetzen und ihnen bis zum Alimane zuzusetzen, wie sie es mit seinen fliehenden Männern getan hatten. Die Rabirianischen Berge schienen für eine solche Art von Kriegsführung gegen den zahlenmäßig stärkeren Feind wie geschaffen. Zu Tausenden von Klammen, Schluchten und Spalten zerklüftet, baten diese Berge und himmelstürmenden Gipfel geradezu darum, jedem fliehenden Soldaten einen Hinterhalt zu stellen.

Doch sollten Procas' Truppen sich entschließen, in Stellung zu gehen, mochte es leicht sein, daß das Kriegsglück ihnen, und nicht den Rebellen, lachte. Sie waren bereits jetzt knapp mit Verpflegung und Waffen, und das Regiment, das Prospero gefunden und hierhergebracht hatte, war völlig erschöpft, genau wie die Pferde, nachdem sie sich tagelang hatten verstecken und von dem leben müssen, was Berge und Ebene ihnen bieten konnten. Außerdem vermochte ein General, der nicht auf seinem Roß sitzen und sein Schwert schwingen konnte, nicht so leicht seine Anhänger zu großen Heldentaten anzufeuern. Immer noch durch Alcinas Gift geschwächt, hatte er keine andere Wahl, als im Lager zu bleiben, oder sich in einer Sänfte als Zuschauer mitschleppen zu lassen.

Als die Nacht dem nebligen Morgen wich und Trompeten zum Morgenappell erschallten, schaute Conan, von zwei Burschen gestützt, hinaus auf das erwachende Lager und grübelte über seine Situation nach. Er durfte Procas nicht ohne Verluste nach Aquilonien zurückkehren lassen. Doch um gegen die mächtige Grenzlegion etwas ausrichten zu können, mußte ihm etwas einfallen, das sie nicht erwartete – etwas, das seiner geringeren Zahl den Vorteil brachte. Er benötigte eine Streitkraft, die beweglich und schnell im Manövrieren und doch fähig war, den Feind aus der Ferne anzugreifen.

Als Conan auf die sich zum Appell sammelnden Männer starrte, blieb sein Blick auf einem Bossonier hängen, der auf ein Pferd sprang und zum Palisadentor galoppierte. Er hat offenbar einen Befehl an einen der Außenposten weiterzuleiten, dachte der Cimmerier, und es muß sich dabei um etwas sehr Dringendes handeln, denn der Bursche hat sich nicht einmal die Mühe gemacht, den Bogen abzulegen, der ihm quer über die Schulter hängt, noch den schweren Köcher, der gegen seinen Schenkel schlägt.

Erinnerungen an die Jahre des Militärdiensts in der Armee des Königs von Turan überfluteten Conan mit einemmal. In dieser Streitmacht stellten die berittenen Bogenschützen die größte Abteilung dar. Es waren Männer, die ihre doppeltgeschwungenen Bogen aus Horn und Tiersehnen vom Rücken eines galoppierenden Pferdes so treffsicher abschießen konnten, wie die Schützen anderer Armeen es vom festen Boden aus taten. Ein solches Geschick konnten seine bossonischen Schützen natürlich nicht ohne jahrelange Übung erreichen, und außerdem war der bossonische Langbogen viel zu unförmig, um ihn vom Pferderücken abzuschießen.

Plötzlich sah Conan vor seinem inneren Auge eine Truppe berittener Schützen, die den fliehenden Feind verfolgten, bis sie in Schußweite waren. Dann sprangen sie von ihren Pferden und schickten Pfeil um tödlichen Pfeil ab, um wieder davonzureiten, sobald der derart herausgeforderte Feind wendete, um etwas gegen die Quälgeister zu unternehmen. Conans dröhnendes Gelächter erschreckte seine Burschen, die den Mund weit aufsperrten, während Hauptmann Alaricus eiligst rannte, um den Priester-Heiler zu holen.

Als Dexitheus, nur spärlich bekleidet, in Conans Zelt gestürmt kam, grinste der Cimmerier über seine Besorgnis.

»Nein, nein«, wehrte er lachend ab. »Der Purpurlotos hat mir nicht den Geist verwirrt, mein Freund. Doch Mitra oder Crom oder sonst ein Gott, der gesegnet sein möge, schenkte mir eine großartige Erleuchtung. Habt die Güte, die argossanischen Führer umgehend zu mir zu bitten.«

Als Prinz Cassio und Hauptmann Arcadio, bereits bewaffnet und gerüstet, den Hang heraufstapften, donnerte Conan ihnen einen herzhaften Gruß entgegen und fügte sogleich hinzu: »Ihr sagtet, König Milo verbiete Euch, die fliehenden Aquilonier anzugreifen. Bezieht sich dieses königliche Verbot auch auf Eure Pferde?«

»Unsere *Pferde*?« wiederholte Arcadio verständnislos.

Conan nickte ungeduldig. »Ja, Eure Reittiere. Habt die Güte und antwortet mir schnell. Unsere Rosse, die wenigen, die wir haben, sind unterernährt, man kann ohne große Mühe ihre Rippen zählen. Aber Eure sind frisch und von edler Zucht. Leiht uns fünfhundert Eurer Tiere, dann braucht ihr uns keinen einzigen argossanischen Soldaten zu stellen, und wir schicken Amulius Procas doch mit eingezogenem Schwanz nach Hause.«

Als Conan seinen Plan erläuterte, grinste Prinz Cassio. Immer besser gefiel ihm dieser grimmige Barbar aus dem Norden, der seine Kriegsführung geradezu unglaublich einfallsreich gestaltete.

»Stellt ihm fünfhundert Pferde zur Verfügung, Arcadio«, wandte er sich an den Hauptmann. »Der König, mein Vater, erwähnte nichts von Rossen.«

Der argossanische Offizier machte sich daran, die Befehle zu erteilen. Bald darauf schon führten etwa zwanzig Dutzend Argossaner gesattelte Pferde auf die Ebene, wo die bossonischen Bogenschützen zum Morgenappell angetreten waren. Trocero und Prospero näherten sich der verwirrten Rebelleninfanterie.

»Holt mir meinen Hengst und sattelt ihn«, befahl Conan seinen Burschen. »Ich muß denen, die ihn ausführen sollen, den Plan auch erklären.«

»General!« rief Dexitheus erschrocken. »Ihr dürft in Eurem gegenwärtigen Zustand keinesfalls ...«

»Verschont mich mit Eurer, wenn auch wohlgemeinten Besorgnis. Einen ganzen Monat lang haben meine Männer mich nicht gesehen, und sie fragen sich zweifellos, ob ich überhaupt noch lebe.«

Als Conans Burschen mit helfenden Händen den schweren General aufs Pferd hoben, knirschte er ergrimmt über die Schwäche, die seine mächtigen Glieder noch immer lähmte. Seine blauen Augen funkelten mit dem Feuer ungebrochenen Willens, während der Schweiß bei der Anstrengung, wieder Kraft in Muskeln und Sehnen zurückzugewinnen, über seine Stirn perlte. Doch so sehr er sich auch abmühte, floß sein Blut nur langsam durch die Adern, denn Alcina hatte den tödlichen Trunk sorgfältig zubereitet.

Endlich hatten seine Burschen ihn auf den Sattel geschnallt. Er stieß wütende Flüche aus und rief seine nordischen Götter an, diese schändliche Demütigung zu rächen. Und obgleich die Schwäche seinen stämmigen Körper erzittern ließ, gestatteten doch seine funkelnden Augen kein Mitleid, in den zu ihm emporgerichteten Gesichtern, sondern die Achtung, die ihm zustand.

Voll respektvollem Staunen beobachtete Prinz Cassio diese Szene. In Messantia hatten die Höflinge spöttisch die Stirn über den Barbaren gerunzelt, den die aquilonischen Rebellenführer unverständlicherweise zum Oberbefehlshaber gemacht hatten. Jetzt spürte der Prinz selbst die Urkraft, die in diesem Mann steckte, seine tiefe Reserve an elementarer Stärke. Er erkannte des Cimmeriers ungeheure Zielstrebigkeit, sein dynamisches Wesen – alles Charakterzüge, die sowohl Edelleute als auch einfache Soldaten in ihren Bann zwangen. Dieser Mann, dachte Cassio, ist zum Befehlen – ja, zum König geboren!

An jeder Seite einen berittenen Burschen, lenkte Conan sein Streitroß langsam die Reihen entlang zum Bataillon der bossonischen Bogenschützen. Obgleich die Anstrengung sein Gesicht verzerrte, gelang es ihm, eine Hand zum Salut zu heben, während er Reihe um Reihe seiner treuen Krieger abritt. Die Männer brachen bei seinem Anblick in frenetischen Jubel aus.

Etwa zwei Meilen nordwärts nahmen zwei königstreue aquilonische Späher – sie waren zurückgeblieben, um die Rebellenarmee zu beobachten – auf der Straße zum Saxulapaß ihr Frühstück ein. Der Jubel erreichte gedämpft ihre Ohren. Beunruhigt starrten sie einander an.

»Was geht dort wohl vor?« fragte der Jüngere.

Der andere legte die Hand über die Augen. »Es ist zu weit, es zu erkennen, aber etwas muß geschehen sein, wenn die Rebellen in solche Begeisterungsstürme ausbrechen. Einer von uns meldet es am besten General Procas. Ich werde das übernehmen. Du bleibst hier und hältst die Augen offen.«

Der zweite Sprecher schluckte seinen letzten Bissen hinunter, erhob sich, löste den Zügel seines Pferdes von einem nahen Baum und saß auf. Durch die Morgenluft war das immer schwächer werdende Hufklappern zu vernehmen, als er auf der Straße in der Ferne verschwand.

Mit einer mühsamen Bewegung seiner Rechten gebot Conan Ruhe. Dann wandte er sich an die Bogenschützen. Sie wären auserwählt aus der ganzen Armee, sagte er, um den sich zurückziehenden Invasoren schwere Verluste zuzufügen. Sie sollten auf möglichst leisen Hufen einzelne Gruppen des Gegners anreiten, sich dann vom Pferd schwingen und ihre Pfeile an die Sehnen legen. Aus der Deckung, zu zweien oder dreien, könnten sie Dutzende der Fliehenden treffen, und wenn der Feind sich entschloß, zu wenden und gegen sie vorzugehen, konnten sie sich schnell, da ja keine Rüstung sie behinderte, wieder in die Sättel schwingen und den schwergepanzerten aquilonischen Rittern, die man ihnen zur Verfolgung nachschicken würde, entkommen.

Jeder Trupp sollte von einem erfahrenen Kavalleristen

befehligt werden, der dafür sorgte, daß die Pferde richtig behandelt würden und der sie auch hielt, während die Schützen abgesessen waren. Was die betraf, die noch keine besondere Erfahrung im Reiten hatten – bei diesen Worten lächelte Conan ein wenig grimmig –, so brauchten sie sich lediglich am Sattelknauf oder der Pferdemähne festzuhalten. Für eine nur so kurze Zeit berittene Infanterie waren besondere Reitkünste unnötig.

Unter dem Kommando eines aquilonischen Söldners namens Palantides, der auch einmal in der turanischen Armee gedient hatte, wo er zum berittenen Bogenschützen ausgebildet worden war, und der erst vor kurzem von den Königstreuen desertiert war, ritten die Bossonier aus dem Lager in nördlicher Richtung, entlang der gewundenen Straße, die nach Aquilonien führte.

Im Vorgebirge der Rabirianischen Berge, kurz vor dem Saxulapaß, sahen sie die Nachhut der Königsarmee vor sich, denn Procas' Rückzug ging aufgrund der Versorgungswagen und der Infanteriekompanien langsam vonstatten. Die Bossonier verteilten sich und lenkten ihre Pferde durch das Unterholz in Schußweite, wo sie sich an die Arbeit machten. Etwa zwanzig königstreue Lanzer fielen schreiend oder stumm, oder fluchten über geringere Wunden, bis das Klappern von gerüsteten Reitern den Rebellen verriet, daß Procas' Kavallerie herbeieilte, um die Angreifer niederzumachen oder zu vertreiben, und so ihren Rückzug zu decken. Daraufhin eilten die Bossonier zu ihren Pferden zurück und verstreuten sich im Wald. Ihr einziger Verlust war ein Schütze, der sich nicht an sein Pferd gewöhnen konnte. Er stürzte aus dem Sattel und brach sich das Genick.

Während der nächsten drei Tage jagten die Bossonier die sich zurückziehenden Aquilonier wie eine Hundemeute fliehende Verbrecher. Sie schlugen aus den Schatten zu, und wenn die Königstreuen, lange genug gereizt, zum Gegenangriff übergehen wollten, waren sie auch schon verschwunden und versteckten sich in Mulden, Spalten und Klüften, die Wind und Wetter in dem felsigen Terrain geschaffen hatten.

Amulius Procas und seine Offiziere fluchten sich heiser, aber es gab wenig, das sie tun konnten. Unerwartet schwirrten die Pfeile hinter Felsblöcken hervor. Manchmal verfehlten sie ihr Ziel und brachten die Marschierenden lediglich dazu, zusammenzuzucken und sich zu ducken. Manchmal bohrten sie sich in eine Pferdflanke, daß das getroffene Tier sich aufbäumte, seinen Reiter abwarf, und durchging. Manchmal stieß ein Soldat seinen Todesschrei aus, wenn ein Pfeil in seinen Rücken drang, oder ein Reiter stürzte mit rasselnder Rüstung vom Pferd und blieb liegen. Von Hügelkämmen, ungesehen in der Dämmerung, hagelte es urplötzlich Pfeile, die drei Dutzend Mann und mehr töteten oder zu Krüppeln machten.

Amulius Procas hatte keine große Wahl. Er konnte nicht in Nähe des Saxulapasses kampieren, weil dort nur wenig offenes Terrain zu finden war und nicht genügend Trinkwasser. Genausowenig konnte er in geschlossenen Reihen angreifen, wo seine Übermacht und schwere Rüstung von Vorteil wäre, denn der Feind vermied es, sich auf einen offenen Kampf einzulassen. Warf er seine ganze Armee gegen sie, könnte er zweifellos diese lästigen Rebellen wie Spreu im Wind verjagen, aber das brächte ihn auf die Ebene von Pallos zurück, wo er sich bei den Argossanern in die Nesseln setzen würde.

Also blieb Amulius Procas nichts anderes übrig, als ergrimmt weiterzumarschieren und seine leichte Reiterei ständig einsatzbereit zu halten, um den Feind zu verjagen, wann immer er sich durch eine Pfeilsalve meldete. Zahlenmäßig waren seine Verluste unerheblich, nur ein Bruchteil derer, die eine Schlacht ihn kosten würde. Aber die ständige Zermürbung rieb seine Männer auf. Eine schlimme Vorahnung legte sich wie eisige Hände um sein Herz. Sie flüsterte ihm zu, daß König Numedides den Fehlschlag dieser Strafexpedition, die er höchstpersönlich befohlen hatte, nicht vergessen und noch weniger vergeben würde.

Mitten im Saxulapaß donnerte eine Geröllawine auf die Königstruppen herab. Finster befahl Procas, die Trümmer zu beseitigen, die zerschmetterten Wagen aus dem Weg zu schaffen, und die am schwersten verletzten Männer und Tiere gnädig mit dem Schwert von ihren Qualen zu erlösen.

Als sie den Paß überwunden hatten, kam die Legion schneller voran, aber die Störmanöver der Rebellen hörten nicht auf.

Procas erkannte, daß sein cimmerischer Gegner ein Meister ungewöhnlicher Kriegsführung war, und er ärgerte sich, daß gerade sein notgedrungener Rückzug den Einfallsreichtum des anderen noch angespornt hatte. Er schwor sich, diesen Flecken auf seiner Ehre mit Rebellenblut abzuwaschen.

Am dritten Tag ihres Rückzugs, als der graue Himmel bleischwer über ihnen lastete, sammelten die demoralisierten und erschöpften Königstruppen sich am Südufer des Alimanes bei der Nogarafurt. Obgleich nicht mehr vom Schmelzwasser angeschwollen, lud die gewaltige Breite des Flusses doch geradezu zu einem Überfall ein, während seine Männer sich bei der Überquerung am wenigsten dagegen wehren konnten. Es wäre ein grausamer Scherz der Götter, würden sie den aquilonischen General genau in der gleichen Falle fangen, in der er vor kaum zwei Monaten die Rebellen fast zerschmettert hatte. Außerdem würde die Überquerung in der Düsternis der einbrechenden Nacht unweigerlich einen Verlust an Männern und Ausrüstung mit sich bringen.

Andererseits würde es den Tod der Posten und vieler Schlafenden durch heimtückische Pfeile aus dem Wald heraufbeschwören, schlügen sie diesseits des Alimanes ihr Lager auf. Procas kaute an seiner Lippe. Da seine Truppen sich nicht wirkungsvoll gegen diese Taktik verteidigen konnten, würden sie sich um so ungestörter ausruhen können, je schneller er sie über den Fluß brachte. Obgleich der Alimane selbst an der Furt reißend und die Überquerung anstrengend war, bot sie, nachdem sie erst hinter ihnen war, Schutz gegen Pfeilbeschuß vom Südufer.

Während ihm all diese Überlegungen durch den Kopf gingen, näherte sich einer der Offiziere dem General in seinem Streitwagen auf einer niedrigen Erhebung am Flußufer. Der Mann, ein breitschultriger Riese – seinem Akzent nach Bossonier – salutierte mit düsterer Miene.

»Sir, wir erwarten Euren Befehl, mit der Überquerung beginnen zu dürfen«, sagte er. »Je länger wir auf dieser Seite des Flusses bleiben, desto mehr unserer Leute fallen diesen verdammten gefiederten Geschossen zum Opfer.«

»Dessen bin ich mir bewußt, Gromel«, erwiderte der General steif. Dann seufzte er tief und sagte brüsk. »Also gut, fangt an! Wir erreichen nichts, wenn wir noch länger zögern. Aber es geht mir gegen den Strich, uns von dieser verhungernden Meute heimjagen zu lassen, ohne es ihr mit gleicher Münze zurückzahlen zu können. Wären uns nicht durch politische Bedenken die Hände gebunden ...«

Gromel schaute verächtlichen Blickes über die Berge, die sie überquert hatten. »Die Politik sei verflucht«, knurrte er. »Die Feiglinge stellen sich uns ja nicht zum Kampf, weil sie genau wissen, daß wir sie auslöschen würden. Also bleibt uns eben nichts anderes übrig, als uns auf poitanischem Gebiet zu sammeln und bereit zu sein, sie sofort niederzuwerfen, wenn sie erneut versuchen, die Furten zu überqueren.«

»Wir werden bereit sein«, versicherte ihm Procas grimmig. »Gebt das Trompetensignal!«

Die Überquerung des Alimanes ging geordnet vor sich, obgleich die Dämmerung der nächtlichen Dunkelheit wich, ehe noch die letzte Kompanie in den Fluß platschte. Als die Männer sich vom Südufer entfernten, traten zweimal hundert Bogenschützen aus ihren Verstecken im Unterholz und legten ihre Pfeile an die Sehnen.

Procas war aus seinem Streitwagen gestiegen und hob sich mit verzerrtem Gesicht, denn seine alten Wunden schmerzten, in den Sattel seines Rosses. Als Anführer einer kleinen Nachhut leichter Kavallerie war der alte Veteran einer der letzten, der in die sich verdunkelnden Fluten watete, während bereits die Pfeile vom Ufer wie aufgestörte Insekten um ihn surrten.

In Flußmitte schrie der General plötzlich auf und klatschte mit einer Hand auf seinen Schenkel. Bei seinem Schrei zügelte der bossonische Offizier Gromel sein Pferd. Er öffnete die wulstigen Lippen, um sich zu erkundigen, was los sei, als er den Schaft des Rebellenpfeils oberhalb des Knies aus dem Schenkel des Generals ragen sah. Ein zufriedenes Glitzern flackerte in Gromels kleinen Augen auf, verschwand jedoch schnell wieder, denn der Bossonier war scharf auf eine Beförderung und bereit, alles zu tun, um sie zu erhalten.

Stoisch lenkte Procas sein Pferd über den Fluß, doch als er endlich die Büsche am Ufer erreicht hatte, ließ er sich von seinen Burschen vom Pferd heben, während Gromel weiterritt, um einen der Heilkundigen zu rufen.

Nachdem der Feldscher den Widerhaken des Pfeiles entfernt und die Wunde versorgt hatte, sagte er: »Es wird eine geraume Weile dauern, bis ich Euch erlauben kann, den Marsch fortzusetzen.«

»Auch gut«, brummte der General scheinbar gleichmütig.

»Errichtet mein Zelt auf dem Hügel dort. Wir werden hier lagern. Sollen die Rebellen zu uns kommen, wenn sie es wagen.«

Wie ein Geist verschmolz eine schlanke Gestalt in der von der langen Reise mitgenommenen Livree eines Pagen mit den nahen Bäumen, wo sie beobachtete und lauschte. Hätte ein Betrachter mit katzengleichen Augen die schwellenden Rundungen der jugendlichen Gestalt bemerkt, hätte er erkannt, daß es sich um eine grazile, betörend aussehende Frau handelte. Mit einem freudlosen Lachen führte sie nun ihr Pferd in sichere Entfernung vom Lager, das die Grenzlegion eilig errichtete.

Daß sein Rivale bei einem feigen Rückzug vor einer unbedeutenden Meute verwundet worden war, würde Thulandra Thuu freuen, dachte die Lady Alcina. Nun, da der mächtige Cimmerier nicht mehr lebte, hatte Procas seinen Zweck erfüllt und konnte gefahrlos für die Ambitionen ihres Meisters geopfert werden. Sie mußte sich gleich mit dem Hexer in Verbindung setzen, sobald die Stellung der Sterne die Benutzung des Obsidiantalismans erlaubte. Gleich darauf verschwand sie in der Dunkelheit.

Thulandra Thuu, der sich über seinen magischen Spiegel aus hochglänzendem Obsidian beugte, war wirklich hocherfreut über die Verletzung des General Procas. Als Alcinas Abbild schwand, strich der Zauberer nachdenklich über den Rükken seiner Adlernase. Mit der schlanken Hand griff er nach einem Metallhammer und schlug auf den schädelförmigen Gong, der neben seinem Eisenthron von der Decke baumelte. Sein tiefer Ton hallte dumpf durch das purpurbehangene Gemach.

Kurz darauf wurde ein Vorhang zurückgezogen. Hsiao, der Khitan, trat ein. Die Arme in den weiten Ärmeln seines wallenden grünen Seidengewands verborgen, verbeugte er sich stumm und wartete auf die Anweisungen seines Herrn.

»Wartet der Graf von Thune noch im Vorgemach auf mich?« fragte der Zauberer.

»Herr, Graf Ascalante harrt der Ehre, mit Euch sprechen zu dürfen«, versicherte ihm der gelbe Diener.

Thulandra Thuu nickte. »Ausgezeichnet! Ich werde in Kürze für ihn Zeit haben. Sag ihm, ich erwarte ihn im Sphinxgemach. Und du begibst dich unmittelbar danach zum König und sagst ihm, ich ersuche um eine Audienz in einer dringenden Staatsangelegenheit! Du hast meine Erlaubnis zu gehen.«

Wieder verbeugte sich Hsiao tief und zog sich zurück. Den Vorhang schob er wieder an seinen Platz zurück, so daß er die Tür verdeckte, durch die er gekommen war.

Das Gemach der Sphinxe, das Thulandra Thuu aus einem unbenutzten Zimmer im Palast für seine eigenen Zwecke hatte ausstatten lassen, trug seinen neuen Namen zu Recht. In seiner Kahlheit wirkte es fast gruftähnlich. Seine Wände und der Boden waren aus rosa Marmor. Außer einem Kalksteinsessel an einer Wand enthielt es kein sichtbares Mobiliar. Dieser Sessel, wie ein Thron geformt, wurde getragen von aus zwei Steinen gehauenen katzengleichen Ungeheuern mit menschlichen Köpfen. Dieses Motiv wiederholte sich in den kostbaren Teppichen, die an der Wand hinter dem Thron hingen. Von ihnen schauten zwei riesige Katzen, kunstvoll mit glitzernden Fäden gewirkt, mit bärtigen Männerköpfen und kalten hochmütigen Augen herab. Das einzige Licht in diesem kalten Gemach kam von zwei Fackeln in kupfernen Haltern. Der flackernde Schein spiegelte sich tänzelnd in den Silberspiegeln an der Wand dahinter.

Ascalante, Offizier, Abenteurer und selbsternannter Graf von Thune, war den Sphinxen gar nicht so unähnlich. Er war hochgewachsen, von geschmeidiger Gestalt und in violetten Samt gekleidet. Mit der Grazie von Katzen strich er durch das Gemach. Trotz seiner soldatischen Haltung und höflichen Miene waren seine Augen genau wie die der gewirkten Ungeheuer kalt und hochmütig, doch sie waren auch wachsam und verrieten eine Spur Furcht.

Seit geraumer Weile schon wartete Ascalante auf eine Audienz mit dem allmächtigen Zauberer unbekannter Herkunft. Obgleich Thulandra Thuu Ascalante von der östlichen Front zurückbeordert und zum Hof bestellt hatte, ließ der Hexer ihn doch mehrere Tage vor dem Audienzsaal warten. Jetzt aber sah es ganz so aus, als würde der Zauberer sich endlich herablassen, mit ihm zu sprechen.

Plötzlich zuckte Ascalante zusammen. Instinktiv schoß eine Hand zum Dolchgriff. Einer der Wandbehänge hob sich und offenbarte eine schmale Tür, aus der ein schlanker, dunkelhäutiger Mann trat und ihn schweigend musterte. Die kühlen, intelligenten Augen schienen in der Lage zu sein, die Gedanken seines Gegenübers zu lesen, als wären sie auf seine Stirn geschrieben. Ascalante gewann seine Haltung zurück und verbeugte sich höfisch vor dem Zauberer. Thulandra Thuu trug einen kunstvoll geschnitzten Stab, der mit ineinanderverschlungenen, fremdartigen Symbolen verziert war.

Ohne Eile durchschritt Thulandra das Gemach und ließ sich auf dem Sphinxthron nieder. Er erwiderte die Verbeugung des anderen mit einem flüchtigen Nicken und schwachen Lächeln und sagte: »Ich hoffe es geht Euch gut, Graf, und die erzwungene Untätigkeit hat Euch nicht allzusehr ermüdet.«

Ascalante murmelte eine höfliche Antwort.

»Graf Ascalante«, fuhr der Hexer fort, »Eure Erfahrung und Eure Leistungen entgingen jenen nicht, die an fernen Orten als meine Augen und Ohren dienen, genausowenig wie Eure Ambitionen und Euer Wunsch nach einem hohen Posten, auch nicht der gewisse Mangel an Skrupel, der Euch helfen soll, diese Stellung zu erreichen. Ich muß noch schnell hinzufügen, daß der König und ich diese Ambitionen und Eure ... ah ... praktische Denkweise gutheißen.«

»Habt Dank, mein Lord«, erwiderte der Graf mit einer Haltung, die sich der Verbindlichkeit des Hexers anpaßte.

»Ich werde sofort zur Sache kommen«, erklärte Thulandra Thuu, »denn die Dinge stehen nicht still, und die Sterblichen müssen sich bemühen, sich stets auf dem laufenden zu halten. Also, in Kürze, die Situation ist folgende: Seine Majestät hat sich entschlossen, dem ehrenwerten Amulius Procas, dem Oberbefehlshaber der Grenzlegion, Seine Gunst zu entziehen.«

Erstaunen glomm in den normalerweise undurchschaubaren Augen Ascalantes auf, denn die Neuigkeit überraschte ihn. Alle wußten, daß Procas der fähigste Offizier Aquiloniens war, seit Conan den Dienst quittiert hatte. Wenn irgend jemand die aufständischen Barone im Norden unterwerfen und die Rebellion im Süden niederschlagen konnte, dann Amulius Procas. Ihn von einer solchen Mission zurückzuziehen, ehe diese beiden Bedrohungen beseitigt waren, war reiner Wahnsinn.

»Ich verstehe die Einstellung, die Euch Eure Loyalität befiehlt«, sagte Thulandra Thuu mit sanftem Lächeln. »Es ist so, daß unser guter General Procas einen unüberlegten Vorstoß über den Alimane vornahm und so die Gefahr eines offenen Krieges mit Argos heraufbeschwor.«

»Verzeiht, mein Lord, aber das ist einfach unvorstellbar«, sagte Ascalante. »Unerlaubt die Grenzen eines befreundeten Staates zu übertreten, ohne den ausdrücklichen Befehl unseres Monarchen, kommt dem Hochverrat gleich!«

»Genau das ist es auch«, versicherte ihm der Hexer. »Und daß der König wahrhaftig eine Strafexpedition nach Argos anordnete, ist eine Tatsache, die in der Geschichtsschreibung, wie ich fürchte, nicht berücksichtigt werden wird, da alle Kopien dieses Befehls seltsamerweise spurlos verschwanden. Ihr versteht doch, was ich meine?«

Ascalantes Augen funkelten amüsiert. »Ich glaube schon, mein Lord. Aber, ich bitte Euch, fahrt fort!« Der Graf von Thune genoß einen klug ausgedachten Schurkenstreich so sehr wie ein Weinkenner einen besonders raren Jahrgang.

»Der General hätte die Gefahr, in Ungnade zu fallen, vermeiden können, wenn es ihm gelungen wäre, auch den letzten Funken der Rebellion auszulöschen, denn die Gerüchte, die Euch sicher zu Ohren gekommen sind, über eine selbsternannte Befreiungsarmee, sind wahr. Sie befindet sich augenblicklich nördlich der Rabirianischen Berge. Ein Abenteurer, er nennt sich Conan der Cimmerier . . .«

»Dieser Riese von Mann, der vergangenes Jahr das Löwenregiment zum Sieg über die räuberischen Pikten führte?« rief Ascalante.

»Derselbe!« erwiderte Thulandra. »Doch die Zeit drängt und gestattet uns keine Muße für nutzloses Gerede, so unterhaltend es auch wäre. Hätte General Procas die Überreste der Rebellenarmee vernichtet und sich gleich darauf über den Alimane wieder zurückgezogen, ehe König Milo von der Grenzübertretung erfuhr, wäre alles gut gewesen. Aber Procas stellte sich ungeschickt an. Er rief den Grimm der Argossaner hervor, und floh vom Schlachtfeld, ohne auch nur einen Tropfen Rebellenblut zu vergießen. Auch seine Überquerung des Flusses war nicht gut durchdacht. Jedenfalls töteten die Rebellenbogenschützen dabei Dutzende unserer besten Soldaten. Und um all seinen Fehlern noch die Krone aufzusetzen, benahm sich auch noch ein dummer Spion von Vibius Latro – ein Zingarier namens Quesado, den Seine Majestät übereilt in den diplomatischen Dienst aufnahm – in Messantia daneben.

Jedenfalls wurde der General zum Schluß an der Furt auch noch so schwer verwundet, daß er, wie ich befürchte, das Kommando nicht mehr beibehalten kann. Glücklicherweise für uns ist auch Conan seinen ... ah ... Verwundungen erlegen. Und um nun zu Euch zurückzukommen, mein teurer Graf ...«

»Zu mir?« murmelte Ascalante und bemühte sich, so bescheiden wie nur möglich dreinzuschauen.

»Zu Euch«, betonte der Zauberer mit leichtem Lächeln. »Eure Leistungen an der ophireanischen und der nemedischen Grenze qualifizieren Euch durchaus, finde ich, den Befehl über die Grenzlegion zu übernehmen, die den versagenden Händen General Procas' entschlüpft ist – oder es zumindest in Kürze wird, sobald er dieses Schreiben erhalten hat.«

Der Zauberer machte eine Pause und zog aus seinem weiten Ärmel eine Schriftrolle, mit blauem und gelbem Band umwickelt und dem blutroten Siegel des Königs versehen.

»Ich beginne zu verstehen«, sagte Ascalante. Der Eifer quoll in seinem Herzen wie ein sprudelnder Quell unter einem Stein.

»Ihr habt lange auf eine Gelegenheit gewartet, zu einer hohen Stellung aufzusteigen und Euch die Gunst Eures Königs zu erwerben. Die Gelegenheit rückt nun heran. Aber ...« – Thulandra Thuu hob warnend einen Finger und betonte jedes Wort – »Ihr müßt mich genau verstehen, Graf Ascalante.«

»Mein Lord?«

»Es ist mir bewußt, daß der Hof Euren Titel und Anspruch auf die Grafschaft von Thune noch nicht bestätigt hat, und daß gewisse ... ah ... Unstimmigkeiten zur Sprache kamen, die den Tod Eures älteren Bruders, des ehemaligen Grafen, betreffen, der bei einem ... ah ... Jagdunfall ums Leben kam.«

Ascalantes Gesicht lief rot an, er öffnete die Lippen, doch

der Zauberer winkte mit erhobener Hand und einem gleichgültigen Lächeln ab.

»Es handelt sich nur um kleinere Unstimmigkeiten, die der Siegeslorbeer gewiß recht bald schon überdeckt. Ich werde dafür sorgen, daß Ihr für Eure Verdienste um die Krone hoch belohnt werdet.« Wieder machte Thulandra Thuu eine bedeutungsvolle Pause, ehe er fortfuhr: »Doch müßt Ihr meine Anweisungen auf den Buchstaben genau befolgen, oder die Grafschaft von Thune wird nie rechtmäßig Euer sein.

Ich weiß natürlich, daß Ihr nur geringe Erfahrung in der Grenzkriegsführung und im Kommando von Männern über Regimentsstärke hinaus habt. Das tatsächliche Kommando der Grenzlegion werde ich deshalb in die erfahrenen Hände eines höheren Offiziers legen, der sich im kürzlichen Piktenkrieg bewährt hat. Er ist ein Bossonier mit Namen Gromel. Ich beobachte Gromel schon längere Zeit und beabsichtige, ihn durch eine höhere Belohnung an mich zu binden. Während er also die Soldaten einsetzen und bei Kampfhandlungen tatsächlich befehligen wird, übernehmt Ihr das nominelle Kommando. Versteht Ihr nun, wie ich es meine?«

»Ja, mein Lord«, preßte Ascalante zwischen den Zähnen hervor.

»Gut. Nun, da Conan tot ist, könnt Ihr und Gromel gemeinsam ohne Schwierigkeiten, dessen bin ich sicher, die restlichen Rebellen südlich des Alimanes kampfunfähig machen, bis diese Horde sich aus Hunger und mangels Erfolgen auflöst.«

Thulandra Thuu streckte Ascalante die Schriftrolle entgegen. »Hier sind Eure Orders. Eine Eskorte erwartet Euch am Südtor. Reitet in aller Eile zur Nogarafurt!«

»Und was ist, mein Lord, wenn Amulius Procas sich weigert, meine Vollmacht anzuerkennen?« fragte der Graf, der gern sicher gehen wollte, daß er auch alle Trümpfe in der Hand hielt.

»Es wäre leicht möglich, daß unserem tapferen General noch vor Eurer Ankunft ein tragischer Unfall widerfährt.« Thulandra Thuu lächelte. »Ein Unfall, der – wenn Ihr ihn offiziell meldet – als Freitod angesehen werden wird: Selbstmord aus Verzweiflung über seine Feigheit im Angesicht eines unterlegenen Feindes, und aus Reue, weil er Feindseligkeiten mit einem befreundeten Reich heraufbeschworen hat. Wenn es soweit ist, dann versäumt nicht, den Leichnam nach Tarantia heimzuschicken. Lebend wäre Procas hier nicht übermäßig willkommen gewesen, doch tot wird er die Hauptrolle in einer prächtigen Bestattung spielen.

So, und nun macht Euch gleich auf den Weg, mein Teurer, und versäumt nicht, die Befehle auszuführen, die Ihr von Zeit zu Zeit über eine gewisse Alcina, eine absolut verläßliche, grünäugige Agentin in meinen Diensten, übermittelt bekommen werdet.«

Ascalante umklammerte die Schriftrolle, verbeugte sich tief und verließ das Sphinxgemach.

Thulandra Thuu sah ihm nach, und ein häßliches Lächeln überflog seine Züge. Die menschlichen Instrumente, die ihm dienten, waren alle schwach und minderwertig, das war ihm klar, aber von einem minderwertigen Werkzeug trennt man sich dafür um so leichter, wenn es nicht mehr gebraucht wird.

7

TOD IM DUNKELN

Viele Tage hielt die Anwesenheit der Grenzlegion am anderen Ufer des Alimane die Rebellen von einem Versuch ab, den Fluß zu überqueren. Obgleich Procas persönlich durch seine Verwundung nicht in der Lage war, zu reiten oder auch nur zu Fuß zu gehen, achteten doch seine erfahrenen Offiziere wachsam auf jegliche Bewegung von seiten der Rebellen. Conans Männer marschierten tagtäglich das Südufer des Flusses auf und ab und täuschten eine Überquerung an der einen oder anderen Furt vor, doch Procas' Spähern entging nichts, und es geschah auch nichts, was dem Cimmerier und seinen Leuten Anlaß zur Freude geben konnte.

»Ein Patt!« stöhnte der ungeduldige Prospero. »Ich hatte befürchtet, daß es dazu kommen würde.«

»Was wir zum Sieg brauchen«, meinte Dexitheus, »ist eine Ablenkung, aber in großem Stil – ein plötzliches Eingreifen der Götter, vielleicht.«

»In einem Leben, das der Kriegskunst gewidmet ist«, sagte der Graf von Poitain, »habe ich gelernt, mich weniger auf die Götter zu verlassen, als auf meinen eigenen Verstand. Verzeiht mir, Dexitheus, aber mir deucht, wenn irgendeine Ablenkung Amulius Procas aufschrecken soll, dann müssen wir schon selbst dafür sorgen. Und ich glaube, ich weiß auch bereits wie, denn meine Späher berichteten mir, daß die Geduld meiner Landsleute erschöpft ist.«

In der gleichen Nacht noch, schwamm ein Mann ganz in

Schwarz gekleidet, mit der Genehmigung des Generals, dort über den Alimane, wo er am tiefsten war. Dann verschwand er triefnaß im Unterholz. Die Nacht war stark bewölkt und mondlos, dazu vertrieb ein kalter Nieselregen die Wachen der Königstreuen in den Schutz der Bäume und übertönte die wenigen Geräusche, die der Mann verursachte und die sie sonst vielleicht aufgescheucht hätten.

Der Schwimmer in der dunklen Kleidung war ein Poitane, ein Gefolgsmann von Graf Trocero. In sorgsam gefaltetem Öltuch an seiner Brust trug er einen Brief eigenhändig von Graf Trocero geschrieben und an die Führer des schwelenden poitanischen Widerstands gerichtet.

Amulius Procas konnte in dieser Nacht nicht schlafen. Der Regen, der gegen das Tuch seines Zeltes klopfte, erhöhte seine Niedergeschlagenheit, und seine Wunde schmerzte um so mehr. Er stieß barbarische Flüche aus, die er als junger Offizier an den Grenzen Aquiloniens gelernt hatte, und schlürfte heißen Würzwein gegen die Kälte und als Vorsorge gegen Fieber. Seine Schwermut versuchte er mit einem Brettspiel gegen einen seiner Sergeanten zu überwinden. Sein verwundetes Bein, das dick umwickelt war, ruhte auf einem Hocker.

Das Donnergrollen ließ ihn sein graues Haupt heben.

»Es ist nur ein Gewitter«, sagte der Sergeant. »Die Nacht ist ungemein stürmisch.«

»Genau die richtige Nacht für einen Versuch der Rebellen, die Furt zu überqueren«, sagte Procas. »Ich hoffe, die Wachen erhielten den ausdrücklichen Befehl, ihre Runden zu ziehen und kommen nicht auf die Idee, sich unter den Bäumen unterzustellen.«

»Sie ziehen ganz sicher ihre Runden, General«, beruhigte ihn der Sergeant. »Ihr Zug. Bitte beachtet, daß meine Königin Euch mattgesetzt hat.«

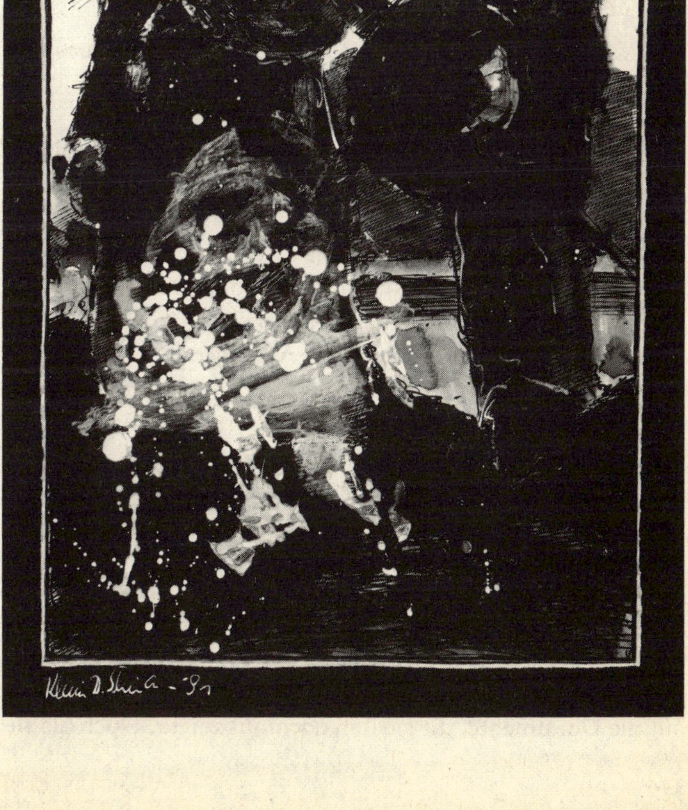

»Tatsächlich, das hat sie«, murmelte Procas und schaute stirnrunzelnd auf das Brett. Er fragte sich verwundert, weshalb diese harmlosen Worte ihm einen solch eisigen Schauder über den Rücken gejagt hatten. Dann ärgerte er sich über sich selbst und nahm einen tiefen Schluck Wein. Es sah ihm doch gar nicht ähnlich, sich wie ein abergläubisches Weib von lächerlichen Vorahnungen plagen zu lassen. Aber trotzdem wünschte er sich, die Postenkette persönlich inspizieren zu können, denn zweifellos wurden die Burschen leichtsinnig, nun da ihr wachsamer und gestrenger Befehlshaber ihnen nicht auf die Finger sehen konnte.

Die Zeltklappe schwang zur Seite und ein hochgewachsener Soldat schaute ins Innere.

»Was ist los, Mann?« fragte Prospero. »Etwas Neues von den Rebellen?«

»Nein, General, aber Ihr bekommt Besuch.«

»Einen Besucher, sagst du?« fragte Procas verblüfft. »Nun, so schick ihn herein!«

»Es ist eine Frau, kein Mann«, sagte der Soldat. Als Procas mit einer Handbewegung bedeutete, daß die noch nicht sichtbare Besucherin eintreten solle, erhob sich sein Spielpartner, salutierte und verließ das Zelt.

Gleich darauf half der hochgewachsene Soldat einem Mädchen in Pagenlivree ins Zelt. Alcina hatte sich den Wachtposten genähert und ihnen erklärt, sie sei eine Botin von König Numedides' Ministern. Keiner dachte auch nur daran, sie zu fragen, wie sie hierhergekommen sei, da sie so beeindruckt von der kühlen Autorität waren, die sie ausstrahlte, und dem seltsamen Leuchten ihrer weit auseinanderstehenden smaragdgrünen Augen.

Procas musterte sie argwöhnisch. Das Sigill, das sie ihm vorgewiesen hatte, bedeutete ihm wenig. Dergleichen läßt sich leicht fälschen oder stehlen. Auch verließ er sich nicht auf die Dokumente, die sie ihm ebenfalls zeigte. Doch als sie behauptete, eine Botschaft von Thulandra Thuu an ihn weitergeben zu müssen, erwachte seine Neugier. Er kannte und fürchtete den hageren, düsteren Zauberer, dessen Einfluß auf Numedides er längst beneidete, dem er mißtraute und dem er entgegenzuwirken versuchte.

»Nun«, knurrte Amulius Procas schließlich. »Sprecht!«

Alcina warf einen Blick auf die beiden Posten, die mit der Rechten am Schwertgriff zu ihren beiden Seiten standen. »Sie ist nur für Eure Ohren gedacht, mein General«, sagte sie leise.

Procas überlegte einen Augenblick lang, dann nickte er den beiden Wachen zu. »Also gut, Männer, wartet vor dem Zelt!«

»Aber General!« protestierte der ältere der beiden. »Wir sollten Euch nicht allein mit dieser Frau lassen. Wer weiß, welchen Trick dieser Conan sich ausgedacht hat ...«

»Conan!« rief Alcina. »Aber er ist doch tot!« Kaum waren ihr diese unüberlegten Worte entschlüpft, biß sie sich in die Zunge und verwünschte sie.

Der ältere Posten lächelte. »Nein, Mädchen. Der Barbar hat mehr Leben als eine Katze. Man erzählt sich, eine zehrende Krankheit hätte ihn längere Zeit auf sein Lager gefesselt. Doch als wir den Fluß überquerten, war er direkt hinter uns auf seinem Hengst und brüllte seinen Schützen zu, uns mit Pfeilen zu spicken.«

Amulius Procas brummte: »Die junge Frau glaubte offenbar, daß Conan nicht mehr lebt. Es interessiert mich sehr, wie sie zu dieser Ansicht kam und ich beabsichtige, es zu erfahren. Laßt uns allein, ihr zwei! Ich bin noch kein so tattriger Greis, daß ich mich vor einem kleinen Mädchen fürchten müßte.«

Als die Posten salutiert und das Zelt verlassen hatten, sagte Amulius Procas grinsend zu Alcina. »Meine Männer nutzen jede Gelegenheit, um aus dem Regen ins Trockene zu kommen. So, und jetzt sagt mir, was Thulandra Thuu mir auszurichten hat, dann kümmern wir uns um die andere Angelegenheit.«

Regen peitschte gegen das Zelt und Donner dröhnte, als Alcina an den Verschlüssen ihres Seidenmieders fummelte, das sie unter dem regendurchweichten Pagenwams trug. Schließlich sagte sie: »Die Botschaft meines Herrn ist ...«

Ein blendender Blitz erhellte das Zelt, und der ohrenbetäubende Donner übertönte ihre folgenden Worte. Procas beugte sich vor und schob sein von ergrautem Haar umrahmtes Gesicht bis eine Handbreit vor ihres, um sie hören zu können. Mit derselben sanften Stimme fuhr sie fort:

»... daß die Zeit gekommen ist ...«

Mit der Flinkheit einer vorschnellenden Schlangenzunge stieß sie ihren Dolch in Amulius Procas' Brust, genau an der Stelle des Herzens.

»... daß Ihr sterbt!« beendete sie den Satz und sprang zurück, um den Händen des verwundeten Generals zu entgehen.

Zwar war ihr Dolchstoß zielsicher gewesen, doch trug der General unter seiner Tunika ein Kettenhemd aus feinen Eisengliedern. Die Dolchspitze hatte eines dieser Glieder durchdrungen und sich zwischen die Rippen des Generals gebohrt, doch wo die Klinge breiter wurde, hielt das Eisenglied sie fest. In ihrem verzweifelten Versuch, sie zurückzureißen, brach Alcina die Spitze ab und sie blieb etwa einen Fingerbreit in der Brust des Generals stecken.

Mit einem heiseren Schrei sprang der alte Soldat trotz seiner Beinverletzung auf die Füße und streckte die Arme aus, um das Mädchen zu packen. Alcina wich zurück, dabei warf sie das Klapptischchen um, auf dem Kerze stand. Die Flamme erlosch und das Zelt war in tiefste Dunkelheit getaucht.

Amulius Procas hinkte durch die Finsternis, bis seine

starken Finger durch Zufall eine Handvoll Seidenstoff zu fassen bekamen. Einen schrecklichen Augenblick lang sah Alcina schon ihr Ende durch die würgenden Hände des Generals gekommen, doch der Stoff riß, der alte Veteran röchelte und taumelte. Sein verletztes Bein gab unter ihm nach, und der Tod rasselte in seiner Kehle, als er der Länge nach auf den Teppich fiel. Das Gift, in das Alcinas Dolchspitze getaucht war, hatte seine Schuldigkeit getan.

Alcina hastete zum Eingang und schaute durch einen Spalt der Zeltklappe. Ein neuerlicher Blitz zeigte ihr die beiden Wachen, die in ihren durchnäßten Umhängen wie Statuen links und rechts vom Eingang standen. Erleichtert stellte sie fest, daß das heftige Gewitter die Geräusche im Zelt übertönt hatte.

Sie tastete im Zelt herum, bis sie Feuerstein, Stahl und Kienspäne fand. Mit viel Mühe gelang es ihr schließlich, die Kerze wieder anzuzünden. Schnell untersuchte sie die Leiche des Generals, dann drückte sie seine Finger um den juwelenbesetzten Griff ihres zerbrochenen Dolches. Schnell huschte sie zur Zeltöffnung zurück und schaute erneut hinaus zu den beiden starr im Regen stehenden Soldaten. Dann begann sie ein Wiegenlied zu singen. Allmählich hob sie die Stimme, bis der einschläfernde Rhythmus die Posten erreichte.

Dieses Wiegenlied war sorgfältig berechnet, jene, die es hörten, in die Arme des Schlafgottes zu schicken. Ganz langsam, ohne sich der leisen, unirdischen Töne bewußt zu werden, verfielen die beiden Posten in eine lähmende Müdigkeit, durch die sie nicht länger die schweren Regentropfen auf ihre Helme hämmern hörten.

Eine Stunde später, nachdem sie den äußeren Lagerposten ausgewichen war, erreichte Alcina ihr eigenes kleines Zelt auf einer bewaldeten Hügelkuppe unweit des Flusses. Vor Erschöpfung keuchend, schlüpfte sie aus ihren nässetriefenden Kleidungsstücken. Das Mieder war völlig zerfetzt . . .

Sie tastete an ihre Brust, wo sich der Obsidiantalisman befunden hatte, jedoch nicht länger von ihrem Hals hing. Verstört wurde ihr bewußt, daß Procas, als er in der Dunkelheit nach ihr gegriffen hatte, die dünne Halskette abgerissen haben mußte. Die glasähnliche Halbscheibe lag jetzt sicher auf dem Teppich im Generalszelt. Die Frage war, wie konnte sie sie zurückbekommen? Wenn sie die Leiche ihres Befehlshabers fanden, würden die Königstreuen dort wie aufgeschreckte Hornissen umherschwärmen. Und ganz zweifellos hatten alle Posten den Befehl, nach einer schwarzhaarigen, grünäugigen Frau Ausschau zu halten, und sich ihrer zu bemächtigen.

Vor Angst und Ungewißheit zitternd, ließ Alcina die wütenden Donnerschläge über sich ergehen und das Trommeln des Regens. Aber ihre Gedanken überschlugen sich. Wußte Thulandra Thuu, daß Conan ihr Gift überlebt hatte? Als sie das letztemal mit ihm durch den Talisman in Verbindung getreten war, hatte er nichts dergleichen durchblicken lassen. Wenn also die Neuigkeit, daß der Cimmerier sich wieder erholt hatte, bis jetzt noch nicht bis zu ihm vorgedrungen war, mußte sie dafür sorgen, daß er es schleunigst erfuhr. Doch ohne ihr magisches Obsidianbruchstück blieb ihr keine andere Möglichkeit, als sich sofort nach Tarantia zurückzubegeben und ihn persönlich davon in Kenntnis zu setzen.

Weitere düstere Gedanken schlichen sich ein. Wenn Thulandra Thuu gewußt hätte, das Conan noch lebte, hätte er ihr dann befohlen, Amulius Procas zu morden? Vielleicht war er jetzt wütend auf sie, weil sie es getan hatte – obgleich es natürlich sein ausdrücklicher Befehl gewesen war –, da er jetzt Procas Führerschaft wieder brauchte. Schlimmer noch, würde der Hexer sie nicht vielleicht bestrafen, weil die Giftdosis, die sie dem Rebellenführer eingeflößt hatte, nicht tödlich gewesen war? Und am allerschlimmsten, wie würde er es aufnehmen, daß sie das magische Amulett verloren hatte? Nun war sie wehrlos hier gestrandet, ohne Verbindung mit ihrem Meister aufnehmen zu können, und hatte keine Mittel, außer ihren geringen Kenntnissen der Hexerei. Alcina war verzweifelt und schwankte eine Weile, ob sie nun nach Tarantia zurückkehren oder in ein fremdes Land fliehen sollte.

Doch dann dachte sie daran, daß Thulandra Thuu sie immer gut behandelt und nicht weniger gut bezahlt hatte. Sie erinnerte sich seiner Andeutungen, daß er sie in die höheren Zauberkünste einweisen und sie mit Unsterblichkeit, ähnlich seiner, belohnen würde, und – wenn er erst Alleinherrscher von Aquilonien für immer und in alle Ewigkeit war – er sie zu seiner Stellvertreterin zu machen gedachte.

Alcina beschloß, zur Hauptstadt zurückzukehren, selbst auf die Gefahr hin, den Grimm ihres Herrn auf ihr Haupt zu häufen. Außerdem, da sie sowohl betörend schön, als auch ungemein klug war, fiel es ihr leicht, mit Männern umzugehen, egal welchen Rang oder welche Stellung sie bekleideten.

Lächelnd schlief sie ein, nachdem sie sich entschieden hatte, gleich im Morgengrauen aufzubrechen.

In der Düsternis des frühen Morgens betrat ein aquilonischer Hauptmann das Zelt des Generals, um die Tagesbefehle unterzeichnen zu lassen. Die beiden Wachen, die gleichen noch vom Abend zuvor, und jetzt, da die Wache ihrem Ende zuging, entsetzlich müde, salutierten, ehe einer an den Eingang trat und die Klappe zurückschlug, um den Hauptmann einzulassen.

Aber General Procas war nicht mehr in der Lage, irgendwelche Befehle zu unterzeichnen, außer vielleicht in der Hölle. Er lag mit dem Gesicht auf dem Boden in einer Lache seines eigenen, eingetrockneten Blutes, und hielt den Stumpf eines Dolches mit schmaler Klinge in der Hand, die Aquiloniens mächtigsten Krieger für immer zum Verstummen gebracht hatte.

Die beiden Soldaten drehten die Leiche um und starrten sie an. Procas eisengraues Haar, mit verkrustetem Blut durchzogen, hing ihm ins Gesicht.

»Ich werde nie glauben, daß unser General sich selbst das Leben nahm«, flüsterte der Hauptmann zutiefst aufgewühlt. »Das war nicht seine Art.«

»Nein, Sir, ganz sicher nicht«, pflichtete ihm einer der Posten bei. »Niemand, der sich das Leben nehmen will, würde sich den Dolch durch ein Kettenhemd in die Brust stoßen. Es muß diese Frau gewesen sein.«

»Frau? Welche Frau?« schrie der Hauptmann.

»Die grünäugige, die ich vergangene Nacht einließ. Sie behauptete, eine Botschaft vom König übermitteln zu müssen. Seht, dort sind ihre Fußabdrücke.« Der Soldat deutete auf die Lehmspuren kleiner Stiefel, die sich auf dem Teppich abhoben. »Wir drängten den General, an seiner Seite bleiben zu dürfen, während er sich mit dieser Frau unterhielt, aber er befahl uns, ihn allein zu lassen.«

»Was ist mit dieser Frau?«

Der Posten drehte hilflos eine Hand. »Fort, verschwunden, wie, weiß ich nicht. Ich versichere Euch, Sir, daß sie nicht an uns vorbeikam. Sergius und ich waren hellwach und auf unserem Posten, die ganze Zeit, nachdem wir den General verlassen hatten, bis Ihr jetzt mit den Tagesbefehlen kamt. Ihr könnt die Streife fragen.«

»Hm«, brummte der Hauptmann. »Nur ein Teufel kann mitten aus einem schwerbewachten Kriegslager unbemerkt verschwinden.«

»Dann ist die Frau vielleicht der Teufel«, murmelte der Posten und biß sich auf die Lippe. »Schaut, was da auf dem

Teppich liegt: ein Halbmond aus glasähnlichem Stein, so schwarz wie die Tiefen der Hölle.«

Der Hauptmann schob das Obsidianbruchstück mit den Zehen ein wenig heran, doch dann stieß er es unwillig zur Seite. »Nichts weiter als ein lächerliches Amulett, wie die Abergläubischen es tragen. Doch Teufel oder nicht, wir dürfen nicht untätig hier herumstehen. Du bewachst die Leiche des Generals, während ich einen Trupp zusammenrufe, der das Lager und die nahen Berge durchsuchen soll. Sergius, hol mir einen Trompeter! Wenn ich diese Teufelin erwische ...«

Als der Posten allein im Zelt war, suchte er verstohlen zwischen den Schatten auf dem Teppich und fand das Amulett. Er begutachtete es, dann knüpfte er die abgerissenen Enden der Kette zusammen und hängte sie sich um den Hals. Wenn das Ding auch nicht nach sonderlich viel aussah, mochte es ihm doch zumindest Glück bringen. Zweifellos hatte das jemand geglaubt, sonst hätte die Teufelin es nicht getragen – und ein Soldat kann all das Glück brauchen, das die Götter ihm gewähren.

Conan beugte sich über den Rand eines Felsens und studierte die Aufstellung der Königstreuen, die immer noch am Nordufer des Alimanes lagerten. Erst vor einem Tag mußte sich etwas sehr Aufregendes bei ihnen zugetragen haben, denn lautes Durcheinanderrufen war zu hören gewesen und ziemliche Verwirrung hatte geherrscht. Doch von seinem hohen Horst aus konnten nicht einmal die scharfen Augen des Cimmeriers den Grund dafür erkennen.

Während sein Blick nicht von der Szene jenseits des Flusses wich, nahm Conan den kalten Braten, eine Riesenkeule, die sein Bursche ihm gebracht hatte, und kaute mit großem Appetit daran. Er fühlte sich voll neuer Lebenskraft, nachdem er endlich auch die letzten Nachwirkungen des Giftes überwunden hatte. Außerdem trug es viel zu seiner guten Laune bei, daß er den Königstreuen mit seinen Schützen so hatte einheizen können, dadurch hatte er auch die Wut über die verlorene Schlacht am Alimane, wo so viele seiner Männer in den wirbelnden Fluten umgekommen waren, schneller überwunden.

Viele Jahre waren vergangen, seit der cimmerische Abenteurer einen Partisanenkrieg geführt – also aus den Schatten zugeschlagen, Nachzügler überfallen, und einer stärkeren Truppe aus der Sicherheit der Dunkelheit schwer zu schaffen gemacht hatte. Damals hatte er eine Brigantenbande in der Zuagirwüste befehligt. Er war sehr mit sich zufrieden, daß die Erinnerung daran noch messerscharf war, er sie richtig zu nutzen vermochte und nichts seiner alten Geschicklichkeit und seines Einfallreichtums verloren hatte.

Trotzdem, nun da der Gegner den Alimane überquert hatte und auf dem anderen Ufer kampierte, hatten die Probleme der Kriegsführung sich wieder verändert, und – dachte der ungeduldige Cimmerier – nicht gerade zu seinen Gunsten.

Die Streitkräfte unter dem Löwenbanner konnten die Furt nicht nutzen, solange die Königstreuen wachsam die Augen offenhielten, um jeden Angriff zurückzuschlagen. Um mit einem Erfolg im Angesicht des voraussehbaren heftigen Widerstands rechnen zu können, brauchten sie, wie beispielsweise bei der Erklimmung der Mauern einer belagerten Festung, eine zahlenmäßige Überlegenheit, und über die verfügten die Rebellen nicht. Mit Partisanentaktik und dem Einsatz der berittenen Bogenschützen konnten sie nun nicht mehr allzuviel ausrichten. Außerdem hatten sie keinen Nachschub, und so wurden ihre Vorräte immer knapper.

Conan zog finster die Brauen zusammen, während er den kalten Braten kaute. Zumindest, tröstete er sich, haben

Amulius Procas' Truppen nicht die Absicht, den Fluß wieder zu überqueren, um sich in eine neue Schlacht zu stürzen. Und zum zwanzigsten Mal zerbrach er sich den Kopf darüber, was am vergangenen Tag die Ruhe und Ordnung im Feindlager so sehr gestört haben mochte.

Die Grenzlegion hatte den freien Platz auf der anderen Seite des Flusses, wo die Straße von Culario den Alimane kreuzte, vergrößert. Sie hatten Bäume gefällt und so die Lichtung entlang des Flusses so weit verbreitet, daß sie ausreichend Bewegungsfreiheit innerhalb des Lagers hatten. Außerhalb davon war der Wald eine eintönige grüne Mauer, nachdem die Frühlingsblüten an den Bäumen und Sträuchern dem Fruchtstand gewichen waren. Während Conan beobachtete, ritt ein kleiner Trupp in das Lager. Die schmetternden Fanfarenklänge verrieten, daß es sich um einen höheren Besuch handelte.

Conan überschattete die Augen und spähte stirnrunzelnd in das ferne Lager, dann wandte er sich an seinen Burschen. »Hol den Kundschafter Melias, aber beeil dich!«

Der Bursche rannte sofort los und kehrte bald mit einem älteren Soldaten mit ledriger Haut zurück. Conan blickte erfreut hoch und begrüßte den Älteren herzlich. Melias hatte vor Jahren unter ihm an der Piktenfront gedient. Seine Augen waren schärfer als die eines Geiers, und seine Füße in den weichen Mokassins schlichen leiser durch das Unterholz als eine Schlange.

»Erkennst du, wer dort drüben in das Lager reitet, Alter?« erkundigte sich Conan und deutete mit einem Kopfnicken auf den fernen Trupp.

Der Kundschafter spähte angestrengt auf die kleine Gruppe, die die Reihen abschritt. Schließlich sagte er: »Ein hoher Offizier; nach seiner Eskorte zu schließen, von Generalsrang, und offenbar ein Edelmann, da sein Waffenrock ein Wappen aufweist.«

Jetzt ließ Conan durch den Burschen Dexitheus holen, dessen Steckenpferd die Heraldik war. Als der Kundschafter ihm das Wappen beschrieb, rieb der Priester-Heiler sich überlegend die Nase, als könne er damit seine Erinnerung stärken.

»Mir deucht«, murmelte er schließlich, »daß es das Wappen des Grafen von Thune ist.«

Conan zuckte ungeduldig die Achseln. »Der Name ist mir nicht unbekannt, aber ich bin sicher, daß ich seinen Träger nie kennengelernt habe. Was wißt Ihr über ihn?«

Dexitheus dachte nach. »Thune ist eine Grafschaft im Osten von Aquilonien. Aber ich bin dem gegenwärtigen Titelhalter noch nicht begegnet. Ich entsinne mich schwach eines Gerüchts – vor etwa einem Jahr –, eines Skandals, der etwas mit der Erbfolge zu tun hatte, doch an Einzelheiten erinnere ich mich nicht.«

Im Rebellenlager befragte Conan auch die anderen Führer, doch sie wußten wenig mehr über den Grafen von Thune, außer daß er als Offizier an der friedlichen Ostgrenze gedient, und soviel sie sich entsannen, sich weder durch bemerkenswertes Heldentum einen Namen, noch seine Stellung durch Unehrenhaftigkeit in Verruf gebracht hatte.

Gegen Mittnachmittag meldete Melias, daß die Grenzlegion in Paradeformation angetreten und bald darauf der Graf von Thune vor ihr erschienen war und aus Schriftrollen mit beeindruckenden Bändern und Siegeln vorgelesen hatte. Prospero und sein Adjutant verließen das Rebellenlager und schlichen zum Fluß. Durch das Buschwerk entlang des Ufers verborgen, lauschten sie den Worten des Grafen. Da ein königstreuer Sergeant jeden Satz der Proklamation lautstark wiederholte, daß es über das Wasser schallte, erfuhren die erstaunten Rebellen, daß ihr Gegner durch eigene Hand den Tod gefunden hatte, und Ascalante, Graf von Thune, als sein Nachfolger, also zum neuen Oberbefehlshaber der Grenzlegion ernannt worden war. Diese überraschende Neuigkeit übermittelten sie eilig an die Rebellenführer.

»Procas soll Selbstmord begangen haben?« knurrte Conan ungläubig. »Nie, bei Crom! Der Alte war zwar mein Feind, aber auch durch und durch Soldat und der beste Offizier von ganz Aquilonien. Jemand wie Procas verkauft sein Leben teuer, er wirft es nicht von sich! Der Gestank von Verrat steigt mir in die Nase. Was meint ihr dazu?«

»Was mich betrifft«, murmelte Dexitheus und befingerte seine Gebetsperlen, »ich sehe die verschlagene Hand Thulandra Thuus in dieser Sache. Seit langem haßt er den General.«

»Weiß denn keiner von euch mehr über diesen Grafen Ascalante?« fragte Conan. »Kann er die Truppen in die Schlacht führen? Ist er kampferprobt, oder nur ein weiterer dieser parfümierten Günstlinge des wahnsinnigen Numedides?« Als die anderen ihm darauf keine Antwort zu geben vermochten, fuhr Conan fort: »Laßt eure Sergeanten ihre Männer befragen. Vielleicht hat einer unter dem Grafen gedient und weiß, wie gut er als Offizier ist.«

»Glaubt Ihr«, fragte Prospero, »daß dieser neue Befehlshaber der Grenzlegion nicht möglicherweise ungewollt unserem Zweck dienen könnte?«

Conan hob die Schultern. »Vielleicht, vielleicht auch nicht. Wir werden sehen. Wenn es tatsächlich zu Troceros versprochener Ablenkung kommt ...«

Graf Trocero lächelte wissend.

Am folgenden Morgen sammelten die Rebellenführer sich auf der Erhebung und schauten mit fast feierlichen Mienen über den Fluß. Die Grenzlegion war wieder zur Parade angetreten. Ein kleiner Trupp Berittener mit dem Streitwagen des verstorbenen General Amulius Procas', von zwei

Rappen gezogen, bewegte sich langsam durch das Lager und schließlich die Straße nach Culario entlang. Ein schwarzer Sarg war auf den Streitwagen gebunden.

»Das war das letzte, was wir von dem alten Amulius sahen«, brummte Conan. »Wenn *er* König von Aquilonien gewesen wäre, sähe es jetzt anders aus im Land.«

Ein paar Nächte später, als der Nebel dicht über dem Alimane hing, kehrte der schwarzgekleidete Schwimmer zurück, den Graf Trocero vor einigen Tagen ausgeschickt hatte. Wieder trug er ein Schreiben in einer wasserdicht geölten Seidenhülle um den Hals.

In dieser Nacht hob sich das Löwenbanner dem silbernen Mond entgegen.

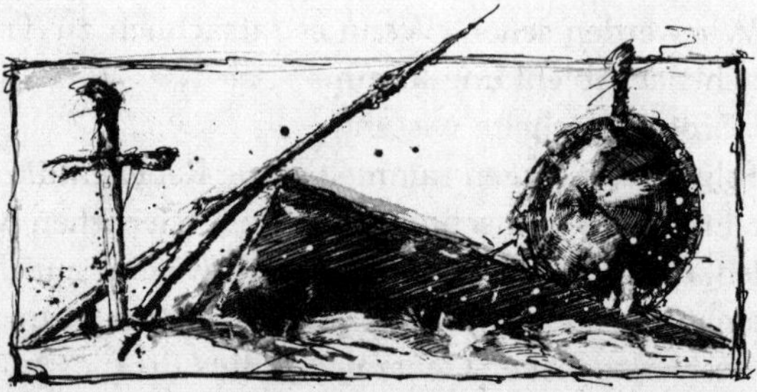

8

SCHWERTER ÜBER DEN ALIMANE

Seit einigen Monaten hatten Graf Troceros Freunde ihre Arbeit getan und gut getan. Auf den Marktplätzen, in den Herbergen und Tavernen, in Dörfern, Städtchen und Städten, überall in der gesamten Provinz Poitain verbreitete sich auf leisen Schwingen die Kunde: »Der Befreier kommt!«

So nannten Graf Troceros Partisanen Conan, an den sie sich aus vergangenen Jahren erinnerten. Sie alle hatten von dem riesenhaften Cimmerier gehört, der mitten in den Fluten des Donnerflusses die wilden Pikten zurückgeschlagen hatte, die sonst zu Tausenden über die Grenze geschwärmt wären, um die Bossonischen Marschen zu verwüsten und dort zu schänden und zu brandschatzen. Die Poitanen, die jetzt seine Heldentaten kannten, schauten hoffnungsvoll auf den Unschlagbaren, damit er sie aus den Klauen des blutigen Tyrannen befreie.

Seit Wochen stahlen sich Bogenschützen und andere Bewaffnete südwärts, und weiter südwärts, dem Alimane zu. In den Dörfern beugten sich die Männer in den Wirtshäusern über ihre Bierkrüge. Sie steckten die Köpfe zusammen und flüsterten von der bevorstehenden Invasion.

Endlich kam der Befreier. Die Zeit, Poitain zu retten, war nahe, und danach ganz Aquilonien, das sich unter der schweren Hand des wahnsinnigen Numedides krümmte. Die Kunde, die so heißersehnt worden war, war in einem wasserdichten Seidenumschlag gekommen und mit dem Siegel des allseits verehrten Grafen Trocero versehen.

Sie waren bereit.

Die kalte, neblige Nacht ließ den Posten, einen jungen Gundermann, frösteln. Er nieste heftig, dann stampfte er mit den Füßen und schlug mit den Armen auf die Schultern, um ein wenig warm zu werden. Wachestehen war selbst bei schönem Wetter unangenehm, fand er, aber in tiefster Nacht und bei einem Nebel und einer Temperatur wie heute war es einfach scheußlich.

Wenn er sich nur nicht so dumm angestellt hätte, sich dabei erwischen zu lassen, wie er der Freundin seines Hauptmannes eine Kußhand zuwarf, hätte er jetzt in der wohligen Wärme des Unteroffizierskasinos mit den anderen zechen und fröhlich sein können. Wozu mußte man überhaupt das Haupttor der Kaserne von Culario in einer Nacht wie dieser bewachen? Glaubte der Kommandeur wirklich, eine Armee würde sich von Koth oder Nemedien oder gar vom fernen Vanaheim hierherstehlen, um die Garnison zu überfallen?

Traurig dachte er, wenn er das Glück gehabt hätte, als Sohn eines Landedelmanns geboren zu werden, tanzte er jetzt in schwerem Satin und vergoldetem Stahl beim Offiziersball. So sehr war er in seine Wunschträume vertieft, daß er das leise Scharren von Füßen auf dem Kopfsteinpflaster hinter sich nicht hörte. Er war sich seiner Umwelt überhaupt nicht bewußt, bis sich eine Lederschnur um seinen Hals zusammenzog und ihn erwürgte.

Laute Fröhlichkeit herrschte auf dem Offiziersball. Das Licht von tausend Kerzen brach sich in den unzähligen mannshohen Spiegeln. Die in ihren Paradeuniformen prächtig aussehenden jungen Offiziere wetteiferten um die Gunst der Stadtschönen, die sittsam errötend dem Südholzraspeln und den Komplimenten ihrer Tanzpartner lauschten, während ihre Mütter sie, geschmeichelt über die Erfolge ihrer Töchter, von den Reihen vergoldeter Stühle entlang der Säulenwände beobachteten.

Der Ball hatte den Höhepunkt überschritten. Der königliche Statthalter, Sir Conradin, hatte das Fest eröffnet, sich jedoch längst zurückgezogen und sich in seiner Kutsche nach Hause begeben. Der ranghöchste Offizier und Kommandeur der Garnison von Culario, Hauptmann Armandius gähnte und nickte über einem Kelch mit Poitains bestem Jahrgang fast ein. Aus seinem roten Samtsessel schaute er säuerlich auf die Tänzer und dachte, daß all dieses Gehopse, dieses Herumstolzieren, das Verbeugen und sich im Kreise drehen doch im Grund genommen etwas für Kinder war. Eine Stunde würde er wohl noch ausharren müssen, dann konnte er das Fest verlassen, ohne daß sich jemand beleidigt fühlte. Seine Gedanken wandten sich seiner schwarzäugigen zingaranischen Liebsten zu, die zweifellos bereits ungeduldig auf ihn wartete. Er lächelte schläfrig und stellte sich ihre sanften Lippen und ihre übrigen Reize vor, und entschlummerte.

Ein Diener wurde als erster auf den Rauch aufmerksam. Er riß die Tür auf und sah brennendes Reisig hoch gegen die Wand der Offiziersunterkünfte gehäuft. Er schlug Alarm.

Innerhalb weniger Atemzüge schwärmten die Offiziere des Königs aus dem Bauwerk wie Bienen, die von honigsuchenden Kindern aus ihren Stöcken geräuchert werden. Die Herren und ihre Damen, zum Teil wütend, zum Teil verwirrt, mußten feststellen, daß der Innenhof besetzt war – von stummen, finsteren Männern mit grimmigen, von harter Arbeit gezeichneten Gesichtern, und blankem Stahl in den sonnengebräunten Händen.

Die Offiziere mit ihren vergoldeten Dolchen, die weniger als Waffen, denn zur Zierde dienten, hatten kaum eine Chance gegen die wohlbewaffneten Rebellen. Innerhalb einer Stunde war Culario frei, und das Banner des Grafen von Poitain mit seinen roten Leoparden flatterte neben einer fremden, neuen Flagge mit einem goldenen Löwen auf schwarzem Grund.

In einem Privatzimmer in Cularios vornehmster Weinstube saß der königliche Statthalter mit seinem Freund, dem aquilonischen Steuereinzieher der Südregion, bei einem Spielchen. Beide hatten schon sehr tief in ihre Becher geschaut, und sein ständiges Pech im Spiel hatte den Statthalter leicht reizbar gemacht. Trotzdem, nachdem Sir Conradin dem Offiziersball glücklich entronnen war, zog er es vor, seinem Heim noch für eine Weile fernzubleiben, da er sich einer unfreundlichen Begrüßung von seiten seiner Frau sicher war. Die Anwesenheit des ihm zugeteilten Wachtpostens an der Tür störte ihn so sehr, daß er dem Soldaten barsch befahl, sich vor die Tür, aus seiner Sicht zurückzuziehen.

»Man muß einem Menschen doch ein bißchen Freiheit lassen«, knurrte er.

»Vor allem, wenn er am Verlieren ist, eh?« zog der Steuereinzieher ihn auf. Er war sicher, daß der Posten nicht allzulange im klammen Nebel würde ausharren müssen, denn Sir Conradins Beutel war fast leer.

Sie fuhren mit ihrem Spielchen fort und waren so sehr in das Rollen der Elfenbeinwürfel und das launische Spielglück vertieft, daß keiner der beiden den dumpfen Schlag und den Aufprall eines Körpers hinter der hölzernen Tür hörte.

Einen Augenblick später stießen Stiefel die Tür auf und eine wildäugige Meute von Bauern, mit Keulen, Rechen und Sensen, aber auch wirklichen Waffen, drängte sich ins Hinterzimmer und zerrte die beiden Spieler von ihrem Tisch zu dem neu errichteten Galgen in der Mitte des Marktplatzes.

Die Männer der Grenzlegion erhielten ihren ersten Hinweis auf die Aufstände in der Provinz, als ein Wachoffizier, der gähnend eine Inspektion der Wachen um das Lager machte, um sich zu vergewissern, daß auch alle auf ihren Posten waren, einen von ihnen scheinbar schlafend im Schatten eines Nachschubwagens kauern sah.

Fluchend stieß der Hauptmann dem Faulenzer die Stiefelspitzen in die Rippen. Als dieser wütende Schlag den Burschen nicht weckte, beugte der Offizier sich über ihn, um ihn zu untersuchen. Etwas Feuchtes an seinen tastenden Fingern ließ ihn zurückzucken. Ungläubig starrte er auf das dunkle Naß an seiner Hand und dann auf die durchschnittene Kehle des Postens, aus der immer noch Blut sickerte. Er richtete sich auf und holte tief Luft, um Alarm zu geben, doch genau in diesem Moment bohrte ein Pfeil sich in sein Herz.

Nebel trieb über das gekräuselte Wasser des Alimanes und wirbelte um die Baumstämme und die Zelte der schlafenden Soldaten. Auch am Rand des Lagers, wo der dunkle Wald knietief in purpurner Düsternis versank, wallte er empor. Die gespenstischen Schwaden wanden Dunstkränze um die uralten Eichen, und durch die sichtbehindernden Schleier stahl sich ein Trupp geduckter Gestalten in tarnfarbener Kleidung, mit Dolchen in den Händen und Bogen um die Schultern. Diese schattenhaften Gestalten huschten durch den Nebel von Zelt zu Zelt und immer verließen sie es mit blutigen Klingen.

Und während diese Eindringlinge den Schlafenden schweigend ein Ende bereiteten, kämpften weitere dunkle Gestalten sich durch die Strömung des Alimanes. Auch sie waren bewaffnet.

Ascalante, Graf von Thune, wurde durch einen Schrei, wie in Todesqualen ausgestoßen, aus tiefem Schlaf gerissen. Flüche, Brüllen und das Schmettern von Alarmsignalen folgten dem Schrei. Einen Augenblick lang glaubte der aquilonische Abenteurer, noch zu träumen. Doch dann klangen Kampfgeräusche an sein Ohr, die Schreie von Verwundeten, das Röcheln von Sterbenden, das Trampeln vieler Füße, das Schwirren von Pfeilen und das Klirren von Schwertern.

Fluchend sprang der Graf halbnackt von seinem Schlaflager. Er riß die Zeltklappe zurück und starrte hinaus auf eine blutige Szene. Brennende Zelte warfen ihr flackerndes Licht auf ein unbeschreibliches, grauenvolles Durcheinander. Leichen lagen wie achtlos von Kinderhand weggeworfene Puppen im Schlamm, und die Kämpfenden trampelten über sie hinweg. Halbbekleidete aquilonische Soldaten fochten mit dem Mut der Verzweiflung gegen Männer in Kettenhemden mit Lanzen, Schwertern und Äxten, während andere ganz aus der Nähe unfehlbar ihre gefiederten Pfeile abschossen. Königstreue Hauptleute und Sergeanten bemühten sich todesmutig, ihre Soldaten zu formieren und jene zu bewaffnen, die unvorbereitet aus ihren Zelten gestürzt waren.

Und dann tauchte eine schreckliche Gestalt vor dem Zelt auf, in dem der Graf von Thune vor Grauen und Überraschung wie gelähmt stand. Es war Gromel, der stämmige Bossonier, der einen ganzen Schwall von Flüchen ausstieß. Ascalante starrte ihn blinzelnd an. Der Offizier trug nichts weiter als ein Lendentuch und ein knielanges Kettenhemd, das an Dutzenden Stellen zerfetzt und von Klingen aufgerissen war, und so Gromels muskulösen Körper offenbarte, der über und über mit Blut besudelt war und so dem auf peinlichste Sauberkeit bedachten Grafen schier den Magen umdrehte.

»Verrat?« krächzte Ascalante und griff nach Gromels dunkelbeschmiertem Arm.

Gromel schüttelte die klammernde Hand ab und spuckte

Blut aus. »Verraten und überrascht, oder beides – bei den schleimigen Eingeweiden Nergals!« knurrte der Bossonier. »Die Provinz hat sich erhoben. Unsere Wachen wurden niedergemacht, unsere Pferde in den Wald gejagt. Die Straße in den Norden ist blockiert. Die Rebellen haben in diesem verdammten Nebel unbemerkt den Fluß überquert. Den meisten der Posten wurden von den Bauern die Kehle aufgeschlitzt. Wir sitzen zwischen zwei Angreifern in der Falle und sind hilflos.«

»Was können wir denn tun?« wisperte Ascalante.

»Flieht und rettet Euer Leben«, schnaufte Gromel. »Oder ergebt Euch, wie ich es zu tun beabsichtige. Aber helft mir erst, meine Wunden verbinden, ehe ich verblute!«

Vom Nebel verborgen führte Conan als erster seine Lanzer durch die Furt von Nogara. Als der Kampf begonnen hatte, folgten ihm Trocero, Prospero und Pallantides mit den Bogenschützen und der Reiterei. Ehe der bleiche Mond durch die dichten Wolken spitzte, war der Graf von Poitain tief in der Schlacht, denn die Legionäre hatten sich gesammelt, um einen Schildwall zu bilden, aus dem ihre langen Speere herausragten. Trocero führte seine Reiterei gegen diese Barriere. Nach mehreren vergeblichen Versuchen gelang es ihnen durchzubrechen. Dann begann das Gemetzel.

Das Lager der Grenzlegion war behelfsmäßig errichtet. Es wand sich am Nordufer des Alimanes entlang, mit dem Wald dahinter. Seine langgezogene Form machte seine Verteidigung schwierig. Normalerweise bauten die Aquilonier quadratische Lager, mit Erdwällen oder Palisaden aus dikken Stämmen. Doch weder die eine noch die andere Befestigungsart war in diesem Fall durchführbar, und so war das Lager verhältnismäßig ungeschützt. Das ungünstige Gelände und der Überraschungseffekt durch die Befreiungsarmee (wie sie nun genannt wurde) neigten die Waagschale zugunsten der Rebellen, obgleich die Legionäre zahlenmäßig immer noch stärker waren als Conans Streitkräfte und die aufständischen Poitanen zusammen.

Außerdem war die Moral der Legion am Tiefpunkt, so daß Aquiloniens beste Soldaten diesmal ihrem Ruf keine Ehre machten. Ascalante hatte seinen Offizieren mitgeteilt, daß ihr früherer Oberbefehlshaber, Amulius Procas, durch eigene Hand den Tod gefunden hätte, da er über sein mißliches Verhalten in Argos nicht hinweggekommen war. Die Soldaten der Legion konnten diese Behauptung nicht glauben, denn sie hatten ihren alten General gekannt und geliebt, trotz seiner strengen Disziplin und seiner Rauhbeinigkeit.

Auf die Offiziere und Mannschaften wirkte Ascalante wie ein Geck und Wichtigtuer. Gewiß, der Graf von Thune hatte einige Militärerfahrung, doch lediglich im Garnisonsdienst und an ruhigen Grenzen. Sicher, jeder General, der über kampferfahrene höhere Offiziere gestellt wurde, mußte sich anstrengen, den Neid und Ärger der ihm Unterstellten zu überwinden, und das dauerte immer eine ganze Weile. Aber das etwas schläfrig wirkende Wesen und die höfische Art des Neuen trugen nicht gerade dazu bei, seinen Stab mit dem Kommandowechsel zu beschwichtigen, und die Unzufriedenheit der Offiziere übertrug sich wortlos auf die Soldaten unter ihnen.

Der Angriff war wohlgeplant. Als die poitanischen Bauern das Blut der Wachtposten vergossen, die Zelte angezündet und die Pferde aus ihrem behelfsmäßigen Gatter vertrieben hatten, formierten die so unsanft aus ihrem Schlaf gerissenen Soldaten sich zur Verteidigung gegen die Angreifer, die vom Norden gekommen waren. Doch als sie nun auch unerwartet aus dem Süden von Conans Streitkräften überfallen wurden, löste sich ihre Verteidigungslinie, und der Gesang der Schwerter wurde zur Todesklage.

General Ascalante war nirgends zu finden. Als der Höfling ein Pferd erspäht hatte, hatte er sich auf das ungesattelte Tier geschwungen und es mangels Sporen mit einem Zweig, den er hastig von einem nahen Baum riß, angetrieben. Er konnte den poitanischen Partisanen um Haaresbreite ausweichen und galoppierte in die Nacht hinein.

Ein listiger Glücksritter wie Gromel konnte sich vielleicht bei den Siegern in Gunst setzen, wenn er sich mit seinen Streitkräften ergab, doch für Ascalante war es anders. Er hatte den Stolz des Hochgeborenen. Außerdem ahnte er, was Thulandra Thuu tun würde, wenn er von der Niederlage erfuhr. Der Zauberer hatte erwartet, daß sein neuernannter General die Rebellen südlich des Alimanes halten würde – eine unter normalen Umständen nicht übermäßig schwierige Aufgabe für einen Befehlshaber mit einem Mindestmaß an militärischer Erfahrung. Aber die magischen Künste des Hexers hatten ihn irgendwie nicht vor dem Aufstand der Poitanen gewarnt – ein Ereignis, das selbst einen erprobteren Offizier als den Grafen von Thune entmutigt hätte. Und jetzt war sein Lager versengt und verkohlt, und die totale Niederlage stand bevor. Ascalante hatte demnach keine Wahl, als von hier zu verschwinden und eine möglichst große Entfernung zwischen sich und sowohl den Rebellenführer als auch den dunklen, hageren Zauberer in Tarantia zurückzulegen.

Die ganze mondlose Nacht galoppierte der Graf von Thune durch einen Tunnel hoher Bäume. Gegen Morgengrauen befand er sich etwa dreißig Meilen östlich des Katastrophenorts. Doch der Gedanke an Thulandra Thuus unberechenbaren Grimm trieb ihn auf seinem erschöpften Pferd weiter. Es gab Unterschlüpfe in den Wüsten im Osten, wo, wie er hoffte, ihn selbst der rachsüchtige Zauberer nie finden würde.

Doch im Verlauf der Stunden erwachte in Ascalante ein

immer wilderer und nagenderer Haß auf Conan, den Cimmerier, dem er die Schuld an seiner Niederlage und Flucht gab. Tief im Herzen schwor der Graf von Thune sich, es ihm auf gleiche Weise heimzuzahlen.

Gegen Morgen schritt Conan durch das verwüstete Lager der Grenzlegion und nahm die Meldungen seiner Hauptleute entgegen. Hunderte von Königstreuen waren tot oder lagen im Sterben und Hunderte weitere hatten die Sicherheit des Waldes gesucht, wo Troceros Partisanen sich nun ihrer annahmen. Aber ein ganzes Regiment war zu Conan übergelaufen. Die Umstände und ein bossonischer Offizier namens Gromel hatten sie überzeugt, daß das das Klügste sei. Die Kapitulation dieser Soldaten – Poitanen, Bossonier, einige Gundermänner und mehrere Dutzend andere Aquilonier – freute Conan sehr, denn erfahrene, gut ausgebildete Berufssoldaten würden seine Schlagkraft und die Moral seiner zusammengewürfelten Truppe erhöhen.

Als kluger Menschenkenner hielt Conan Gromel, den er flüchtig von den Kämpfen an der piktischen Grenze her kannte, sowohl für einen mutigen Krieger und tüchtigen Offizier, als auch für einen schlauen Glücksritter. Aber Opportunismus wird gern verziehen, wenn er einem von Nutzen ist. Und so beglückwünschte er den stämmigen Mann zu seinem Gesinnungswandel und ernannte ihn zum Offizier in seiner Befreiungsarmee.

Trupps erschöpfter Soldaten plagten sich damit, die Toten von allen noch nützlichen Gegenständen zu befreien und die Leichen zum Bestattungsfeuer aufzuhäufen, als Prospero herbeischritt. Seine mit verkrustetem Blut besudelte Rüstung wirkte stumpfrot im Licht des frühen Morgens, und er schien sich der besten Laune zu erfreuen.

»Wie sieht es aus?« fragte Conan barsch.

»Bestens, bestens, General.« Der andere grinste. »Die gesamten Versorgungswagen mit Proviant und Waffen für eine Armee von zweimal unserer Stärke sind in unserer Hand.«

»Gute Arbeit!« lobte Conan. »Was ist mit den Pferden der Gegner?«

»Die Partisanen haben die Rosse, die sie aus dem Gatter gejagt hatten, wieder eingefangen, also haben wir auch wieder Reittiere. Außerdem ergaben sich mehrere tausend Legionäre, als sie sahen, daß sie keine Chance mehr hatten. Pallantides möchte gern wissen, was er mit so vielen Gefangenen tun soll.«

»Er soll ihnen anbieten, auf unserer Seite zu kämpfen. Wer nicht möchte, den soll er laufen lassen, wohin er will. Unbewaffnete können uns nicht viel schaden«, sagte Conan gleichgültig. »Wenn wir diesen Krieg gewinnen, brauchen wir so viele Leute wie nur möglich, die für uns sind. Also sagt Pallantides, er möge jedem die Wahl lassen.«

»Gut, General. Noch irgendwelche Befehle?« erkundigte sich Prospero.

»Wir reiten heute morgen nach Culario. Troceros Partisanen meldeten, daß es zwischen hier und der Stadt, die darauf wartet, uns mit offenen Armen zu empfangen, keinen einzigen bewaffneten Königstreuen mehr gibt.«

»Dann werden wir einen leichten Marsch nach Tarantia haben.« Wieder grinste Prospero.

»Vielleicht, vielleicht auch nicht«, brummte Conan und kniff die Augen ein wenig zusammen. »Gewiß, es wird Tage dauern, bis die Kunde unseres Sieges über die Königstreuen Bossonien und Gunderland erreicht und sich die Garnisonen dort südwärts in Marsch setzen, um zu versuchen, uns aufzuhalten. Aber es wird noch früh genug sein.«

»Ja. Zweifellos wird Graf Ulric von Raman den Oberbefehl über sie übernehmen«, meinte Prospero. Dann, als Trocero sich ihnen anschloß, wandte er sich an ihn. »Was denkt Ihr, mein Graf?«

»Auch ich bin sicher, daß Ulric das Kommando führen wird«, antwortete Trocero. »Zu dumm, daß wir unser Treffen mit den Nordbaronen nicht einhalten konnten. Sie hätten ihn eine geraume Weile aufhalten können.«

Conan zuckte die muskelschweren Schultern. »Sorgt dafür, daß die Männer gegen Mittag aufbrechen können. Ich werde mir Pallantides' Gefangene ansehen.«

Kurz darauf schritt Conan die Reihen der entwaffneten Königstreuen ab. Hin und wieder blieb er stehen und stellte scharf die Fragen: »Ihr wollt also in der Befreiungsarmee kämpfen? Weshalb?«

Im Lauf dieser Inspektion fiel sein Auge auf ein von der Sonne widergespiegeltes Glitzern auf der haarigen Brust eines zerlumpten Gefangenen. Als er es näher betrachtete, bemerkte er, daß das Spiegeln von einer kleinen Halbscheibe aus Obsidian kam, die an einer Kette um einen bulligen Hals hing. Einen Augenblick lang bemühte Conan sich zu erinnern, wo er diesen Talisman schon gesehen hatte. Er nahm ihn zwischen Daumen und Zeigefinger und fragte den Soldaten mit kaum unterdrückter Heftigkeit:

»Wo hast du dieses Amulett her?«

»Ich hob es vom Boden im Generalszelt auf, General, das war am Morgen nachdem General Procas umge ... – nachdem er starb, Sir. Ich dachte, es würde mir vielleicht Glück bringen.«

Conan musterte den Mann unter zusammengekniffenen Lidern. »General Procas hat es zweifellos kein Glück gebracht. Gib es mir!«

Hastig streifte der Gefangene die Kette über den Kopf und reichte Conan mit zitternden Fingern das Amulett. In diesem Moment kam Trocero dazu. Conan, der den Obsidian vor seine Augen hielt, murmelte: »Jetzt weiß ich, wo ich das Ding schon gesehen habe. Die Tänzerin Alcina trug es um ihren Hals.«

Trocero hob die Brauen. »Aha! Das erklärt ...«

»Später!« wehrte Conan ab. Er nickte dem Gefangenen zu und setzte seine Inspektion fort.

Als die Strahlen der Morgensonne die Wölkchen am Osthimmel zum Erröten brachten, holperten Conans Versorgungswagen, begleitet von der Nachhut, durch den Alimane, und bald darauf setzte die Befreiungsarmee sich auf den Marsch durch Poitain nach Culario, mit dem nächsten Ziel, das große Tarantia und der Königspalast. Aquilonischen Boden betreten zu dürfen, nach so vielen Monaten in einem schroffen Gebirgsland, versetzte die Rebellenkrieger in beste Stimmung. So müde und erschöpft sie auch nach der schweren Nacht des Kampfes waren, sangen sie jetzt doch aus vollem Hals Marschlieder, während sie zwischen den hohen poitanischen Eichen nordwärts stapften.

Schneller als der Wind eilte ihnen die frohe Kunde voraus: Der Befreier kommt! Von Gehöft zu Dorf, Städtchen und Stadt verbreitete sie sich. Nur ein verstohlenes Raunen zuerst, doch dann ein immer lauter werdender Ruf, ein Brüllen, wie Monarchen es fürchten, da es den Sturz eines Thrones, ja vielleicht gar einer ganzen Dynastie ankünden mag.

Conan und seine Offiziere, die auf edlen Rossen vorausritten, waren höchst erfreut. So wie es aussah, versprach der Marsch durch Graf Troceros Gebiet wie ein Flug auf Adlerschwingen zu werden. Die nächsten Königstruppen, die von ihrem Vorstoß noch nichts ahnten, befanden sich Hunderte von Meilen entfernt. Und da Amulius Procas in seinem Grabe ruhte, hatten sie keinen Gegner zu befürchten, ehe sie das schöne Tarantia erreichten. Natürlich würden die Stadttore verschlossen und verbarrikadiert sein, daran zweifelten sie nicht. Und die Schwarzen Drachen, die Leibgarde des Königs, würde zur Verteidigung ihres Monarchen und der

Stadt bereit sein. Aber da das Volk hinter ihnen stand und ein Thron auf sie wartete, würden sie alle Verteidigungsmaßnahmen überwinden und jeden Feind zerschmettern.

Doch in letzterem irrten die Rebellen. Ein Feind blieb, von dem sie nur wenig wußten – das war der Zauberer Thulandra Thuu.

In seinem purpurnen Zaubergemach, das von den Kerzen aus Leichentalg erhellt wurde, saß Thulandra Thuu grübelnd auf seinem schwarzen Thron. Er starrte in den Obsidianspiegel und versuchte, allein durch seine Willenskraft der undurchsichtigen Scheibe klare Bilder von Personen und Ereignissen an fernen Orten zu entlocken. Schließlich lehnte er sich seufzend zurück und schloß die ermüdeten Augen. Nach einer Weile studierte er erneut das Pergament in seinen spinnendürren Fingern, auf dem die astrologischen Aspekte eingetragen waren, nach denen er sich bei einer okkulten Übertragung richtete. Er schaute auf die vergoldete Kristallwasseruhr, doch am Tag und an der Stunde konnte es nicht liegen, daß er keinen Erfolg hatte. Was immer auch der Grund war, Alcina hatte versäumt, sich zu der bestimmten Zeit mit ihm in Verbindung zu setzen, und das nun schon seit Tagen.

Ein Klopfen riß ihn aus seinen düsteren Überlegungen. »Herein!« rief Thulandra Thuu mit Lippen, die vor Enttäuschung fast zitterten.

Der Vorhang wurde geöffnet und Hsiao stand auf der Marmorschwelle. Der Khitan verbeugte sich und meldete: »Herr, Lady Alcina ersucht, mit Euch sprechen zu dürfen.«

»Alcina!« Die Schärfe des Tones verriet die Erregung des Zauberers. »Führ sie sogleich herein!«

Der Vorhang schloß sich lautlos und wurde wieder geöffnet. Alcina taumelte herein. Ihr Pagenkostüm klebte in Fetzen an ihr. Es war grau von Staub und mit getrocknetem

Schlamm überzogen. Das schwarze Haar war zerzaust und ebenfalls steif von Lehm, der auch ihr verängstigtes Gesicht bedeckte. Ihre Füße vermochten sie kaum noch zu tragen, als sie sich in das Gemach schleppte. Das betörend schöne Mädchen, das siegessicher nach Messantia aufgebrochen war, wirkte nun wie eine Frau im Winter ihres Lebens.

»Alcina!« rief der Zauberer. »Woher kommt Ihr? Was führt Euch hierher?«

Mit kaum vernehmbarem Flüstern bat sie: »Meister, darf ich mich setzen? Ich bin so müde!«

»So setzt Euch doch!« Als Alcina auf eine Marmorbank sank und die Lider schloß, rief Thulandra Thuu mit seiner zischenden Stimme durch den widerhallenden Raum: »Hsiao! Wein für Lady Alcina. Und nun, meine Gute, berichtet mir alles, was Euch widerfahren ist!«

Das Mädchen holte schluchzend Atem. »Seit acht Tagen bin ich unterwegs und wagte kaum, länger als ein paar Herzschläge Rast zu machen, um einen Bissen zu mir zu nehmen und kurz die Augen zu schließen.«

»Ah! Und weshalb?«

»Ich kam, um Euch zu sagen – daß Amulius Procas tot ist ...«

»Gut!« Thulandra Thuus Augen glitzerten erfreut.

»... aber Conan lebt!«

Bei dieser erstaunlichen Nachricht, verlor der Zauberer zum zweitenmal an diesem Tag die Fassung. »Set und Kali!« fluchte er. »Wie ist das möglich? Sprecht, Mädchen, sprecht!«

Ehe sie antwortete, nahm Alcina einen tiefen Schluck des Safranweins, den Hsiao ihr in einem Becher anbot. Dann berichtete sie schleppend, was sich im Lager der Grenzlegion zugetragen hatte – wie sie Procas mit der vergifteten Dolchspitze tötete, wie sie erfuhr, daß Conan noch lebte, und wie sie den Wachen entkam.

»Und so«, schloß sie, »hielt ich es für meine Pflicht, mich sofort zu Euch zu begeben, da ich annahm, daß Ihr noch nichts von der wundersamen Heilung des Barbaren wißt.«

Mit finster zusammengezogenen Brauen betrachtete der Zauberer Alcina durchdringend. Dann knurrte er mit der unterdrückten Wut einer Wildkatze: »Weshalb habt Ihr Euch nicht in angemessener Entfernung vom Lager der Grenzlegion zurückgezogen und Euch zur bestimmten Zeit mit Hilfe des Spiegelstücks mit mir in Verbindung gesetzt, statt diese anstrengende Reise auf Euch zu nehmen!«

»Das konnte ich nicht, Meister.« Alcina rang gequält die Hände.

»Weshalb nicht?« Thulandra Thuus Stimme klang messerscharf. »Habt Ihr vielleicht die Tafel mit den Planetenstellungen verlegt, die ich Euch zu treuen Händen übergab?«

»Nein, mein Lord, viel schlimmer als das. Ich verlor mein Spiegelstückchen – meinen Talisman!«

Die Lippen zu einem Zähnefletschen zurückgezogen, knurrte Thulandra Thuu: »Bei Nergals Dämonen. Wie konntest du! Welch Teufel der Sorglosigkeit fuhr in dich? Bist du von allen Geistern verlassen? Oder hast du vielleicht dein leichtsinniges Herz wie eine läufige Katze an einen lüsternen Tölpel verloren? Dafür werde ich dich bestrafen, wie noch kein Sterblicher je bestraft wurde! Ich werde dir nicht nur lebenden Leibes die Haut abziehen lassen, sondern auch deine Seele zerreißen. Du wirst die Schmerzen all deiner früheren Leben noch einmal erfahren, angefangen mit der Zeit, da du noch protoplasmatischer Urschleim warst, bis zu dem Wurm, zum Fisch, zum Affen und schließlich zum menschlichen Wesen wurdest! Du wirst mich um den Tod anflehen, aber ...«

»Meister, so hört mich doch an!« rief Alcina verzweifelt und fiel vor ihm auf die Knie. »Ihr wißt genau, daß die Lüste eines Mannes mir nichts bedeuten, außer wenn ich sie in Eurem Auftrag erwecke.« Weinend erzählte sie ihm vom Todeskampf Amulius Procas' in der Dunkelheit, und wie sie erst später, als sie sich aus dem Lager entfernt hatte, den Verlust des Talismans entdeckte.

Thulandra Thuu biß sich auf die Lippen, um seinen wachsenden Grimm zu unterdrücken. »Ich verstehe«, sagte er schließlich. »Aber wenn man große Ziele verfolgt, kann man sich keine Fehler leisten. Hättest du deinen Dolchstoß richtig berechnet, wäre Procas nicht mehr in der Lage gewesen, dein Amulett zu packen.«

»Ich konnte doch nicht wissen, daß er ein Kettenhemd unter seiner Tunika trug. Könnt Ihr mir denn nicht ein anderes Stückchen Eures Spiegels überlassen?«

»Das könnte ich, aber ihm den Zauber zu verleihen, daß man es zu Übermittlungen über weite Entfernungen verwenden kann, ist so anstrengend und zeitraubend, daß der Krieg längst zu Ende wäre, ehe das Stück entsprechend präpariert ist.« Thulandra Thuu strich über sein kantiges Kinn. »Hast du dich vergewissert, daß Procas auch wirklich tot war?«

»Ja. Ich fühlte seinen Puls und lauschte seinem Herzschlag.«

»Aber bei dem Cimmerier hast du das nicht getan. Das war ein großer Fehler.«

Alcina machte eine verzweifelte Gebärde. »Das Gift, das ich in seinen Kelch gab, hätte ausgereicht, zwei gewöhnliche Männer auf der Stelle zu töten. Aber seine riesenhafte Größe zusammen mit seiner schier unnatürlichen Lebenskraft ...« Sie warf sich nun ganz auf den Boden vor ihren Herrn.

Thulandra Thuu erhob sich und stand nun in seiner ganzen Größe über dem zitternden Mädchen. Mit dem knochigen Zeigefinger deutete er gen Himmel. »Vater Set, kann denn keiner meiner Diener auch nur den einfachsten

Befehl ausführen?« Dann richtete sein plötzlicher Grimm sich wieder auf das Mädchen. »Idiotin, würdest du denn einem Bluthund die Ration eines Schoßhündchens füttern?«

»Meister, Ihr gabt mir keinen Rat. Und wer bin ich denn schon, daß ich die Menge von Lotoskörnchen berechnen könnte, die notwendig sind, einen Riesen zu töten?« Alcinas Stimme hob sich, und Wut zitterte in ihr. »Ihr sitzt in aller Bequemlichkeit in Eurem prächtigen Palast, während diese Eure arme Dienerin bei gutem und schlechtem Wetter durch das Land reist und ihre Haut riskiert, um Eure gefahrvollen Aufträge auszuführen. Und nicht ein gutes Wort bekommt sie dafür!«

Thulandra Thuu breitete die Arme, mit den Handflächen entschuldigend nach oben aus. »Na, na, na, meine teure Alcina, wir wollen doch keine bösen Worte wechseln. Wenn Verbündete sich trennen, gewinnt der Feind ohne große Anstrengung die Schlacht. Bei meinem nächsten Auftrag, einen meiner Feinde zu vergiften, gebe ich dir einen Kämmerer mit, der die Dosis für dich berechnet!«

Mit einem etwas kläglichen Lächeln setzte er sich wieder. »Gewiß lachen die Götter sich krumm über diese Ironie. Nun, da ich Amulius Procas in die Unterwelt geschickt habe, wünschte ich ehrlich, daß das alte Rauhbein wieder lebte, denn keinem anderen ist zuzutrauen, daß er den Barbaren und seine Rebellen schlägt.

Ich glaubte, Ascalante und Gromel schafften es gemeinsam, die Alimane-Überquerung der Rebellen zu verhindern, und das hätten sie wohl auch gewiß, wäre nicht Conan der Rebellenführer gewesen. Jetzt bleibt mir nichts übrig, als einen tüchtigeren General für die Grenzlegion zu finden. Das bedarf einiger Überlegung. Graf Ulric von Raman führt die Nordarmee in Gunderland und hält ein Auge auf den Cimmerier. Er ist ein ungemein fähiger Befehlshaber, aber der Mond würde zu- und wieder abnehmen, ehe er meine

Order erhielt und ganz Aquilonien durchritten hätte. Prinz Numitor befindet sich näher, an der piktischen Grenze, aber ...«

Hsiaos taktvolles Klopfen hallte wie eine kleine Messingglocke. »Eine Taube kam gerade mit einer Botschaft aus Messantia bei Vibius Latro an, Herr«, sagte er. Er verbeugte sich und händigte dem Zauberer eine winzige Schriftrolle aus.

Thulandra Thuu erhob sich und hielt das Pergament dicht an die Flamme einer der hohen Kerzen. Beim Lesen preßte er die Lippen zusammen, bis sie nur noch wie ein schmaler Strich in seinem dunklen Gesicht wirkten. Schließlich sagte er:

»Nun, Lady Alcina, es sieht ganz so aus, als wären die Götter meiner fernen Insel sorglos, was das Wohlergehen ihres Günstlings betrifft.«

»Was ist geschehen?« rief Alcina und erhob sich.

»Prinz Cassio, schreibt Fadius, hat einen Boten aus den Rabirianischen Bergen zu seinem Vater in Messantia geschickt. Conan, der sich völlig von seinem Siechtum erholte, hat den Alimane überquert und mit Hilfe der poitanischen Lords und Bauern die Grenzlegion aufgerieben. Hauptmann Gromel und seine Männer sind zu den Rebellen übergelaufen. Ascalante könnte geflohen sein, denn weder er, noch seine Leiche wurden gefunden.«

Der Zauberer zerknüllte die Botschaft und funkelte Alcina an. Seine Augen brannten wahrlich rot vor Wut, wie sie es noch bei keinem Menschen gesehen hatte. Er knurrte: »Manchmal reizt du mich, Weib, und ich habe gute Lust, dein armseliges Leben auszulöschen wie eine Kerzenflamme. Ich habe einen lautlosen Zauberspruch, der meine Feinde in ein Häufchen Asche verwandelt, ohne auch nur das Glimmen des kleinsten Fünkchens, oder die winzigste Rauchfahne ...«

Alcina wich vor ihm zurück und kreuzte die Arme über der Brust, aber vor dem durchdringenden Blick des Zauberers gab es kein Entkommen. Ihr Körper brannte wie von Flammenzungen, die aus einem offenen Kamin nach ihr leckten. Das Zauberfeuer drang in ihr tiefstes Inneres. Sie schloß die Augen, als könnte sie damit die grauenvolle Hitze von sich abhalten. Sie hob kurz die Lider, da warf sie die Arme hoch, wie um einen Schlag abzuwehren, und schrie grauenerfüllt.

Wo der Zauberer gestanden hatte, befand sich eine monströse Schlange. Aus ihrem erhobenen Schädel, der sich etwa in Kopfhöhe des Mädchens wiegte, schossen aus lidlosen Augen schreckliche Strahlen geradewegs in Alcinas Seele, während ein gräßlicher Reptiliengestank ihr schier den Magen umdrehte. Die schuppigen Kiefer gähnten weit und offenbarten ein Paar spitzer Fänge, die auf sie zuschnellten. Alcina schloß erschrocken erneut die Lider und wich noch weiter zurück. Als nichts geschah, öffnete sie die Augen. Die Schlange war verschwunden und Thulandra Thuu stand wieder vor ihr.

Mit einem verzerrten Lächeln sagte der Zauberer. »Fürchte dich nicht, Mädchen, ich zerschlage nicht mutwillig meine Werkzeuge, solange ihre Klinge scharf ist.«

Zwar zitterte Alcina noch, aber sie gewann soviel ihrer Fassung zurück, daß sie zu fragen wagte: »Habt . . . habt Ihr wahrhaftig die Gestalt einer Schlange angenommen, Meister? Oder gaukeltet Ihr mir nur ihr Abbild vor?«

Thulandra Thuu wich ihrer Frage aus. »Ich wollte Euch nur vor Augen führen, wer von uns Meister und wer Gehilfe ist.«

Alcina hatte nichts dagegen, das Thema zu wechseln. Sie deutete auf das zerknüllte Pergament. »Wie kam Fadius zu Prinz Cassios Nachricht?«

»Milo von Argos lud zu einem Freudenfest ein, dessen

Anlaß natürlich kein Geheimnis ist. Kein Zweifel, auf welcher Seite dieser alte Narr steht. Und noch etwas: Milo warf diesen Tölpel Quesado aus seinem Reich. Zuletzt wurde er unter argossanischer Bewachung auf dem Weg nach Aquilonien gesehen. Ich werde Vibius Latro den Rat geben, diesen Burschen als Dungsammler einzusetzen, zu etwas anderem taugt er nicht.

Und nun wird unser wahnsinniger König, der überall seine Nase hineinstecken muß, vielleicht die Staatsgeschäfte völlig mir überlassen und sich auf seine schwülstigen Vergnügungen beschränken. Ich muß meinen nächsten Zug in diesem Brettspiel mit dem Schicksal, in dem es um ein Königreich geht, reiflich überlegen. Deshalb, meine teure Alcina, habt Ihr meine Erlaubnis, Euch zurückzuziehen. Hsiao wird für eine Erfrischung, ein gewiß heiß ersehntes Bad und feine Kleidung für Euch sorgen.«

Erleichtert hörte Alcina aus der respektvolleren Anrede, daß sie offenbar wieder in Thulandra Thuus Gunst aufgenommen war.

Der viele Meilen lange glitzernde Zug, die Befreiungsarmee, wand sich um bewaldete Hügel, vorbei an Feldern und Gehöften, zu den Toren von Culario. Beim Anblick der weit geöffneten Torflügel, zügelte Conan an der Spitze der Armee sein Pferd. Von den Türmen flatterten Banner mit dem roten Leoparden Poitains. Die Standarte mit dem schwarzen Adler Aquiloniens war nirgends zu sehen. Innerhalb der Stadtmauer drängten die Bürger sich dicht an dicht zu beiden Seiten am Straßenrand. In Conans lebhafter Phantasie regte sich das Mißtrauen des Barbaren. Er witterte eine Hinterlist der sogenannten zivilisierten Menschen.

Er wandte sich an Trocero, der auf einem Schimmelwallach an seiner Seite ritt. »Seid Ihr auch sicher, daß das keine Falle ist, die die Königstreuen uns hier stellen?«

»Meinen Kopf darauf!« erwiderte der Graf hitzig. »Ich kenne mein Volk gut.«

Conan studierte das Bild vor sich und brummte: »Ich halte es für das Beste, nicht zu sehr als Eroberer aufzutreten. Wartet kurz.«

Er öffnete die Kinnriemen seines Helmes, nahm ihn ab und hängte ihn an den Sattelknauf. Dann saß er mit leichtem Klirren seiner Rüstung ab und schritt, sein Pferd am Zügel neben sich führend, zu Fuß zum Tor.

So betrat Conan, der Befreier, ohne Überheblichkeit die Stadt Culario. Er nickte den Bürgern zu beiden Straßenseiten ernst, doch freundlich zu und wurde dafür mit einem Blumenregen und stürmischer Begeisterung begrüßt. Prospero, der ihm hoch zu Roß folgte, lenkte sein Pferd neben Trocero und flüsterte seinem Kameraden ins Ohr: »War es nicht dumm von uns, lange zu überlegen, wer Numedides' Thron besteigen soll?«

Graf Trocero beantwortete die Frage mit einem trockenen Lächeln und einem Zucken der Achseln unter der Eisenrüstung, als er seine treuen Untertanen mit erhobener Hand grüßte.

Thulandra Thuu beugte sich in seinem Zaubergemach über eine auf einem Tisch aufgerollte und mit kostbaren Metallbarren an den Ecken und Rändern beschwerte Karte. Er sprach zu Alcina, die sich inzwischen von den Anstrengungen ihrer Reise erholt hatte und bezaubernd aussah in ihrem wallenden Gewand aus gelbem Satin, das sich an ihren grazilen Körper schmiegte und ihrem rabenschwarzen Haar schmeichelte.

»Einer von Latros Spionen meldet, daß Conan und seine Armee sich in Culario befinden, wo sie sich von der Schlacht und dem langen Marsch ausruhen. In kurzer Zeit werden sie nach Norden aufbrechen und dem Khorotas nach Tarantia folgen.« Er deutete mit einem langen, gepflegten Fingernagel. »Die günstigste Stelle, sie aufzuhalten, ist an der Imirianischen Höhe in Poitain, die auf ihrem Weg liegt. Die einzige Truppe, die einer solchen Aufgabe sowohl gewachsen ist, als sie auch zeitmäßig bewältigen kann, sind Prinz Numitors Königliche Grenzer, die in Fort Thandara in der Westermark von Bossonien stationiert sind.«

Alcina schaute auf die Karte und fragte: »Solltet Ihr dann nicht Prinz Numitor anweisen, sich umgehend mit allen Truppen, außer einer Mindestbesatzung für die Garnison, südostwärts in Marsch zu setzen?«

Der Zauberer kicherte. »Wir werden noch einen General aus Euch machen, meine teure Lady. Der Kurier mit dieser Order ist bereits seit Morgengrauen unterwegs.« Thulandra Thuu maß die Entfernung mit den Fingern und drehte die Hand, als wäre sie ein Zirkel. »Doch wie Ihr seht, wenn Conan innerhalb der nächsten beiden Tage aufbricht, kann Numitor beim besten Willen die Höhe nicht vor ihm erreichen. Wir müssen etwas tun, den Barbaren aufzuhalten.«

»Gewiß, Meister, aber was?«

»Ich bin nicht ganz unerfahren im Wetterzauber und vermag den Geistern der Luft zu gebieten. Ich werde einen Plan ausarbeiten, um den Cimmerier eine Weile in Culario festzuhalten. Holt mir die Pülverchen und Fläschchen dort, Mädchen, dann werden wir meine Zauberkräfte auf die Probe stellen.«

Conan stand neben dem neugewählten Bürgermeister von Culario auf der Stadtmauer. Als sie ihren Rundgang angetreten hatten, war der Himmel klar und sonnig gewesen, doch jetzt verdüsterte er sich und bleigraue Wolken überzogen ihn.

»Das gefällt mir nicht«, murmelte der Bürgermeister. »Der

Sommer ist bisher schon naß genug gewesen, und das sieht mir aus, als stünde uns wieder länger anhaltendes schlechtes Wetter bevor. Zuviel Regen kann für die Ernte genauso schlecht sein wie überhaupt keiner. Ah, da ist er schon!« Er wischte sich einen schweren Tropfen von der Stirn.

Als die beiden Männer die Wendeltreppe um den Turm hinunterstiegen, kam ihnen Prospero aufgeregt entgegen. »General!« rief er. »Ihr habt Eure Leibwächter schon wieder überlistet!«

»Bei Crom!« knurrte Conan ungehalten. »Ich möchte hin und wieder auch einmal Ruhe vor ihnen haben. Schließlich brauche ich kein Kindermädchen, das auf mich aufpaßt!«

»Das ist der Preis der Macht, General«, sagte Prospero. »Ihr seid nicht nur unser Führer, sondern unser Symbol für Freiheit. Wir müssen Euch beschützen wie unsere Standarte oder ein anderes heiliges Relikt, denn wenn der Feind Euch niederstrecken könnte, hätte er den Sieg zu drei Viertel in der Tasche. Ich versichere Euch, daß sich Vibius Latros Spione in Culario herumtreiben und nur darauf lauern, Euch Gift in den Wein zu geben, oder Euch einen Dolch zwischen die Rippen zu stoßen.«

»Dieses Gewürm!« schnaubte Conan.

»Ja, aber auch Ihr, genau wie jeder einfache Mann, könnt durch das Gift dieses Gewürms sterben. Also haben wir keine andere Wahl, als Euch sorgsam zu behüten wie einen neugeborenen Prinzen. Diese unbedeutenden Unannehmlichkeiten müßt Ihr schon auf Euch nehmen.«

Conan seufzte tief. »Es spricht doch viel für das Leben eines ruhelosen Vagabunden, wie ich einst einer war. Aber laßt uns jetzt in den Palast des Statthalters zurückkehren, ehe dieser Wolkenbruch uns alle davonschwemmt.«

Conan und Prospero stapften eiligen Schrittes über das Kopfsteinpflaster. Der wohlbeleibte Bürgermeister hatte seine Mühe, ihnen zu folgen. Ein greller Blitz zerriß die Wolken über ihren Köpfen, und der Donner dröhnte wie tausend Trommeln. Eimerweise schien der Himmel sie mit Regen zu überschütten.

9

DER EISERNE HENGST

Während Poitain sich unter der Peitsche des schlimmsten Sturmes seit Menschengedenken wand, lächelte die Sonne gütig auf das schöne Tarantia herab. Thulandra Thuu stand mit Alcina und Hsiao auf einem Palastbalkon in ihren wohltuenden Strahlen und schaute über die sanftwogenden Felder Mittelaquiloniens, wo der Sommerweizen zu goldenen Ähren heranreifte. Der Zauberer wandte sich an die Tänzerin, die nun wieder jung und schön war, mit glitzernden Juwelen im nachtschwarzen Haar und auf dem Seidengewand, das ihre betörende Figur eng umhüllte.

»Das Himmelsrad verrät mir, daß die Luftgeister mir treu gedient haben. Mein Sturm verbreitet sich, und wenn er nachgelassen hat, werden die Straßen im Süden und alle Furten unpassierbar sein. Numitor eilt aus der Westermark herbei. Ich muß mich auf den Weg machen, wenn ich mich ihm anschließen will.«

Alcina schaute ihn mit großen Augen an. »Ihr wollt Euch doch nicht auf das Schlachtfeld begeben, Meister? Ischtar! Das paßt gar nicht zu Euch! Darf ich fragen, weshalb?«

»Numitor wird den Rebellen an Zahl unterlegen sein. Und selbst in einem Gewaltmarsch kann Ulric von Raman Poitain erst vierzehn Tage nach des Prinzen Ankunft erreichen. Außerdem ist Prinz Numitor nicht viel mehr als ein ehrlicher Dummkopf – das ist zweifellos auch der Grund, weshalb unser schurkischer König seinen Vetter am Leben ließ, als er alle anderen Verwandten töten oder aus dem Reich verbannen ließ. Nein, ich traue dem Prinzen nicht zu, daß er die Imirianischen Höhen halten kann, bis Graf Ulric dort eintrifft. Er wird die Hilfe meiner Zauberkräfte benötigen.«

Der Hexer wandte sich seinem Diener, dem undurchschaubaren gelbhäutigen Mann mit den schrägen Augen zu, der ihn aus fernen Landen über die Meere begleitet hatte. »Hsiao, laß meine Kutsche anspannen und sorge für das Nötige für unsere Reise. Wir werden morgen aufbrechen.«

Mit einer tiefen Verbeugung entfernte sich der Mann. Jetzt drehte Thulandra Thuu sich wieder zu Alcina um. »Nachdem die Geister der Luft mir so willig gehorchten, werde ich mir die Mühe machen, festzustellen, wie die Erdgeister mir von Nutzen sein können. Und Euch, meine gute Alcina, lasse ich hier, an meiner Stelle, zurück.«

»Mich? Nein, Meister! Mir fehlen die Fähigkeiten, Euren Platz auch nur für die kürzeste Zeit einzunehmen.«

»Ich werde Euch unterweisen. Erst müßt Ihr lernen, mit Ptahmesus Spiegel umzugehen, um mich zu hören und zu sehen, wenn ich Verbindung mit Euch aufnehme.«

»Aber uns fehlt doch der nötige Talisman!«

»Ich kann Bilder auch kraft meines Willens übertragen, wie Ihr es nicht vermögt. Kommt, wir dürfen keine Zeit vergeuden!«

Aus den königlichen Marställen holte Hsiao das Pferd, das seines Herrn Einspänner zog. Dem flüchtigen Blick mochte das Tier als großer Rapphengst erscheinen, aber bei näherer Betrachtung fiel ein ungewöhnlicher, metallischer Glanz auf. Außerdem tänzelte das Tier weder, noch schlug es mit dem Schwanz, wenn Fliegen es belästigten, obgleich der Gestüthof unter den Myriaden Flügeln nur so summte. Der Hengst stand völlig ruhig, bis Hsiao einen Befehl ausstieß, den bestimmt keiner, der ihn möglicherweise hörte, verstand. Das Tier gehorchte sofort.

Der Khitan führte den Rapphengst zur Remise, wo Thulandra Thuus Kutsche stand. Als ein Huf achtlos gegen eine der niedrigen Wagenstangen stieß, brach ein Klirren die stille Luft.

Das Gefährt war ein zweirädriger Kastenwagen, rot lakkiert und mit Friesen sich windender Schlangen in Gold verziert, und hatte einen Sitz quer über dem hinteren Kastenteil. Zwei geschnitzte Stangen trugen einen bogenförmigen Holzrahmen, der mit Segeltuch bespannt war. Doch war es kein gewöhnliches Segeltuch, sondern von feinster Qualität und mit Zeichen bestickt, wie sie keinem zufälligen Betrachter bekannt waren. Ein aufmerksamer würde möglicherweise darin den Mond und Konstellationen der südlichen Hemisphäre erkennen.

In der Truhe unter dem Sitz dieses ungewöhnlichen Fahrzeugs verstaute Hsiao alles mögliche, was der Zauberer unterwegs benötigen würde, und auf den breiten Sitz selbst häufte er weiche Seidenkissen in großer Zahl. Während er arbeitete, summte er eine traurige khitanische Weise voll seltsamer Vierteltöne.

Conan und Trocero starrten aus dem Haus des Statthalters in den strömenden Regen. Schließlich brummte er: »Ich wußte nicht, daß Euer Land am Grund eines Binnenmeers liegt, mein Lord.«

Der Graf schüttelte den Kopf. »Noch nie in dem halben Jahrhundert meines Lebens erlebte ich ein Unwetter von dieser Ausdauer. Nur Zauberei kann dafür verantwortlich sein. Denkt doch an Thulandra Thuu . . .«

Conan schlug seinem Gefährten auf die Schulter. »Ihr Aquilonier vermutet Zauberei in jedem flüchtigen Schatten! Wenn ihr euch die Zehen anschlägt, ist Thulandra Thuu daran schuld. In meiner Erfahrung mit Hexern waren sie nie so furchterregend, wie sie uns immer gerne glauben machen wollten. Ja, Prospero?« fragte er, als der Offizier den Raum betrat.

»Die Kundschafter kehrten zurück, General, und melden, daß keine einzige Straße passierbar ist. Und selbst die kleinsten Rinnsale sind zu schäumenden Wildbächen angeschwollen. Es wäre zwecklos, die Truppen in Marsch zu setzen. Sie würden nicht weiter als ein paar Meilen außerhalb der Stadt kommen.«

Conan fluchte. »Eure Befürchtung, daß dieser Hexer in Tarantia seine Hand im Spiel hat, Trocero, scheint mir an Wahrscheinlichkeit zu gewinnen.«

»Und wir haben Besuch«, fuhr Prospero fort. »Die Nordbarone, die sich auf den Rückweg nach Hause machten, ehe wir Culario erreichten, wurden vom Sturm überrascht und gezwungen, hierher zurückzukehren.«

Ein Lächeln erhellte Conans grimmiges, narbenübersätes Gesicht. »Crom sei Dank! Endlich eine gute Neuigkeit. Führt sie herein!«

Prospero bat fünf Männer in nasser, wollener Reisekleidung guter Qualität, von Kopf bis zu den Zehen mit Schmutz bespritzt, herein. Trocero stellte Baron Roalda von Imirus vor, dessen Ländereien im nördlichen Poitain lagen. Er war ehemaliger Offizier der königlichen Armee. Dieser kühne, grauhaarige Recke hatte die anderen Barone und ihr Gefolge nach Culario geführt und machte sie nun mit dem Cimmerier bekannt.

Conan gewann den Eindruck, daß diese Lords verschiedensten Wesens waren: einer kräftig, rotgesichtig und voll derben Humors; ein anderer schlank und elegant; ein weiterer feist und zweifellos den Tafelfreuden alles andere als abgeneigt und ein Freund scharfer Getränke; und zwei mit düsterer Miene und wortkarg. So sehr sie sich auch voneinander unterschieden, unterstützten sie doch alle aus ehrlichem Herzen die Rebellion, denn Numedides' Steuereintreiber machten ihnen arg zu schaffen, und an ihrem Stolz nagten die Königstruppen, die auf ihren Ländereien einquartiert waren, um dafür zu sorgen, daß der jährliche Tribut von Landherrn und Bauern auch nicht unterschlagen wurde. Sie ersehnten nichts mehr als den Sturz des Tyrannen, und ihr Blick suchte verstohlen seinen Nachfolger, um sich vielleicht schon jetzt in die Gunst des neuen Monarchen setzen zu können.

Nachdem die Barone sich ein wenig ausgeruht und frisch gekleidet hatten, hörten Conan und seine Freunde sich ihre Beschwerden an und entlockten ihnen ihre heimlichen Hoffnungen. Conan versprach wenig, aber sein mitfühlendes Wesen hinterließ in jedem den Eindruck, daß er in einem neuen Regime eine wichtige Position einnehmen würde.

»Laßt Euch warnen, meine Lords«, sagte Conan, »Ulric, Graf von Raman, wird mit seinen Truppen Eure Ländereien überqueren, wenn er südwärts marschiert, um gegen die Rebellenarmee vorzugehen.«

»Welche Truppen kommandiert der Graubart denn schon?« schnaubte Baron Roaldo verächtlich. »Ein Lumpenpack, vermutlich. An der cimmerischen Grenze ist es seit langem schon ruhig, und so wird dort lediglich eine geringe Streitmacht benötigt, um den Frieden zu bewahren.«

»Ich fürchte, Ihr täuscht Euch«, widersprach der Graf von Poitain. »Ich hörte, daß die Nordarmee volle Stärke hat und ihr eine beachtliche Zahl Veteranen so mancher Grenzkriege angehören. Raman selbst ist ein Meisterstratege, der dem Überfall auf Venarium vor vielen Jahren entkam.«

Conan grinste grimmig. Als Junge, ein Kind fast noch, hatte er sich der wilden cimmerischen Horde angeschlossen, die Fort Venarium ausraubte, doch er erwähnte es nicht. Statt dessen sagte er zu den Nordbaronen:

»Zweifellos wird Numedides Truppen aus der Westermark schicken, und da sie näher sind, werden sie auch früher ankommen. Ihr müßt die nördlichen Truppenteile zumindest so lange aufhalten, bis wir die bossonischen Königstreuen aufreiben können.«

Graf Trocero musterte die Barone durchdringend. »Könnt Ihr eine Streitkraft um Euch sammeln, ohne daß die bei Euch stationierten Königstreuen darauf aufmerksam werden?«

»Diese Heuschrecken«, sagte Baron Ammian von Ronda verächtlich, »schwärmen nur zur Erntezeit bei uns herum, um sich die Früchte unserer Arbeit zu holen. So die Götter wollen, werden sie sich nicht vor zwei Monaten sehen lassen.«

»Aber«, gab der feiste Baron Justin von Armavir zu bedenken, »eine solche kriegerische Auseinandersetzung in unseren Landen wird sowohl unseren Beuteln als auch unseren Leuten schaden. Vielleicht gelingt es uns, Sir Ulric aufzuhalten, doch nur ein paar Stunden, bis er unser Getreide verbrennt, unsere Männer verjagt und grausame Rache an uns nimmt.«

»Wenn es General Conan nicht gelingt, Tarantia einzunehmen, werden wir auf jeden Fall zu Bettlern«, konterte Roaldo mit grimmiger Miene. »Schon bald werden die Spione erfahren, daß wir die Partei der Rebellen ergriffen haben. Also gleich besser, um einen goldenen Adler zu spielen, als um einen Kupferpfennig.«

»Er hat recht«, pflichtete Ammian von Ronda ihm bei. »Wenn wir den Tyrannen nicht stürzen können, werden wir alle unsere Hälse entweder gestreckt oder verkürzt bekommen, gleichgültig, was wir tun. Also laßt uns das Risiko eingehen und uns gegen die drohende Gefahr stellen.«

Schließlich waren die fünf sich einig, mitzumachen, einige voll glühender Begeisterung, andere voll Zweifel. Und so wurde beschlossen, daß die Barone, sobald die Wetterverhältnisse es erlaubten, eilig zu ihren Baronien im Norden zurückkehrten, um Graf Ulrics Nordarmee zu schaffen zu machen, wenn sie ihr Gebiet durchquerte.

Nachdem die Barone sich für die Nacht zurückgezogen hatten, fragte Prospero Conan: »Glaubt Ihr, daß sie noch rechtzeitig genug nach Hause kommen?«

»Wichtiger noch«, fügte Trocero hinzu, »werden sie ihr neues Bündnis auch einhalten, wenn Numedides unseren Pfad mit Eisen spickt, oder wenn Tarantia nicht einzunehmen ist?«

Conan zuckte die Achseln. »Ich bin kein Prophet. Allein die Götter können in den Herzen der Menschen lesen.«

Das Gefährt des Zauberers rumpelte durch die Straßen von Tarantia. Hsiao, mit den Beinen auf den Bodenbalken, hielt die Zügel, während Thulandra Thuu es sich im Kapuzenumhang auf dem kissengepolsterten Sitz bequem gemacht hatte. Die Bürger, die diesen Wagen bemerkten, wandten ihre Gesichter ab, denn dem finsteren Zauberer in die Augen zu sehen, würde vielleicht seine Aufmerksamkeit auf sie lenken, und sie alle fürchteten nichts mehr als das, denn es gab niemanden, der nicht die Gerüchte über seine grauenvollen Experimente gehört hatte und sich Gedanken über das Schicksal der vielen verschwundenen Jungfrauen machte.

Die mächtigen Bronzeflügel des Südtors schwangen bei der Annäherung des Wagens weit auf und schlossen sich sofort wieder hinter ihm. Das ungewöhnliche Zugtier rannte auf der Landstraße mit der doppelten Geschwindigkeit eines Pferdes aus Fleisch und Blut, und das Gefährt holperte und schaukelte und ließ eine dünne Staubwolke hinter sich zurück. Mehr als hundertzwanzig Meilen unebener Straße legte es jeden Tag zurück, und weder Hitze noch Regen, noch die Finsternis der Nacht, hielten den Eisenhengst auf. Während der kurzen Ruhepausen verschlang der Gelbe kalten Braten und gönnte sich ein schnelles Schläfchen. Wann sein Herr je schlummerte, wußte Hsiao nicht.

Nachdem sie dem Ostufer des Khorotas mehrere Tage gefolgt waren, näherte sich Thulandra Thuus Gefährt der großen Brücke, die König Vilerius I. über den Fluß hatte errichten lassen. Hier traf die Straße der Könige, nachdem sie einen Bogen um zwei Flußbiegungen gemacht hatte, wieder mit dem Strom zusammen und überquerte ihn westwärts. Die Brücke aus schweren Holzplanken, mit einer steilen Rampe an jedem Ende, wurde von sechs Steinpfeilern getragen.

Beim Anblick des wappenverzierten Gefährts verbeugte der Mauteinnehmer sich tief und winkte es weiter. Bei der Anfahrt über die Rampe hielt Thulandra Thuu Ausschau über das ebene Land. Ein zufriedenes Lächeln zog über sein finsteres Gesicht, als er auf der Straße voraus eine Staubwolke bemerkte. Wenn sie von den donnernden Hufen der Reiterei des Prinzen Numitor aufgewirbelt wurde, stimmten seine sorgfältigen Berechnungen von Entfernung und Zeit genau. Sie mußten sich demnach genau dort treffen, wo die bossonische Straße in die breitere Straße nach Poitain gabelte.

Der Wagen polterte die westliche Rampe hinunter und setzte seinen Weg südwärts fort. Genau zu dem geplanten Zeitpunkt erreichte er die hinterste Reihe der Kolonne. Einer der Männer erkannte das Gefährt. Er gab das Wort hastig weiter und sofort wichen die Kavalleristen zur Seite, um den Wagen des königlichen Zauberers vorbeizulassen. Die Pferde scheuten und tänzelten, als der metallene Hengst an ihnen vorüberbrauste, während die verstörten Remonten und verängstigten Packtiere sich aufbäumten und ausschlugen, was ihren Betreuern vereinzelt nicht sonderlich gut bekam.

Der Zauberer fand Prinz Numitor auf einem schweren

Wallach an der Spitze der Kolonne. Genau wie sein königlicher Vetter war der Prinz ein Mann von kräftiger Statur, mit rötlichem Haupt- und Barthaar. Ansonsten ähnelte er ihm in keiner Weise. Blaue Augen ohne Falsch leuchteten unter einer hohen Stirn aus einem sonnengebräunten Gesicht, das Herzlichkeit und Wärme verriet.

»Oh, Zauberer Thulandra!« rief Numitor überrascht, als Hsiao das ungewöhnliche Pferd zum Stehen brachte. »Was führt Euch hierher? Bringt Ihr eine dringende Botschaft vom König?«

»Prinz Numitor, Ihr werdet meiner Zauberkünste bedürfen, um den Vorstoß der Rebellen in den Norden aufzuhalten.«

Die Augen des Prinzen umwölkten sich bestürzt. »Ich bin gegen Magie in meiner Kriegsführung, es ist keine männliche Art des Kampfes. Doch wenn mein königlicher Vetter Euch sandte, werde ich wohl das Beste daraus machen müssen.«

Ein boshaftes Funkeln war flüchtig in den Augen unter der Kapuze zu erkennen. »Ich spreche für den wahren Herrscher von Aquilonien«, sagte er. »Meine Befehle müssen genauestens befolgt werden. Wenn wir uns beeilen, können wir die Imirianische Höhe noch vor den Rebellen erreichen. Sind die beiden Kavallerieregimenter alles, was Ihr aufzubieten habt?«

»Nein, vier Regimenter Fußsoldaten folgen. Sie haben die Gabelung der bossonischen Straße mit dieser nur noch nicht erreicht.«

»Das sind nicht gerade übermäßig viele, auch wenn wir nur gegen ein undiszipliniertes Lumpenpack kämpfen müssen. Wenn wir sie an der Riesenkerbe, der Klamm unterhalb der Imirianischen Höhe, in Schach halten können, bis Graf Ulric eintrifft, würden wir ihnen die Fänge ziehen. Sobald wir die Höhe erreicht haben, möchte ich, daß Ihr mir fünf

Eurer Männer abstellt – es müssen erfahrene Jäger sein, da ich sie für eine bestimmte Aufgabe benötige.«

»Und worum geht es dabei?«

»Das erfahrt Ihr später. Es genügt, wenn Ihr wißt, daß gute Jäger für meinen Zauber erforderlich sind.«

Endlich ließ der Regen in Culario nach. Die Nordbarone und ihr Gefolge plagten sich über die schlammige Straße, von der durch die warme Sommersonne der Dampf aufstieg. Bald darauf machte auch die Befreiungsarmee sich auf den Weg auf dieser Straße, die nordwärts zu den mittleren Provinzen und von dort zum stolzen Tarantia am anderen Khorotasufer führte.

In jeder Stadt und jedem Dorf schlossen sich den Legionen des Befreiers weitere Freiwillige an: alte Ritter, die nichts mehr ersehnten als eine letzte ruhmvolle Schlacht; narbenübersäte ehemalige Krieger, die mit Conan an der piktischen Grenze gekämpft hatten; schlanke Jäger und Waldhüter, die in Conan einen Naturschützer sahen, wie sie es waren; Gesetzlose und Verbannte, die das Versprechen auf Amnestie herbeilockte; freie Bauern, Händler, Kaufleute, Holzfäller, Köhler, Schmiede, Maurer, Steinklopfer, Weber, Färber, Minnesänger, Schreiber – alles Männer, die fest entschlossen waren, der Befreiungsarmee zum Sieg zu verhelfen. Sie leerten die Waffenwagen so schnell, daß Conan schließlich darauf bestehen mußte, daß nur bereits bewaffnete Rekruten – selbst wenn die Waffe bloß ein Holzfällerbeil war – aufgenommen wurden.

Der Cimmerier und seine Offiziere stürzten sich auf die mühsame Aufgabe, diese eifrigen Freiwilligen zumindest annähernd zu einer militärischen Truppe auszubilden. Sie teilten die Männer in Züge und Kompanien auf und ernannten Sergeanten und Hauptleute, die sie aus den kampferfahrenen Männern auswählten. Während der Rast drillten diese neuen Offiziere ihre fußmüden Männer, um ihnen das Notwendigste beizubringen, denn Conan hatte sie gewarnt:

»Ohne ständigen Drill wird eine Horde grüner Rekruten wie diese sich in eine Meute schreiender Fliehender auflösen, sobald das erste Blut fließt.«

Zwischen dem fruchtbaren Ackerland Südpoitains und der Imirianischen Höhe erstreckte sich der große Brocellianische Forst, durch den die Straße sich wie eine Schlange durch ein Farnbeet wand. Als die Rebellen sich diesem Wald näherten, fiel Conan auf, daß das Lied der poitanischen Freiwilligen immer leiser wurde, und sie selbst allmählich ganz verstummten und ängstlich zu den dichtbelaubten, überhängenden Ästen hochschauten.

»Was haben sie denn?« fragte Conan Trocero, als sie am Abend im Führungszelt saßen. »So wie sie sich benehmen, müßte man meinen, der Wald wimmle von Giftschlangen.«

Der grauhaarige Graf lächelte nachsichtig. »Wir haben lediglich harmlose Nattern in Poitain und von ihnen nur wenige. Aber die Menschen dieser Gegend plagt abergläubische Furcht. Sie sind überzeugt, daß in den Wäldern übernatürliche Wesen hausen, die sie, je nach Laune, mit einem Zauberbann belegen, wenn sie ihnen in die Quere kommen. Ich muß gestehen, daß dieser Aberglaube uns sehr gelegen kommt, denn so bleibt das Jagdgebiet für meine Barone und Freunde erhalten.«

Conan brummte: »Sobald wir die Imirianische Höhe erklommen haben, erfinden sie zweifellos andere Kobolde oder Ungeheuer, vor denen sie sich fürchten können. Ich war noch nicht in diesem Teil von Aquilonien, aber meiner Schätzung nach dürfte die Höhe nicht mehr weiter als einen Tagesmarsch voraus liegen. Wie verläuft der Paß zur Hochebene?«

»Es gibt eine tiefe Klamm in den Felsen, wo der reißende Bitaxa, ein Nebenfluß des Alimanes, sich sein Bett gegraben hat. Die Straße, die zur Höhe emporführt, wird von einer breiten Felsleiste an einer Seite der Schlucht getragen. Die Klamm darunter – wir nennen sie Riesenkerbe – ist glitschig, steil und eng. Es wäre schlimm, von dort aus gegen einen Feind auf der Höhe kämpfen zu müssen. Betet zu Eurem Crom, daß Numitors Grenzer die Klamm nicht vor uns erreichen.«

»Crom kümmert sich wenig um die Gebete der Menschen«, brummte Conan. »So zumindest brachte man es mir als kleiner Junge bei. Er haucht in jedes Knabenkind bei der Geburt die Stärke ein, die es brauchen wird, wenn es zum Manne erwachsen ist, um sich seinen Feinden stellen zu können. Und das ist alles, womit man die Götter belästigen darf, die schließlich ihre eigenen Sorgen haben. Aber wir dürfen die Gefahr eines Angriffs in dieser mörderischen Falle nicht eingehen. Schickt gleich bei Morgengrauen einen starken Trupp berittener Kundschafter aus, der sich an der Klamm umsehen soll.«

Publius watschelte mit einem Armvoll dicht mit Zahlen bekritzelter Papyrusbogen herein. Trocero verließ Conan, damit er ungestört mit dem Kämmerer die Bestandslisten durchgehen konnte, während er die Zelte seiner poitanischen Reiter aufsuchte und vierzig der besten Schwertkämpfer für den morgigen Erkundungsritt auswählte.

Die Riesenkerbe lag hoch vor Troceros Schwadron. Ihre überhängenden Felswände verbargen schwarze Tiefen vor der Mittagssonne. Der Graf und seine Kundschafter spähten aus den Sätteln hinauf und hielten vergeblich Ausschau nach dem verräterischen Glitzern der Sonnenstrahlen auf Rüstungen. Auch auf der Höhe war nicht das geringste Rauchwölkchen eines Lagerfeuers zu sehen. Schließlich bestimmte Trocero:

»Wir werden uns teilen und um den Wald herumreiten.

Auf der Straße, nicht ganz eine Meile hinter uns, wo ein hoher Felsen sich über den Waldpfad neigt, treffen wir uns wieder. Vopisco, Ihr biegt mit Eurer Hälfte der Schwadron nach Osten ab, ich mit meiner nach Westen. In einer Stunde müßten wir beide den Felsen erreicht haben.«

Die Schwadron teilte sich. Die Reiter zwängten ihre Pferde durch das dichte Laubwerk, das weit auf die Straße ragte. Als sie dieses Hindernis überwunden hatten, stießen sie kaum noch auf Unterholz zwischen den dicken Stämmen der alten Eichen.

Eine Weile ritt Troceros Trupp schweigend und mit lautlosen Hufen auf dem dicken Teppich aus faulendem Laub und weichem Moos. Plötzlich hob der vorderste Kundschafter warnend eine Hand. Er drehte sich im Sattel um und murmelte: »Männer voraus, mein Lord, berittene, glaube ich.«

Der Trupp drängte sich aneinander, die Männer angespannt, die Pferde reglos. Durch die Schatten zwischen den Baumreihen erspähte Trocero eine beunruhigende Bewegung und hörte ein gedämpftes Gemurmel.

»Schwerter!« flüsterte der Graf. »Macht euch bereit zum Angriff, aber stürmt erst, wenn ich das Kommando gebe. Wir wissen noch nicht, ob es sich um Freund oder Feind handelt.«

Zwanzig Schwerter flogen aus ihren Scheiden, als die Reiter ihre Tiere lautlos nach links oder rechts lenkten, bis sie eine Reihe zwischen den Bäumen bildeten. Das Stimmengemurmel wurde lauter. Ein Trupp Reiter kam jenseits der knorrigen Eichen zum Vorschein. Trocero hob sein Schwert wie einen deutenden Finger und gab so das Zeichen zum Angriff.

Die zwanzig Poitanen stürmten zwischen den Bäumen auf die Fremden zu. In wenigen Herzschlägen sahen sie sie ganz deutlich vor sich.

»Ergebt Euch!« brüllte Trocero, dann riß er verblüfft an den Zügeln. Sein Pferd rollte die Augen, bäumte sich auf und schlug mit den Vorderbeinen in die leere Luft.

Fünf Reiter, ungerüstet, doch im weißen Waffenrock mit dem schwarzen Adlerwappen Aquiloniens, hielten an und starrten den Poitanen entgegen. Alle außer einem führten Gefangene mit grausam engen Schlingen um den Hals. Diese Gefangenen – drei männlichen und zwei weiblichen Geschlechts – waren nicht größer als zehnjährige Kinder. Ihre Blöße verdeckte nur teilweise ein dünner Bewuchs rehbraunen Pelzes. Über jedem stupsnasigen, humanoiden Gesicht erhob sich ein Paar spitzer Ohren. Als die Reiter die Stricke, mit denen sie sie hielten, fallen ließen, um ihre Schwerter zu ziehen, rannten die befreiten Geschöpfe davon. Trocero sah nun, daß jedes ein buschiges Stummelschwänzchen hatte, das, wie das eines Rehes, an der Unterseite weiß war.

Der Führer der Aquilonier hatte inzwischen die Fassung wiedergewonnen und brüllte seinen Männern einen Befehl zu. Sofort gaben sie ihren Pferden die Sporen und stürmten zum Angriff.

»Tötet sie!« rief Trocero.

Als die fünf Königstreuen, tief über den Nacken ihrer Pferde gebeugt, auf die Poitanen zukamen, glitzerte Mordlust in ihren Augen. Die Rebellenreiter konnten keine dichte Reihe bilden, da sie zwischen den Bäumen verteilt waren, also nutzten die Aquilonier die Lücken. Der Führer nahm sich, mit dem Schwert wie eine Lanze ausgestreckt, Trocero zum Ziel. Links und rechts des Grafen stürzten sich seine Männer wie Rachegeister auf den Feind.

Einen Augenblick herrschte wildes Durcheinander mit heftigem Brüllen und Grauen in den Augen der Männer, die die Wut der Verzweiflung antrieb. Zwei Rebellen fielen über einen galoppierenden Aquilonier her, der sein Schwert über dem Kopf wirbelte. Einer stieß ihm die Klinge in den rechten Arm, der andere hieb seine Waffe mit aller Kraft nach unten und schnitt eine tiefe Wunde in die Flanke des Pferdes. Aber das wiehernde Tier rannte weiter, und der Mann entkam.

Ein Rebellenschwert schoß an einer Klinge vorbei, die den Reiter aufspießen wollte, und seine Spitze drang eine Handbreit tief unterhalb der Brust in das Adlerwappen. Der hagere, aber muskelbepackte aquilonische Führer stürzte sich auf Trocero, der jedoch seinen Hieb parierte. Das Klirren der Schwerter war ein Todesgesang, und dann waren die fünf Pferde mit vier Reitern hindurch und brausten davon wie Laub im Herbststurm. Der fünfte lag reglos auf dem weichen Waldboden. Ein Blutfleck breitete sich auf dem weißen Waffenrock aus.

»Gremio!« brüllte der Graf. »Nehmt Euren Trupp und verfolgt die Burschen! Versucht, einen lebend gefangenzunehmen!«

Trocero drehte sich zu dem zertrampelten Boden um. Sein Blick fiel auf den Gefangenen. »Sergeant«, sagte der Graf. »Seht nach, ob der Mann noch lebt!«

Als der Sergeant absaß, rief einer der Poitanen: »Mein Lord, er ist ganz sicher tot. Er spießte sich selbst an meiner Klinge auf, als er vorüberritt.«

»Ja, er ist tot«, bestätigte der Sergeant nach kurzer Untersuchung.

Trocero fluchte. »Wir brauchen einen zur Vernehmung.«

»Hier ist einer ihrer Gefangenen!« rief der Sergeant und kniete sich neben eine der nackten Kreaturen, die wie ein weggeworfenes Spielzeug neben einem gefällten Stamm lag. »Ich glaube, er wurde in dem Getümmel von einem Huf getroffen.«

Trocero biß sich nachdenklich auf die Unterlippe. »Er sieht aus wie einer der legendären Faune, über die die Weiber in den Spinnstuben ihre Schauermärchen erzählen.«

Abergläubische Angst verdunkelte die Züge des Sergeanten, und er zog hastig eine ausgestreckte Hand zurück. »Was soll ich mit ihm tun, mein Lord?« fragte er. Er erhob sich schnell und machte ein paar Schritte rückwärts.

Der Satyr, dessen Handgelenke mit engen Riemen gefesselt waren, öffnete die Augen und sah, daß er von Berittenen umgeben war. Er stolperte auf die Füße und versuchte zitternd, die Flucht zu ergreifen. Aber der Sergeant griff schnell nach dem Strick, der von der Schlinge um den Hals des Geschöpfes hing. Er zog daran und riß ihn wieder zu Boden.

Als es resigniert stillhielt, fragte Trocero es: »Kreatur, kannst du sprechen?«

»Ja«, antwortete der Gefangene in gebrochenem Aquilonisch. »Kann gut sprechen – meine Zunge, ein wenig deine Zunge. Was tun du mir?«

»Das muß unser General entscheiden«, erwiderte Trocero.

»Du nicht Kehle schneiden wie andere Männer?«

»Weshalb sollte ich dir die Kehle durchschneiden wollen? Warum glaubst du, daß die anderen es getan hätten?«

»Andere uns fangen für Zauberopfer.«

Der Graf runzelte die Stirn. »Ich verstehe. Das brauchst du von uns nicht zu befürchten. Aber wir müssen dich in unser Lager bringen. Hast du einen Namen?«

»Ich bin Gola«, sagte der Satyr mit seiner weichen Stimme.

»Dann, Gola, wirst du dich zu einem meiner Männer auf das Pferd setzen. Verstehst du mich?«

Der Faun schaute ihn erschrocken an. »Ich habe Angst vor Pferd.«

»Diese Angst mußt du eben überwinden.« Trocero gab seinem Sergeanten einen Wink.

»Hoch mit dir«, sagte der Soldat und hob die kleine

Gestalt auf den Pferderücken hinter einen der Reiter. Er zog ihm die Schlinge über den Kopf und befestigte den Strick um die Mitte des Satyrs und des Soldaten vor ihm.

»So kann dir nichts passieren«, versicherte er ihm lachend. Er schwang sich in seinen eigenen Sattel und gab seinen Leuten den Befehl zu wenden.

Der Trupp, der die Königstreuen verfolgte, erreichte den Fuß der Riesenkerbe gerade, als die Fliehenden den steilen Tunnel der Klamm hoch verschwanden. Da sie einen Hinterhalt befürchteten, brachen die Rebellen die Verfolgung ab.

Später, im Führungszelt, berichtete Trocero den Offizieren von seinem Unternehmen. Conan betrachtete den Gefangenen und sagte: »Deine Handfesseln scheinen mir arg eng zu sein, Freund Gola. Wir brauchen sie nicht.«

Er zog seinen Dolch und näherte sich dem Satyr, der zurückwich und in Todesangst kreischte: »Nicht Kehle schneiden! Mann versprechen, nicht Kehle schneiden!«

»Vergiß deine kostbare Kehle!« sagte Conan lachend und nahm beide Handgelenke des Gefangenen in seine mächtige Pranke. »Ich denke gar nicht daran, dir etwas anzutun.« Er durchschnitt die Riemen und steckte seinen Dolch wieder ein. Gola bewegte die Finger und zuckte schmerzhaft zusammen, als das Blut wieder durchzufließen begann.

»Na, das ist doch besser, nicht wahr?« fragte Conan. Er ließ sich am Klapptisch nieder und winkte dem Faun zu, sich zu ihm zu setzen. »Magst du Wein, Gola?«

Der Satyr strahlte über das ganze Gesicht und nickte. Conan befahl seinem Burschen, eine Kanne zu bringen.

»General!« rief Publius und hielt einen Finger hoch, um die Ausführung des Auftrags zu verhindern. »Unser Wein ist fast zu Ende. Wir haben nur noch ein paar Korbflaschen, dann müssen wir uns mit Bier begnügen.«

»Macht nichts.« Conan grinste. »Jetzt trinken wir jedenfalls Wein. Die Nemedier haben ein Sprichwort: ›Im Wein liegt Wahrheit‹. Ich möchte gerne ausprobieren, ob das stimmt.«

Publius, Trocero und Prospero wechselten Blicke. Seit er den Satyr gesehen hatte, zeigte Conan ein ungewöhnliches Interesse, ja schon fast eine Zuneigung für diese nichtmenschliche Kreatur. Es war, als empfände er, der er selbst fast ein noch ungezähmtes Geschöpf der Wildnis war, eine instinktive Wesensverwandtschaft für dieses andere Kind der Natur, das von sogenannten zivilisierten Menschen aus seiner natürlichen Umgebung gerissen worden war, von Menschen, deren Wesensart und Motive ihm völlig unverständlich sein mußten.

Eine halbe Weinkanne später erfuhr Conan, daß zwei Regimenter königlicher Kavallerie das Plateau oberhalb der Schlucht hielten. Sie lagerten jedoch nicht am Rand der Klamm, wo sie angreifen könnten, wenn die Rebellen die Straße hochkamen, sondern mehrere Pfeilschußweiten, etwa eine Viertelmeile, davon entfernt. Seit mehreren Tagen schickten sie Jagdtrupps aus, die die Klamm hinunterstiegen und die Wälder ringsum nach Satyren absuchten. Die, die sie fingen, brachten sie lebend in ihr Lager und sperrten sie gefesselt in Pferche, die sie zu diesem Zweck errichtet hatten.

»Mein Volk von Kerbe fortziehen«, erklärte Gola traurig. »Hatten keine Pfeifen fertig.«

Ohne auf diese ungewöhnliche Bemerkung einzugehen, fragte Conan. »Woher wißt ihr denn, daß sie euer Blut für Zauberopfer verwenden wollen?«

Der Satyr widmete Conan einen kurzen listigen Seitenblick. »Wir wissen. Auch wir haben Magie. Großer Hexer auf Felsen oben.«

Conan musterte das kleine Geschöpf eindringlich. »Gola,

wenn wir die bösen Menschen aus der Hochebene vertreiben, braucht ihr nicht länger Mißhandlungen zu befürchten. Mit eurer Hilfe könnten wir die Wälder für euch zurückgewinnen.«

»Wie ich wissen, was große Männer tun? Große Männer töten unser Volk.«

»Nicht wir. Wir sind eure Freunde. Schau, du bist frei, zu gehen.« Conan deutete mit ausgebreiteten Armen auf die Zeltklappe.

Fast kindliche Freude leuchtete aus dem Gesicht des Fauns. Conan fuhr fort: »Nun, da wir ein paar eures Volkes vom Hexenkessel des Zauberers gerettet haben, dürfen wir euch doch vielleicht um Hilfe ersuchen, nicht wahr? Wie kann ich dich erreichen, wenn es nötig ist?«

Gola zeigte Conan ein kleines Röhrchen aus Bein, das von einer Ranke um seinen Hals hing. »Geh in Wald und blas!« Der Satyr steckte das Pfeifchen zwischen die Lippen und blies die Backen auf.

»Ich höre nichts«, sagte Conan.

»Nein, du nicht, aber Satyr hört. Du nimm!«

Conan starrte auf die winzige Pfeife, die der Faun in seine breite Handfläche legte, wo sie fast verloren wirkte, während die anderen stirnrunzelnd dachten, die Knochenröhre sei nichts weiter als ein nutzloses Spielzeug, das ihren General bei Laune halten sollte. Der Cimmerier nickte, schob die Pfeife in seinen Gürtelbeutel und sagte ernst: »Ich danke dir, kleiner Freund.« Dann rief er seine Burschen und den nächsten Wachtposten, und befahl: »Begleitet Gola in den Wald hinter dem Lager und sorgt dafür, daß er von niemandem belästigt wird. Einige unserer abergläubischen Soldaten könnten ihn leicht für einen bösen Geist halten und gegen ihn vorgehen wollen. Leb wohl, Gola.«

Als der Faun gegangen war, wandte Conan sich an seine Kameraden. »Numitor liegt oberhalb der Riesenkerbe und wartet darauf, daß wir die Klamm hochkommen, ehe er das Signal zum Angriff gibt. Was haltet ihr davon?«

Prospero zuckte die Achseln. »Es scheint mir, er verläßt sich ganz auf ›den großen Hexer‹, den der Kleine erwähnte – zweifellos ist es des Königs Zauberer.«

Trocero schüttelte den Kopf. »Ich glaube eher, er will uns ungehindert die Schlucht hochkommen lassen, damit wir uns ihm unter gleichen Bedingungen stellen können. Er ist ein wohlmeinender Führer, der einen Krieg nach ritterlichen Regeln führen möchte.«

»Er müßte doch wissen, daß wir weit in der Überzahl sind«, sagte Publius verblüfft.

»Das schon«, erwiderte Trocero, »aber seine Truppen sind die besten von ganz Aquilonien, während unsere buntgemischte Horde Grünlinge in der Kriegsführung sind. Also verläßt er sich auf ihre Kühnheit und Disziplin ...«

Die folgenden Streitgespräche waren lang und führten zu nichts. Als die Abenddämmerung der nächtlichen Dunkelheit wich, hieb Conan seinen Becher auf den Tisch. »Wir können nicht untätig am Fuß der Klamm herumsitzen und versuchen, Numitors Beweggründe zu erraten. Wir werden morgen die Straße durch die Riesenkerbe hochreiten und für einen Kampf bereit sein.«

10

SATYRENBLUT

Prinz Numitor stapfte ruhelos im Lager der Königstreuen umher. Die Kochfeuer brannten nieder, und die Soldaten hatten sich zur Nachtruhe zurückgezogen. Die Mondsichel zeigte sich bereits am Himmel und leistete den Sternen Gesellschaft, die wie Brillanten auf dem blauen Samtgewand einer Lady glitzerten. Im Westen, wo noch ein wenig Dämmerung herrschte, hob sich eine jagende Fledermaus vom Horizont ab, während über dem Lager das Flattern einer Nachtschwalbe in der Stille zu hören war.

Der Prinz ging an der Postenkette vorbei und schritt zum Rande der Schlucht, wo Thulandra Thuu seine magischen Hilfsmittel lagerte. Hinter Numitor verschmolz das Lager mit den nächtlichen Schatten des Waldes. Vor ihm senkte der Fels sich steil in die Tiefe, und links gähnte die schwarze Klamm, die allgemein Riesenkerbe genannt wurde.

Obgleich des Prinzen Ohren keinerlei Geräusche aus der Schlucht aufnahmen, störte ihn doch etwas an der Lage des Camps, aber es dauerte eine geraume Weile, bis er sich des Grundes für seine Unruhe bewußt wurde.

Nachdem er ein paar Pfeilschußlängen dahingeschritten war, sah er die züngelnden Flammen eines kleinen Feuers. Er eilte darauf zu. Thulandra Thuu wirkte in seinem schwarzen Kapuzenumhang wie ein unheilbringender Rabe, während er sich über das Feuer beugte, und Hsiao auf den Knien kurze Reisigstücke nachlegte. Ein metallenes Dreibein, von dem ein nicht sehr großer Messingtopf an einer Kette hing, stand darüber. An einer Seite drückte ein großer Kupferkessel das Gras nieder.

Als Numitor näherkam, entfernte der Zauberer sich ein wenig vom Feuer. Er fummelte in einem Lederbeutel und brachte schließlich ein winziges Kristallfläschchen zum Vorschein. Mit einer Beschwörung in einer dem Prinzen fremden Sprache, zog er den Stöpsel heraus und leerte den Inhalt in den Topf über dem Feuer. Der Prinz hörte ein plötzliches Zischen, dann stieg in allen Regenbogenfarben durchzogener Rauch aus dem Topf.

Thulandra Thuu schaute flüchtig auf den Prinzen, murmelte ein »Guten Abend, mein Lord« und griff erneut in den Lederbeutel.

»Meister Thulandra«, sagte Numitor.

»Mein Herr?« Der Zauberer hielt in seiner Suche inne.

»Ihr bestandet darauf, daß wir das Lager weit von der Schlucht entfernt errichten. Ich mache mir Gedanken über Eure Gründe. Sollten die Rebellen sich in die Klamm stehlen und die Straße heraufschleichen, könnten sie uns überfallen, ehe wir sie überhaupt bemerkten. Wäre es nicht besser, das Lager morgen an den Schluchtrand zu verlegen, von wo aus unsere Männer den Feind mit Geschossen eindecken können?«

Die Augen unter der Kapuze lagen in purpurner Finsternis, aber der Prinz bildete sich ein, daß sie in ihren Höhlen glühten wie die eines Raubtiers auf nächtlichem Beutezug. Thulandra sagte übertrieben sanft: »Mein Lord Prinz, wenn die Dämonen, die ich herbeibeschwöre, ihre Aufgabe erfüllen, würden sie Eure Männer, wären sie zu nahe, in Gefahr bringen. Mit der abschließenden Beschwörung beginne ich um Mitternacht, drei Stunden von jetzt an. Hsiao wird Euch rechtzeitig Bescheid geben, wenn ich Euch brauche.«

Der Hexer schüttete weiteres Pulver in den dampfenden Topf und rührte die Mischung mit einem dünnen Silberstab.

»Jetzt muß ich um Euer Verständnis bitten, mein guter Lord, und Euch ersuchen, ein wenig zurückzutreten, damit ich mein Pentagramm zeichnen kann.«

Hsiao reichte Thulandra Thuu den kunstvoll geschnitzten Holzstab, der dem Zauberer als Spazierstock diente, wenn er im Lager umherging. Während sein Diener weiter Reisig auf das niederbrennende Feuer gab, schritt der Hexer die genaue Entfernung davon ab und markierte die kahle Erde mit der Stockspitze. Leise vor sich hinmurmelnd zog er einen Kreis, ein Dutzend Schritte im Durchmesser, dann kratzte er darin den Drudenfuß in die Erde. Einem magischen Ritual folgend, ritzte er ein Symbol in jede Spitze des Pentagramms. Der Prinz verstand weder den fünfzakkigen Stern, noch die Zeichen darin, aber er hegte auch keinerlei Verlangen, sich von dem Zauberer in seine unheiligen Geheimnisse einweihen zu lassen.

Jetzt erhob sich Thulandra Thuu. Er stellte sich neben das Feuer, mit dem Rücken zum Abgrund. Er leierte ein Gebet oder eine Beschwörung in einer fremden Sprache. Dann wandte er sich nach Osten und wiederholte den Singsang und schließlich auch in die anderen Richtungen, bis er wieder an seinem Ausgangspunkt angelangt war. Numitor bemerkte, wie die Sterne zu verschwinden schienen, und sah formlose Schatten durch die klare Nachtluft flattern. Er hörte das unheimliche Schlagen unsichtbarer Schwingen. Schließlich drehte er sich um und stolperte zum Lager zurück, denn er hielt es für besser, nicht Zeuge weiterer dieser gespenstischen Vorbereitungen des Günstlings seines Vetters zu sein. Ehe er sich für einen kurzen Schlummer zurückzog, gab er seinen Hauptleuten den Befehl, ihre Männer eine Stunde vor Mitternacht aufzuwecken, damit den Anweisungen des Zauberers Folge geleistet werden mochte.

Drei Stunden später wandte Hsiao sich an einen Posten,

der einen Kameraden schickte, den schlafenden Prinzen zu wecken. Als Numitor sich auf den Weg zum Schluchtrand machte, wo der Hexer seinen Zauber vorbereitete, kam er an einer Kolonne Soldaten vorbei, die Thulandra Thuu sich ausgebeten hatte. Jeder der Bewaffneten hielt einen gefesselten Satyr. Ein Dutzend des kurzpelzigen Waldvolks wimmerte und heulte, als sie von den Wächtern in die Reihe gezerrt wurden.

Hsiao hatte das Feuer gut geschürt, und der Inhalt des Messingtopfs blubberte. Eine Wolke vielfarbigen Dampfes stieg aus ihm zum sternenhellen Himmel auf. Auf Thulandra Thuus barschen Befehl hin zog der vorderste Soldat der Kolonne seinen sich verzweifelt wehrenden Gefangenen zu dem Kupferkessel im Gras und zwang den Kopf der bedauernswerten Kreatur über den Rand des weiten Gefäßes. Während die Dunkelheit im Rhythmus einer unhörbaren Trommel pochte – oder war es das Herz des von Grauen erfüllten Soldaten? – schlitzte der Zauberer geschickt die Kehle des Fauns auf. Auf seinen Wink hob der Bewaffnete das Opfer an den Knöcheln hoch und ließ sein Blut in den Kessel fließen. Dann, ebenfalls auf einen leisen Befehl hin, warf er die kleine Leiche in den Abgrund.

Eine Pause setzte ein, während derer Thulandra seinem fürchterlichen Gebräu weitere Pulver zufügte und eine neue Beschwörung leierte. Schließlich winkte er den nächsten Soldaten in der Reihe heran, seinen Satyr zum Kessel zu bringen. Die anderen Soldaten scharrten unruhig mit den Füßen. Einer murmelte:

»Das dauert länger als eine Krönung. Ich wollte, er würde sich beeilen, damit wir uns wieder aufs Fell legen können.«

Der Himmel im Osten überzog sich bereits mit dem ersten Grau des Morgens, als der letzte Satyr starb. Das Feuer unter dem Messingtopf war zu schwelender Glut herabgebrannt. Hsiao löste den dampfenden Topf auf seines Gebieters Befehl hin von der Kette und leerte seinen sprudelnden Inhalt in den blutgefüllten Kessel. Die Soldaten, die ihm am nächsten waren, sahen gespenstische Gestalten aus diesem Kessel aufsteigen – oder glaubten zumindest, sie zu erblicken –, andere sahen lediglich wirbelnden Dampf. Aber in dem trügerischen Licht des frühen Morgens konnte keiner ganz sicher sein, was die Augen wirklich wahrnahmen.

Jene am Rand der Schlucht hörten aus weiter Ferne Marschschritte und das Klingeln von Geschirr und Waffen, die gegen Rüstungen rieben.

Thulandra Thuu hob schrill vor Anspannung die Stimme: »Mein Lord! Prinz Numitor! Befehlt Eure Männer zurück!«

Der Prinz, der im Stehen halb eingenickt war, fuhr erschrocken hoch und gab den Befehl, ins Lager zurückzukehren.

Die Geräusche einer sich nähernden Armee schwollen an. Der Zauberer hob die Arme und rezitierte Beschwörungen. Hsiao reichte ihm eine Kelle, mit der er etwas der Flüssigkeit aus dem Kessel schöpfte und sie in einen tiefen Spalt im Felsen goß. Dann trat Thulandra Thuu zurück, hob heischend die Arme zum blitzzerrissenen Himmel und rief etwas in einer fremden Sprache. Danach schöpfte er weitere Kellen voll aus dem Kessel.

Auf der Straße von Culario, ehe dieses sandige Band unter einem Laubdach verschwand, konnte der Zauberer zwei Berittene sehen. Sie trotteten auf die Riesenkerbe zu und während sie es taten, studierten sie die Felswand und die Wälder unterhalb. Dann kam eine Schwadron Kavallerie in Sicht, der lange Reihen von Fußsoldaten, mit ihren Waffen auf den Schultern, folgten.

Thulandra Thuu schöpfte hastig weitere Flüssigkeit aus

dem Kessel und hob erneut die knochigen Arme zum Himmel.

Conan, der vor der ersten Reihe Kavallerie ritt, richtete sich in den Steigbügeln auf und schaute sich um. Seine Kundschafter hatten keine Königstreuen im Buschwerk entlang der Straße durch den Wald entdeckt, auch keine in der Riesenkerbe erspäht, noch oben auf den hohen Felsen. Die scharfen Adleraugen des Cimmeriers studierten den oberen Schluchtrand, der jetzt von den ersten Sonnenstrahlen rosig getönt wurde. Die Befürchtung, daß sich irgendwo eine Falle befinden mußte, wuchs schon fast zur Gewißheit in ihm. Prinz Numitor war kein strategisches Genie, dessen war er sich gewiß, aber selbst jemand wie er würde doch Vorbereitungen treffen, die Klamm zu verteidigen.

Aber er bemerkte nirgends Anzeichen von Königstreuen. Würde Numitor den Rebellen tatsächlich gestatten, die Imirianische Höhe ungehindert zu erreichen, um der Gleichheit der Kräfte willen? Conan wußte, daß die Edlen dieses Landes sich an die Regeln der Ritterlichkeit hielten, aber in all den Jahren seiner Kriegserfahrung hatte noch kein General seine sichere Siegeschance nur um eines solch abstrakten Prinzips willen aufs Spiel gesetzt. Nein, der Feind hatte die Oberhand. Irgendwo harrte ihrer eine Falle. Der Cimmerier kannte die Scheinheiligkeit der Menschen der Zivilisation nur zu gut, und so war seine Skepsis verständlich, was ihre Ideale betraf, die sie so lautstark priesen. Die Barbaren, unter denen er aufgewachsen war, waren bestimmt nicht weniger falsch, aber zumindest versuchten sie gar nicht erst, ihre Greueltaten mit hehren Worten zu beschönigen.

Ein Kundschafter meldete eine seltsame Entdeckung. Am Fuß der Felswand, links von der Riesenkerbe, war er auf einen ganzen Haufen Satyrleichen gestoßen, denen sämtlich die Kehle aufgeschlitzt worden waren. Die kleinen Körper,

alle zerschmettert und verstreut, mußten von oben heruntergeworfen worden sein.

»Die Zauberopfer!« murmelte Trocero. »Ich möchte wetten, daß sich des Königs Hexer Numitor angeschlossen hat.«

Als die beiden vorausreitenden Männer sich der Kerbe näherten, trieben sie ihre Pferde an und verschwanden die Straße hoch, die parallel mit dem angeschwollenen Bitaxa verlief. Bald darauf zeigten sie sich auf einem breiten Felssims und gaben das Zeichen, daß nichts Auffälliges zu bemerken war. Wieder studierte Conan den oberen Schluchtrand. Ihm war als hätte er flüchtig eine Bewegung gesehen – nichts weiter als einen schwarzen Punkt. Aber das mochte ein Streich gewesen sein, den das Licht oder seine ermüdeten Augen ihm gespielt hatten. Er drehte sich um und bedeutete dem Führer des Trupps, Hauptmann Morenus, in die Klamm zu reiten.

Conan blieb am Straßenrand auf seinem Pferd sitzen und sah sich weiter wachsam um. Als die Kavallerie an ihm vorüberritt, schwoll seine Brust bei dem soldatischen Anblick, der seinem unnachgiebigen Drill zu verdanken war. Sein eigenes Roß, ein Fuchswallach, war ungewöhnlich nervös. Er stampfte fast unentwegt und tänzelte seitwärts. Conan streichelte des Tieres Nacken, aber das Pferd ließ sich nicht beruhigen. Anfangs hatte Conan gedacht, es sei nur ungeduldig, weil es sich den anderen Reitern anschließen wollte, aber als es immer unruhiger wurde, beschlich Conan ein ungutes Gefühl.

Nach einem neuerlichen Blick auf die Klamm schwang der Cimmerier sich mit gerunzelter Stirn aus dem Sattel und landete mit klirrender Rüstung auf dem Boden. Er faßte die Zügel und schloß die Augen. Seine Barbarensinne, die bedeutend schärfer waren als die der in den Städten aufgewachsenen Menschen, hatten ihn nicht getrogen. Er spürte durch die Stiefelsohlen ein schwaches Zittern der Erde. Es war nicht die Vibration, wie eine Schar galoppierender Reiter sie verursachen würde, sondern etwas Langsameres, eine eigene selbständige Bewegung, als wäre die Erde erwacht und gähnte und streckte sich.

Conan zögerte nicht länger. Er hielt die Hände als Trichter an die Lippen und brüllte aus voller Lunge: »Morenus, schnell, zurück! Raus aus der Klamm! Beeilt euch, alle!«

Einen Augenblick lang herrschte Verwirrung in der Schlucht, während der Befehl weitergegeben wurde und die Soldaten sich bemühten, ihre Pferde auf der schmalen Felsenstraße zu wenden. Über ihnen, am Rand der Schlucht, kreischte der Zauberer eine abschließende Beschwörungsformel und schlug mit seinem seltsamen Stab auf den Stein außerhalb des Drudenfußes.

Ein leises Rumpeln, das noch kaum zu hören war, klang aus der Erde. Die Felswände über den sich zurückziehenden Reitern begannen zu schwanken. Basaltbrocken lösten sich und rollten, mit trügerischer Langsamkeit zuerst, dann immer schneller. Sie prallten gegen die Felswand und zerschmetterten in der Klamm. Das Wasser des Bitaxa spritzte hoch und machte in seinem ebenen Lauf fast einem Wasserfall Konkurrenz.

Nur mit Mühe gelang es Conan, die Steigbügel zu finden, als sein panikerfülltes Pferd sich aufbäumte und herumtänzelte. Endlich saß er im Sattel und drehte sich den Infanteriekolonnen zu, die immer noch auf die Riesenkerbe zumarschierten.

»Zurück! Zurück!« donnerte er, aber das Poltern und Donnern der Lawinen und des Erdbebens verschluckten seine Worte. Er lenkte den Wallach in den Weg der vordersten Reihe der Marschierenden. Die Männer verstanden seine verzweifelten Gebärden, aber die hinteren fuhren fort, nach vorn zu drängen, so daß die ganze Kolonne sich ineinander verkeilte.

Innerhalb der Klamm schwankten die Felsen. Sie neigten sich und zerfielen. Mit dem Donnern eines erzürnten Gottes stürzten Millionen von Tonnen Gestein in die schmale Schlucht. Die Erde unter den Füßen der Soldaten wankte und bewegte sich so stark, daß die Männer sich aneinanderklammerten, um nicht zu fallen. Trotzdem verloren manche ihr Gleichgewicht und stürzten mit klirrenden Waffen zu Boden.

Von Panik getrieben brauste Conans Kavallerie heraus aus der einstürzenden Klamm. Die vordersten rasten in die Infanterie. Einige Pferde stürzten, ihre Reiter landeten entweder auf dem harten Felsboden oder auf den Leibern der niedergerittenen Fußsoldaten. Männer schrien und brüllten, Pferde wieherten, und die bebende Erde grollte mit dem Poltern und Krachen der immer noch fallenden Gesteinsmassen.

Der Bitaxa quoll, durch das Geröll aufgewühlt, aus seinem Bett. Er überflutete die Ebene unterhalb der Klamm und spülte über die Straße. Die Soldaten standen knöcheltief im Wasser und beteten zu allen möglichen Göttern.

Mit festem Zügelgriff behielt Conan die Kontrolle über sein Pferd und versuchte, die Ordnung wiederherzustellen. »Morenus!« brüllte er. »Sind alle Eure Männer herausgekommen?«

»Mit Ausnahme etwa einem Dutzend der Vorhut, General.«

Conan starrte finster auf die Klamm und fluchte über den Verlust der guten Männer. Eine riesige Staubwolke verbarg die Schlucht, bis der Wind aufkam und sie vertrieb. Als die Sicht wieder klarer war, sah der Cimmerier, daß die Riesenkerbe nun viel breiter war als zuvor, und die Wände wirkten nicht mehr ganz so steil. Ab und zu noch löste sich eine Lawine aus den jetzt schrägen Hängen und polterte hinunter auf das angesammelte Geröll. Wen es dort auch erwischt hatte, er würde für immer unter den Gesteinsmassen begraben bleiben.

Ein winziges Stück der linken Felswand war erstaunlicherweise unberührt geblieben. Es hob sich nun wie ein schmaler Pfeiler aus dem Plateau heraus. Auf diesem seltsamen Gebilde sah Conan zwei kleine Gestalten in schwarzen Kapuzenumhängen. Eine hob die Arme hoch, wie um die Götter oder Dämonen anzuflehen.

»Das ist Thulandra Thuu, der Zauberer des Königs, ganz sicher«, sagte eine Stimme in Conans Nähe, »oder ich will ein Stygier sein!«

Conan drehte sich um und bemerkte, daß Gromel dicht bei ihm stand. »Glaubt Ihr, er hat dieses Erdbeben ausgelöst?«

»Ganz bestimmt. Und wenn er gewartet hätte, bis wir uns alle in der Klamm befanden, wären wir jetzt ohne Ausnahme erledigt. Er ist zu weit entfernt, daß ein Pfeil ihn treffen könnte, aber bei den Göttern, hätte ich einen Bogen, ich würde es trotzdem versuchen.«

Ein Schütze hörte ihn. Er gab dem Offizier seinen Bogen und sagte: »Seht, ob Ihr mit meinem etwas ausrichten könnt, Sir.«

Gromel saß ab, legte einen Pfeil an die Sehne, zielte und schoß. Der Pfeil flog hoch und prallte ein Dutzend Schritt unterhalb des oberen Randes gegen den Felsen. Die kleinen Gestalten verschwanden.

»Ein guter Versuch«, brummte Conan. »Wir hätten einen Werfer aufstellen sollen. Gromel, es gibt gewiß mehr als genug gebrochene Knochen, die geschient werden müssen. Kümmert Euch darum, daß die Heiler genügend Helfer haben.«

Mit zusammengezogenen Brauen starrte Conan auf das Geröllfeld. Seine barbarischen Instinkte rieten ihm, seine Männer zu sammeln, die Kavallerie absitzen zu lassen und sie alle mit blanker Klinge von Fels zu Fels springend, die Hänge hochstürmen zu lassen. Doch die Erfahrung warnte ihn. Er würde nur kostbare Menschenleben aufs Spiel setzen und nicht viel erreichen, denn sie kämen nur langsam und mühsam voran, und während sie sich die Wand hochkämpften, konnte man sie von oben mit Pfeilhagel eindecken. Wer wirklich oben ankam, wäre zu erschöpft, sich in den Kampf zu stürzen.

Er schaute sich um. »He, Trocero! Prospero! Morenus, schickt einen Mann, um Publius und Pallantides hierher zu holen. Nun, Freunde, was meint ihr, sollen wir als nächstes unternehmen?«

Graf Trocero lenkte sein Pferd dichter an Conans und studierte die ungeheuren Gesteinsmassen. »Unmöglich können die Reiter die Hänge bezwingen. Zu Fuß wäre es langsam und mühsam zu schaffen, aber auch nur, wenn Numitor nicht von oben angreift, und der Hexer sich nicht einen weiteren Zauber einfallen läßt. Die Wagen müßten wir auf jeden Fall zurücklassen.«

»Könnten wir vielleicht eine eigene Straße bauen, ähnlich dem Simsweg, der nun unter dem Geröll liegt?« fragte Prospero.

Trocero brauchte nur kurz zu überlegen. »Mit tausend Arbeitern, ausreichenden Mitteln könnte ich in wenigen Monaten eine Straße erstellen, wie Ihr sie Euch schöner gar nicht wünschen könntet.«

»Aber wir haben weder die Zeit noch das Geld dafür«, brummte Conan. »Wenn wir nicht durch die Kerbe kommen, müssen wir eben darüber, darunter oder um sie herum. Befehlt den Männern, sich etwa zwei Meilen auf der Straße zurückzuziehen und unter den Bäumen zu kampieren.«

Im Lager der Königstruppen erwartete den Zauberer ein wütender Prinz. Der erschöpfte Thulandra Thuu wirkte älter, und er mußte sich an Hsiaos starke Schulter stützen. Der Felsrand, wo er sein Pentagramm gezeichnet hatte, war nicht mit dem Rest der Wand eingebrochen, und so hatte er ohne Schwierigkeiten auf dem schmalen Stück in die Sicherheit des Plateaus zurückkehren können.

»Ihr Dummkopf von einem Hexer!« raste Numitor. »Wenn Ihr schon zu Magie greifen mußtet, hättet Ihr zumindest warten sollen, bis die Rebellen samt und sonders in der Kerbe steckten. So hätten wir sie alle vernichten können. Jetzt sind sie ohne größere Verluste geflohen.«

»Ihr versteht nichts von diesen Dingen, Prinz«, erwiderte Thulandra kalt. »Ich wartete mit dem letzten Schritt des Zaubers, bis ich bemerkte, daß etwas – oder jemand – den Rebellenführer vor der Falle gewarnt hatte, und die Vorhut zu fliehen begann. Hätte ich noch länger gezaudert, wären sie völlig ungeschoren davongekommen. Auf jeden Fall ist die Klamm jetzt blockiert. Die Rebellen müssen entweder ostwärts zum Khorotas marschieren, oder westlich zum Alimane, denn sie können jetzt die Höhe nicht bezwingen.

Aber jetzt entschuldigt mich. Die Beschwörung hat mir viel Kraft entzogen, und ich muß mich ausruhen.«

»Ich habe nie viel von einem Wunderwirker gehalten«, brummte Numitor, während er sich abwandte.

In ihrem Waldlager beugten sich Conan und seine Offiziere an diesem Abend über eine Karte. »Um das Plateau zu umgehen«, sagte Conan, »müssen wir in die Ortschaft Pedassa zurückkehren, wo die Straße sich zu den beiden Flüssen gabelt. Aber das ist ein langer Marsch.«

»Wenn es nur in der langen Felswand unbekannte Klüfte gäbe«, sagte Prospero, »könnten wir uns vielleicht unbemerkt an Numitor heranstehlen und ihn überfallen.«

Conan runzelte die Stirn. »Auf dieser Karte sind keine weiteren Pässe, außer der Riesenkerbe eingezeichnet. Aber ich lernte aus Erfahrung, daß auf Kartenzeichner nicht immer Verlaß ist. Man kann schon von Glück reden, wenn sie die Flußläufe richtig eintragen. Trocero, wißt Ihr denn keine andere Route?«

Der Graf schüttelte den Kopf. »Nein.«

»Aber es müßte doch außer dem Bitaxa sonst noch Flüsse geben, die sich ihr Bett durch den Fels gegraben haben!«

Trocero zuckte nur die Achseln. Pallantides betrat das Zelt und meldete. »Verzeiht die Störung, General. Zwei Männer aus Serdicus' Kompanie sind desertiert.«

Conan schnaubte verächtlich. »Jedesmal wenn wir einen Sieg erringen, begehen Soldaten aus dem Königslager Fahnenflucht und kommen zu uns, und immer, wenn wir Pech haben, laufen einige unserer Rebellen zu den Königstreuen über. Es ist wie ein Glücksspiel. Schickt Kundschafter nach ihnen aus und henkt sie, wenn Ihr sie faßt, aber macht es nicht öffentlich. Und nun zu etwas anderem: Laßt gute Waldläufer und Bergsteiger die Felswand in beide Richtungen, je etwa vier Meilen weit, nach einem möglichen Weg nach oben absuchen! Das wär's. Meine Freunde, laßt mich jetzt allein, damit ich in aller Ruhe alles eingehend überlegen kann!«

Conan saß neben seinem Feldbett brütend über einer Kanne Bier. Immer wieder studierte er die Karte und zerbrach sich verzweifelt den Kopf nach einer Möglichkeit, auf die Hochebene zu kommen.

Abwesend spielte er mit dem halbrunden Obsidianstück, das zwischen den prallen Brüsten der Tänzerin Alcina gehangen hatte und dessen Kette nun eng um seinen mächtigen Hals lag. Er starrte auf das Amulett, oder was immer es war, und dachte, wie recht sein Freund Trocero doch mit seinem Verdacht gehabt hatte, daß sie den Tod des alten Amulius' herbeigeführt hatte.

Allmählich fügte sich Stück um Stück des Puzzles zusammen. Alcina war entweder vom königlichen Leiter des Geheimdiensts oder dem königlichen Zauberer geschickt worden, um ihn, Conan zu töten. Und später war es ihr gelungen, General Procas zu ermorden. Warum den tüchtigen Oberbefehlshaber? Weil Procas, nachdem Conan unter der Erde ruhte, nicht mehr benötigt wurde, den wahnsinnigen König von Aquilonien zu beschützen. Also hatte weder sie noch ihr Gebieter zum Zeitpunkt von Procas' Tod gewußt, daß Conan sich von dem Mordanschlag erholt hatte.

Ich werde wohl in Zukunft ein wenig vorsichtiger sein müssen, wenn ich mir meine Bettgefährtinnen aussuche, dachte der Cimmerier nicht ohne Bitterkeit. Aber warum mußte Procas sterben? Weil Alcinas Auftraggeber, wer immer er auch war, den Alten aus dem Weg haben wollte. Dieser Gedanke führte Conan zu Thulandra Thuu, denn die Rivalität zwischen dem Zauberer und dem General um die Gunst des Königs war allgemein bekannt.

Conan umklammerte den schwarzen Talisman, als ihm diese Einsicht kam. Und während er es tat, wurde er sich etwas sehr Seltsamem bewußt. Er hatte das merkwürdige Gefühl, als führten Stimmen ein Zwiegespräch in seinem Kopf.

Eine schattenhafte Form nahm vor seinen Augen Gestalt an. Als Conan die Schultern straffte, um nach seinem Schwert zu greifen, verdichtete sich das Bild, und er sah eine Frau auf einem schwarzen Schmiedeeisenthron sitzen. Diese Vision war in bestimmtem Grad durchschimmernd – er konnte schwach die Zeltwand hinter dem Bild sehen – und zu verschwommen, um die Züge der Frau zu erkennen. Aber in dem schattenhaften Gesicht brannten smaragdgrüne Augen.

Jeder Nerv in Conan schien zu kribbeln, als er die Gestalt beobachtete, und den Stimmen lauschte. Eine war die tiefe, klangvolle Stimme einer Frau, und mit den Worten bewegten sich die Lippen der Schattengestalt. Es war zweifellos Alcinas Stimme, aber sie schien sich nicht bewußt zu sein, daß Conan sie sah und hörte.

Die andere Stimme klang metallisch, ohne Regung, und sie sprach Aquilonisch mit einem leichten Zischen. Conan hatte nie ein Wort mit Thulandra Thuu gewechselt, obgleich er den Zauberer hin und wieder, wenn er, Conan, in seiner Eigenschaft als General des Königs an den Hof beordert worden war, von weitem im Thronsaal gesehen hatte. Aber der Cimmerier fand, daß die Stimme zu seinem Aussehen paßte. Sie fuhr gerade fort:

»... weiß nicht, wer meinen Plan verriet, aber irgend jemand muß den Rebellenhäuptling gewarnt haben.«

Alcina erwiderte: »Vielleicht nicht, Meister. Das Barbarenschwein hat viel schärfere Sinne als ein normaler Mensch. Er hat den bevorstehenden Kataklysmus möglicherweise durch eine Luftbewegung über dem Boden gespürt. Was beabsichtigt Ihr jetzt zu tun?«

»Es bleibt mir nichts übrig, als hierzubleiben und aufzupassen, daß dieser Einfaltspinsel Numitor nicht irgendeine Dummheit begeht, ehe Graf Ulric eintrifft. Die Sterne sagen mir, daß er in drei Tagen hier sein wird. Aber ich bin so müde. Die Erdgeister herbeizubeschwören hat mich entkräftet. Ich kann keine weiteren Zauber wirken, ehe ich nicht meine physische Kraft zurückgewonnen habe.«

»Dann flehe ich Euch an, kehrt gleich zurück«, drängte Alcina. »Ulric wird zweifellos eintreffen, ehe die Rebellen einen Weg auf die Imirianische Höhe finden, und ich brauche Euren Schutz.«

»Schutz? Wieso?«

»Seine wahnsinnige Majestät, der König, wird immer zudringlicher in seiner Aufforderung, an seinen gräßlichen Vergnügungen teilzunehmen. Ich habe Angst.«

»Wozu drängt dieser wandelnde Kothaufen Euch denn?«

»Sein Verlangen übersteigt jegliche Beschreibung, Meister. Auf Euren Befehl habe ich mit Männern gelegen und andere getötet. Aber das, worauf er aus, ist werde ich nicht tun!«

»Set und Kali!« fluchte die Männerstimme. »Wenn ich mit Numedides fertig bin, wird er wünschen, er wäre in der Hölle. Ich breche gleich am Morgen nach Tarantia auf.«

»Habt gut acht, daß Ihr unterwegs nicht den Rebellen in die Hände fallt! Größere Meuten von Aufrührern wurden entlang der Straße der Könige gemeldet, und das Barbarenschwein ist imstande, einen schnellen Raubzug in königtreues Gebiet zu machen. Er ist als Gegner nicht zu unterschätzen.«

Die Männerstimme klang leicht amüsiert. »Macht Euch meinetwegen keine unnötigen Sorgen, meine teure Alcina. Selbst in meinem gegenwärtigen entkräfteten Zustand kann ich immer noch mit meinen ungewöhnlichen Fähigkeiten jeden Sterblichen töten, der sich mir in den Weg stellt. Und jetzt, lebt wohl!«

Die Stimmen verklangen, und das Bild verschwand. Conan schüttelte sich, als erwache er aus einem sehr lebhaften Traum. Wenn Thulandra Thuu die Hochebene verließ und Ulric noch nicht eingetroffen war, hatte er eine gute Chance, Numitors Armee zu überfallen und zu schlagen – wenn er nur das Plateau erreichen könnte, ehe es zu spät war.

Er brauchte frische Luft, um einen klaren Kopf zu bekommen, also erhob er sich. Im anschließenden Zeltteil waren die Leibwächter, die Prospero zu seinem Schutz eingeteilt hatte, so in ein Spiel vertieft, daß sie nicht einmal aufblickten, als Conan lautlos wie ein Schatten an ihnen vorbeiglitt.

Die Wachen vor dem Zelt, die an seine nächtlichen Ausflüge gewöhnt waren, nahmen an, daß er im Lager nach dem Rechten sehen wollte. Sie salutierten. Er wanderte weiter zum Rand des Lagers und von dort hinein in den nächtlichen Wald. Unwillkürlich grinste der Cimmerier, als er an Prospero dachte. Der Gute würde sehr erzürnt sein, weil er seinen Leibwächtern wieder einmal entschlüpft war.

Er fummelte in seinem Lederbeutel nach dem Beinpfeifchen, das Gola ihm gegeben hatte. Er holte es heraus und befingerte es. Der Satyr hatte gesagt, wenn er je Hilfe von dem Waldvölkchen wollte, brauchte er nur darauf zu blasen. Achselzuckend hielt er das winzige Pfeifchen an die Lippen und blies. Nichts geschah. Daraufhin versuchte er es ein wenig stärker.

Vielleicht hatten die restlichen Satyre sich aus dieser Gegend zurückgezogen, wo man ihnen so übel mitgespielt hatte. Doch selbst wenn sie den Ruf hörten, brauchten sie Zeit, zu ihm zu kommen. Conan blieb reglos stehen und wartete mit der wachsamen Geduld eines Panthers, der einer Beute auflauert. Er lauschte dem Summen und Zirpen der Insekten und dem Rascheln der Blätter, wenn der Wind mit ihnen spielte. Hin und wieder setzte er das Pfeifchen erneut an die Lippen und blies wieder.

Endlich spürte er eine Bewegung in den Büschen.

»Wer du, der bläst Satyrpfeife?« fragte eine helle, hohe Stimme auf Aquilonisch.

»Gola?«

»Nein. Ich Zudik, Häuptling.« Das Buschwerk wurde geteilt. »Wer du?«

»Ich bin Conan, der Cimmerier. Kennst du Gola?« Conan, dessen Augen sich an die Dunkelheit gewöhnt hatten, sah, daß die hohe Stimme zu einem gebückten, offenbar sehr alten Satyr gehörte, dessen Pelz mit viel Silber durchzogen war.

»Ja«, erwiderte der Oberfaun. »Er von dir erzählt. Du ihn und vier andere retten. Was wollen?«

»Eure Hilfe, um die Männer auf der Hochebene zu schlagen.«

»Wie Zudik großen Mann wie du helfen?«

»Wir brauchen einen Weg zum Plateau«, sagte Conan, »nun, da die Riesenkerbe mit Geröll verstopft ist. Kennt ihr einen anderen Weg?«

Das Insektenzirpen klang wie ein fröhliches Lied in der nächtlichen Stille. Zudik antwortete bedächtig. »Kleiner Pfad dort!« Er deutete ostwärts.

»Wie weit?«

Der Satyr antwortete in seiner eigenen Sprache, die wie das Krächzen von Krähen klang.

Verwirrt fragte der Cimmerier: »Würden wir es in einem Tagesmarsch schaffen?«

»Marschieren schnell, können schaffen.«

»Wirst du uns den Weg weisen?«

»Ja. Ich bereit, ehe Sonne aufgeht.«

Später suchte Conan Publius auf und sagte: »Wir brechen bei Morgengrauen zu einem Pfad auf, der zum Plateau hochführt. Das jedenfalls versicherte mir ein Faun. Aber die Wagen können wir nicht mitnehmen. Bringt Ihr sie nach Pedassa zurück und folgt von dort der Straße zum Khorotas. Wenn wir uns Euch auf der Straße anschließen, dann wißt Ihr, daß wir Numitor geschlagen haben; wenn nicht ...« – Conan zog einen Finger um seine Kehle – »zieht Ihr allein weiter.«

Die zweite Kluft im Massiv war viel schmaler als die Riesenkerbe. Von unten war sie überhaupt nicht zu sehen, da üppiges Grün und überhängende Felsen sie verbargen. Die Reiter führten ihre Pferde über den Bach, der am Fuß der Klamm gluckerte, und den felsigen Weg hoch. Immer wieder hielt ein Pferd, das sich vor den engen Klammwänden fürchtete, die anderen auf, während es verstört wieherte, die Augen rollte und sich aufbäumte.

Die Männer, die hintereinander stapften, hatten weniger Schwierigkeiten als die Rosse, sich hindurchzuzwängen, aber als angenehm empfanden auch sie diesen Weg nicht. Beim Einbruch der Dämmerung, die den Pfad noch dunkler und gespenstischer erscheinen ließ, riet Conan den Männern, sich jeweils an ihrem Vordermann festzuhalten und nicht loszulassen. Als der neue Morgen graute, waren alle durch die Klamm.

Während der Rast nach dem Gewaltmarsch und der anstrengenden Klettertour schickte Conan Späher aus, die Numitors Position erkunden sollten. Nach ihrer Rückkehr meldete der Truppführer:

»Numitor hat sein altes Lager abgebrochen und sich gut zehn Meilen weiter entlang der Straße zurückgezogen. Seine Männer haben das neue Lager im Wald aufgeschlagen und direkt über der Straße.«

Conan blickte seine Offiziere fragend an. Pallantides sagte erstaunt: »Was soll das denn nun wieder? Selbst wenn es stimmt, daß Numitor nicht übermäßig klug ist, habe ich noch nie gehört, daß er ein Feigling ist.«

»Ich würde eher sagen«, warf Trocero ein, »er erfuhr, daß wir einen Weg das Massiv hoch gefunden haben und befürchtete, wir würden ihn zum Abgrund drängen.«

»Der Zauberer könnte ihn gewarnt haben«, meinte Prospero.

»Das ist nicht alles, General«, fuhr der Kundschafter fort. »Vier weitere Regimenter sind zur Verstärkung des Feindes eingetroffen. Wir erkannten ihre Standarten.«

Conan brummte: »Numitor hat alles Militär von der Westermark zurückgezogen und überläßt die Verteidigung gegen die Pikten der einheimischen Miliz. Also sind wir zahlenmäßig wieder einmal unterlegen – und die Königlichen Grenzer sind ausgezeichnete Krieger. Ich habe mit ihnen gekämpft und weiß es.« Er machte eine kurze Pause, dann fügte er hinzu: »Freunde, der Satyr Gola erwähnte etwas über die Verwendung von Pfeifen gegen Feinde. Was glaubt ihr, meinte er damit?«

Keiner wußte es. Schließlich murmelte der Cimmerier. »Dann werde ich mich wohl wieder mit dem kleinen Volk in Verbindung setzen müssen.«

Als die Abenddämmerung einen grauen Schleier entlang des Wildbaches zog, kletterte Conan den Pfad hinab, den seine Männer so mühsam erklommen hatten. Allein stand er in der allesumhüllenden Dunkelheit des Brocellianischen Forstes und lauschte vergebens nach leisen Schritten. Er blies die Pfeife, und wieder, wie schon einmal, wartete er geduldig unter einem alten Baum. Er war sehr erleichtert, daß wieder Zudik seinem Ruf Folge leistete. Auf seine Frage antwortete der Häuptling der Satyre:

»Ja, wir benutzen Pfeifen. Lasse deine Männer Ohren stopfen!«

»Unsere Ohren verstopfen?« wunderte sich der Cimmerier.

»Ja. Nehmt Bienenwachs, Stoff, Lehm – damit nicht hören. Dann wir euch helfen können.«

Numitors Grenzer kampierten in Halbmondformation quer über die Straße nach Tarantia. Der Prinz hatte sich ganz offensichtlich auf die Verteidigung eingerichtet, bis Graf Ulric kam. Seine Männer hoben Gräben aus und schützten sie mit einer Art Palisade. Wegen des dichten Baumbestands konnten die Rebellen die langen Reihen der Königstreuen nicht umgehen.

So lautlos wie möglich zerstreute die Befreiungsarmee sich vor dem Halbmond und verbarg sich zwischen und hinter dem allgegenwärtigen Buschwerk. Aber als ein Feindposten eine Bewegung zwischen dem Unterholz bemerkte, schlug er Alarm. Numitors Männer ließen ihre Spaten fallen, griffen nach ihren Waffen und gingen in Stellung.

Conan winkte seinen Adjutanten zu, die sich, wie alle anderen, die Ohren verstopft hatten, und bedeutete ihnen, den Bogenschützen das Signal zum Beschuß zu geben. Gleich darauf zerriß das Singen der Sehnen und das Schwirren der Pfeile die Luft. Aber Conans Leute hörten nichts.

Die königlichen Verteidiger dagegen vernahmen einen schrecklichen Laut, der ihnen schier das Blut in den Adern stocken ließ – ein schrilles, auf und ab klingendes, unirdisches Pfeifen war es. Es drang aus dem Nichts überall hin. Die Männer hatten das scheußliche Gefühl, als schmerze sie jeder einzelne Zahn, und es versetzte sie in eine seltsame, unverständliche Panik. Numitors Soldaten ließen ihre Waffen fallen und preßten die Hände an den Kopf, der ihnen zu bersten drohte. Einige brachen in hysterisches Gelächter aus, andere in unstillbares Schluchzen.

Je näher das Pfeifen kam, desto schlimmer wurde das Gefühl des unabwendbaren Verhängnisses, bis es schließlich ihre Seelen überflutete. Der Drang davonzulaufen, den sie anfangs mannhaft unterdrückt hatten, gewann die Oberhand über ihre langjährige Disziplin und Kampferfahrung. Hier und da sprang ein Soldat von seiner Stellung in den vorderen Linien auf und rannte, wie ein Besessener schreiend, zurück zur Reserve. Immer mehr taten es ihnen gleich, bis die vordersten Linien sich zu einer heulenden Masse panikerfüllter Flüchtlinge auflöste, die selbst nicht wußten, wovor sie überhaupt flohen. Als auch die Flanken nicht mehr besetzt waren, bewegten sich die unsichtbaren Pfeifer dem Zentrum zu, bis auch das sich auflöste. Troceros Kavallerie verfolgte jetzt die Fliehenden, tötete einige und nahm andere gefangen.

»Jedenfalls«, sagte Conan erfreut, als er das verlassene Lager der Königstreuen betrachtete, »haben sie uns genug Ausrüstung zurückgelassen, daß wir noch einmal so viele Männer rekrutieren können, wie wir schon sind.«

»Das war ein leichter Sieg!« freute sich Prospero.

»Zu leicht«, erwiderte Conan grimmig. »Ein leichter Sieg ist häufig so falsch wie das Lächeln eines Höflings. Ich werde erst sagen, daß der Weg nach Tarantia frei ist, wenn ich die Stadtmauern vor mir sehe, aber nicht eher.«

11

DER SCHLÜSSEL ZUR STADT

Die Befreiungsarmee marschierte ohne aufgehalten zu werden durch das freundliche Land, wo Poitains große Herden edler Pferde und fleischiger Rinder auf den saftigen Weiden grasten, und wo prächtige Burgen ihre zinnenbewehrten Türme rot, purpurn und golden in den Himmel streckten. Die Rebellenarmee folgte den Serpentinenwegen über Bergkuppen mit saftigem Grün, und erreichte schließlich die Grenze zwischen Poitain und den Zentralprovinzen von Aquilonien.

Aber während Conan hoch zu Roß auf einer Böschung saß und seine Soldaten vorbeireiten und -marschieren ließ, war seine Miene ernst, ja düster. Denn obgleich Numitors Grenzer wie Laub im Herbstwind verstreut waren, griff ein neuer Feind seine Armee an, gegen den er sich nicht wehren konnte. Eine Krankheit war es, eine Seuche, die scharlachrote Flecken hervorrief, verbunden mit Schüttelfrost und Fieber. Sie breitete sich immer schneller aus, und mehr Soldaten fielen ihr zum Opfer als einem übermächtigen Feind in einer Schlacht. Viele Männer mußten bettlägrig in den Ortschaften auf dem Weg zurückgelassen werden; viele, die sich vor der schrecklichen Seuche fürchteten, desertierten; und noch mehr starben daran.

»Wie hoch ist unsere Zahl jetzt?« fragte Conan eines Abends Publius, als die Armee sich dem Grenzort Elymia näherte.

Der frühere Reichskämmerer studierte seine Listen. »Ungefähr achttausend, die etwa tausend Kranken mitgerechnet, die sich auf den Füßen halten können.«

»Crom! Wir waren zehntausend, als wir den Alimane überquerten und viele hunderte schlossen sich uns seither an. Was ist aus ihnen geworden?«

»Einige sehen alles in einem rosigen Licht und kommen zu uns wie der Bräutigam zur Braut, aber wenn sie sich schwitzend abplagen und ein paar Dutzend Meilen, oder auch weniger, vom heimischen Herd entfernt sind, überlegen sie es sich anders, um so mehr, wenn sie sich Sorgen um ihre Familien machen und die Ernte, die bald eingebracht werden muß.«

»Und diese Fleckenkrankheit hat Tausende befallen«, fügte Dexitheus hinzu. »Ich und die Heiler unter mir versuchten jegliches Kraut und jedes Mittel ohne den geringsten Erfolg. Mir scheint, daß Magie im Spiel ist. Oder das Schicksal meint es nicht mehr gut mit uns.«

Conan unterdrückte eine abfällige Bemerkung. Nach dem Erdbeben wagte er es nicht mehr, die beachtlichen Zauberkräfte seines Feindes, noch die launische Grausamkeit der Götter zu unterschätzen.

»Wenn wir die Satyre hätten überreden können, mit uns zu kommen und ihre Pfeifen mitzunehmen, wäre unsere Zahl von geringerer Bedeutung«, meinte Prospero.

»Aber sie wollten ihr Zuhause im Brocellianischen Forst nicht verlassen«, brummte Conan.

»Ihr hättet den alten Zudik als Geisel nehmen und sie zwingen können.«

»Das ist nicht meine Art«, knurrte der Cimmerier. »Zudik hat sich als Freund in der Not erwiesen. Ich würde nichts tun, was ihn kränken könnte.«

Trocero lächelte sanft. »Wart nicht Ihr derjenige, der Prinz Numitors hohe Ideale verächtlich abtat?«

»Bei Wilden hat der Häuptling nicht übermäßig viel zu

sagen. Ich lebte unter ihnen und machte mehrfach diese Erfahrung. Außerdem bezweifle ich, daß die Kleinen, selbst wenn sie ihren Oberfaun liebten und um sein Wohlergehen besorgt wären, ihre Furcht vor dem offenen Land überwinden könnten. Aber wir wollen uns der Zukunft zuwenden und nicht mit dem Wenn und Aber der Vergangenheit die Zeit vergeuden. Haben die Kundschafter schon Anzeichen von Ulrics Armee gemeldet?«

»Nichts dergleichen«, antwortete Trocero, »sie erspähten heute lediglich ein paar Reiter aus der Ferne, die schnell außer Sicht galoppierten. Wir wissen nicht, wer sie waren, aber ich möchte wetten, daß die Nordbarone Graf Ulric immer noch aufhalten.«

»Morgen werde ich Gyrtos Trupp zum Kundschaften entlang der Grenze nehmen, während ihr anderen weiter nach Elymia marschiert.«

»General«, protestierte Prospero. »Ihr dürft Euch nicht so waghalsig in Gefahr bringen. Ein Feldherr sollte hinter den Linien bleiben, wo er seine Einheiten unter Kontrolle hat, und nicht sein Leben wie ein heimatloser Abenteurer aufs Spiel setzen.«

Conan runzelte die Stirn. »Wenn ich hier Befehlshaber bin, dann muß ich auch befehlen und tun können, wie ich es für richtig halte!« Als er Prosperos betroffene Miene bemerkte, fügte er mit einem Lächeln hinzu: »Habt keine Angst, ich werde nichts Leichtsinniges tun, aber ein General muß eben manchmal die Gefahr mit seinen Männern teilen. Außerdem, bin ich denn nicht wirklich ein heimatloser Abenteurer?«

»Mir deucht«, brummte Prospero, »Ihr gebt lediglich Eurem barbarischen Verlangen nach Handgreiflichkeiten nach.« Conan grinste breit, aber er ging nicht auf diese Bemerkung ein.

Die Straße war ein goldenes Band vor ihnen, als Conans Trupp durch den dunstigen Morgen trottete. Der Cimmerier ritt an der Spitze, in Kettenrüstung wie die anderen, mit Hauptmann Gyrto an seiner Seite. Jeder der Kavalleristen hatte eine Lanze an einem Steigbügel befestigt und saß stolz im Sattel, während er wachsam die sanft hügelige Landschaft betrachtete. Ein paar Vorreiter hatten sich vom Trupp getrennt, sie kanterten in weitem Bogen über die brachliegenden Felder, vermieden jedoch die einfachen Gehöfte und Äcker mit den reifenden Feldfrüchten.

Die Landleute in ihren Feldern oder Weinbergen hielten in ihrer Arbeit inne und stützten sich auf ihre Rechen oder Hacken und schauten den Reitern nach. Ein paar riefen ihnen freundlich zu, aber die meisten verhielten sich gleichmütig. Hin und wieder war flüchtig das Rot oder Gelb eines Unterrocks zu sehen, wenn Frauen sich hastig vor dem Reitertrupp versteckten.

»Sie warten, bis sich herausstellt, wer siegt«, brummte Gyrto.

»Und das ist auch das Beste, was sie tun können«, erwiderte Conan. »Denn wenn wir verlieren, werden alle, die uns geholfen haben, bitter dafür bezahlen müssen.«

Elymia kauerte unterhalb der nächsten Höhe in einer weiten Mulde. Ein Flüßchen, kaum mehr als ein Bach, schlängelte sich träge an den Lehmziegelhäusern vorbei und nahm seinen Weg ostwärts zum Khorotas. Weiden spiegelten sich in seinem dunklen Wasser.

Das Dorf, das nicht mehr als zweihundert Seelen beherbergte, war nicht befestigt, denn viele Jahrzehnte des Friedens hatten die Bürger so sehr in Sicherheit gewiegt, daß sie die alte Mauer aus sonnengetrockneten Lehmziegeln völlig hatten zerfallen lassen. Nirgendwo waren hier Menschen außerhalb ihrer Häuser – auch nicht bei irgendeiner Arbeit – zu sehen.

»Es ist zu ruhig hier«, murmelte Conan. »An einem so schönen Tag müßten die Leute im Freien sein.«

»Vielleicht halten sie ein Mittagsschläfchen«, meinte Gyrto. »Oder alle, außer den Säuglingen und den Greisinnen sind auf den Feldern.«

»Nicht die richtige Zeit dafür«, knurrte Conan. »Es gefällt mir nicht.«

»Oder vielleicht haben sie sich verkrochen, weil sie fürchten, wir würden sie ausplündern und morden.«

Conan befahl: »Schickt zwei Kundschafter durch die Ortschaft. Wir warten einstweilen hier.«

Zwei Reiter trabten den schrägen Hang hinunter und verschwanden im Rachen der schmalen, sich durch die Häuser windenden Straße. Doch bald darauf spuckte die Straße sie wieder aus. Sie galoppierten zurück und gaben das Zeichen, daß alles in Ordnung zu sein schien.

»Wir wollen uns selbst umsehen«, brummte Conan. Gyrto wies seine hundert berittenen Lanzer zu einem schnellen Trott an.

Die Sonne war eine gigantische orangefarbige Scheibe, als sie am westlichen Horizont versank. Die Häuser von Elymia hoben sich schwarz und unheildrohend gegen ihr feuriges Glühen ab. Die Rebellen sahen sich ein wenig beunruhigt um, denn immer noch rührte sich nichts auf der schmutzigen Straße, noch hinter den geschlossenen Türen.

»Vielleicht hörten die Bürger von zwei feindlichen Armeen, die sich in der Gegend zum Kampf treffen würden, und flohen, um nicht zwischen zwei Mühlsteine zu geraten«, meinte Gyrto jetzt.

Conan zuckte die Achseln und zog sein Schwert ein Stück aus der Scheide, um es schnell hiebbereit zu haben. Zu beiden Seiten der Straße erstreckten sich niedrige Häuschen mit dichten Strohdächern. Die Vorderseite eines der Häuser hatte eine Art offenen Vorbau in dem eine Theke stand. Ein gemalter Krug über dem Eingang wies es als Schenke aus. Weiter entlang der Straße lag ein scheunenähnliches Gebäude ein wenig zurück. Verstreute Eisenbarren, Zangen und ein Amboß verrieten, daß es sich um eine Schmiede handelte, aber kein Hämmern erklang von ihr. Etwas – Conan wußte selbst nicht, was es war – stellte ihm die Härchen auf dem Nacken auf.

Der Cimmerier drehte sich im Sattel, um zurückzuschauen, als die letzten der Doppelkolonne in das Dorf ritten. Die Pferdepaare mußten dicht nebeneinander trotten, um nicht gegen die Häuser zu streifen, so schmal war die Straße.

»Genau der Ort für einen Überraschungsangriff«, brummte Conan. »Gebt den Männern das Signal, schnell hindurchzureiten.«

Gyrto winkte seinem Trompeter, als eine andere Trompete ganz in der Nähe erschallte. Sofort schwangen alle Türen der Häuschen auf und königstreue Soldaten stürmten heraus. Ihre Schlachtrufe zerrissen die Stille. Mit blutdürstigen Schwertern und Piken stürzten sie sich von beiden Seiten auf Conans Trupp.

Voraus sprangen drei Reihen Lanzenträger in Stellung. Sie blockierten die Straße mit einer Mauer spitzen Stahles. Langsam bewegten sie sich vorwärts. Die Mordlust leuchtete in ihren Augen, und die Lanzenspitzen glühten im Schein der untergehenden Sonne in einem stumpfen Rot.

»Crom und Ischtar!« heulte Conan und riß sein Schwert aus der Scheide. »Wir stecken in der Falle! Gyrto, laßt Eure Männer wenden.«

Der Schlachtenlärm schwoll – das Brüllen wütender Männer, das Wiehern sich aufbäumender Pferde, das Schleifen von Stahl auf Stahl, das Klirren von Schwertern auf Schildern, und der dumpfe Aufprall von Fallenden. Conans Trupp war durch den gleichzeitigen Angriff von drei Seiten und die zahlenmäßige Übermacht des Feindes stark im

Nachteil. Die Enge der Straße verhinderte auch eine massive Formation oder die Möglichkeit, Geschwindigkeit für einen Sturm aufzunehmen, der ihnen zumindest einen kleinen Vorteil gebracht hätte, denn eine Lanze in der Hand eines galoppierenden Reiters ist eine wirkungsvollere Waffe als in der Hand des gleichen Reiters, dessen Pferd zum Stehen gezwungen ist.

Die Rebellen, von Angst und Grimm getrieben, stachen mit den Lanzen auf ihre Angreifer ein. Einige ließen sie jedoch bald fallen und griffen lieber zum Schwert und deckten ihre Gegner mit wohlgezielten Hieben ein. Laute Flüche an alle möglichen Götter waren zu hören. Verwundete Pferde bäumten sich auf und ihre Schmerzensschreie waren schlimmer als das Geheul der Verdammten in der Hölle. Eines stürzte mit aufgeschlitztem Bauch auf seinen Reiter. Die Königstreuen fielen über den Bedauernswerten her und ruhten nicht eher, bis er zur Unkenntlichkeit verstümmelt neben seinem Roß lag.

Ein anderer Rebell wurde von einer Lanze aufgespießt, vom Sattel gehoben und unter die Hufe eines trampelnden Pferdes geworfen. Ein weiterer wurde zu Boden gezwungen, aber es gelang ihm, Rückendeckung an einer Häuserwand zu finden und seine Angreifer mit flinker, geschickter Klinge abzuwehren.

Einige von Graf Ulrics Soldaten gingen unter den Lanzen und schwingenden Schwertern der Rebellen zu Boden. Blut sickerte in den Lehmboden der Straße und färbte den Staub, während die Verwundeten in ihren Todesqualen schrien oder röchelnd ihr Leben aushauchten.

Wie ein Löwe brüllend kämpfte sich Conan einen Weg durch die Kolonne. Er zwängte sich zwischen seinen Männern und den Hausmauern hindurch. Mit fast jedem Hieb seines Schwertes ließ ein Königstreuer sein Leben oder sackte kampfunfähig zusammen.

»Zurück! Zurück! Aus dem Dorf!« brüllte er. »Sammelt euch auf der Straße.«

So lautstark seine Stimme auch war, gingen seine Worte doch in dem Schlachtgetümmel unter. Aber nach und nach gelang es seinen Männern, ihre Tiere zu wenden und sich südwärts zu zwängen. Hinter Conan kämpften Hauptmann Gyrto und zwei alte Lanzer in der letzten Rebellenreihe verzweifelt gegen die dichte Masse der feindlichen Lanzer, die hinter ihrem blitzenden Stahl vorwärtsdrängten. Doch selbst wenn es ihnen gelang, mit ihren panikerfüllten Pferden und ausgestreckten Lanzen einen der Königstreuen zu fällen, sprang sofort ein anderer herbei, um seinen Platz einzunehmen. Und so kamen sie trotz ihrer grimmigen Entschlossenheit, zu siegen oder zu sterben, nicht gegen die unaufhaltsame Welle der eisengerüsteten Männer an, und einer der Veteranen fiel.

Conans Pferd stolperte über eine Leiche. Der Cimmerier riß am Zügel, um den Sturz des Tieres zu verhindern, und schwang gleich danach seine Klinge gegen einen feindlichen Schwertkämpfer, traf jedoch nur dessen Schild, aber allein die Wucht des Schlages warf den Soldaten auf die Knie. Er kroch eilig zu einer offenen Tür und hielt seinen gebrochenen Arm, während ihm die Tränen über die Wangen rannen.

Schließlich sah Conan, daß die letzten seiner Leute sich von ihren Angreifern freikämpften und zum Hang außerhalb des Städtchens galoppierten. Zwischen ihm und seinen sich zurückziehenden Männern war die enge Straße mit königstreuen Fußsoldaten gefüllt, die auf dem Blut ausrutschten und vor Erschöpfung schwankten, sich aber wie Schweißhunde, die ihre Opfer wittern, unaufhaltsam den drei Reitern näherten, die in der grausamen Umklammerung der geschickt gestellten Falle festsaßen. Da bemerkte Conan zwischen zwei Häuschen einen schmalen Weg, nicht mehr als ein Pfad im Unkraut.

»Gyrto!« brüllte er. »Hierher! Folgt mir!«

Abrupt lenkte er sein Pferd in diesen engen Durchgang und hielt nur lange genug an, um sich zu vergewissern, daß die beiden anderen dichtauf waren. Die tiefen Schatten zwischen den zwei Häusern verschlangen die Reiter, und im Augenblick folgte ihnen auch niemand.

In der momentanen Ruhe ließ Conan die Zügel seines erschöpften Gaules locker hängen und gestattete ihm, selbst den Weg durch das Unkraut zu nehmen. Plötzlich sah der Cimmerier, trotz der zunehmenden Düsternis, einen Schweinestall. Er war mit einer alten Holzplanke versperrt, die man mit einem Strick am anschließenden Zaun befestigt hatte. Mit seiner blutbesudelten Klinge durchtrennte Conan den dicken Strick, und die plumpe Tür schwang auf.

Gyrto und sein Kamerad Sardus hielten bestürzt an und fragten sich, ob die Schlachtenlust oder ein Hieb auf den Schädel ihrem General den Verstand geraubt hatte. Aber Conan deutete mit einem erhobenen Finger nach vorn und trieb sein Pferd weiter durch den engen Durchgang.

Da stürmte eine Welle von königstreuen Fußsoldaten, mit einigen Berittenen dazwischen, um die Hausecke und drängte sich ebenfalls in den Durchgang.

Gyrto brüllte Conan zu: »Reitet, Mann, reitet! Sie sind uns dicht auf den Fersen!«

Conan beugte sich tief über den Nacken seines Pferdes und vergrub sein Gesicht in der flatternden Mähne. Doch da verbarrikadierte am Ende des Durchgangs ein hoher Zaun, der in der zunehmenden Dämmerung kaum zu sehen war, den Weg.

Conans Pferd setzte zum Sprung an und nahm das Hindernis, mit Sardus' Hengst dicht hinter ihm. Aber Gyrto hatte weniger Glück. Sein Wallach war zu erschöpft für den Sprung. Er prallte gegen die Barriere und brach sich den Hals.

Gyrto, der abgeworfen worden war, sprang auf die Füße und zog sein Schwert, bereit, sein Leben teuer zu verkaufen. Doch plötzlich blieben die verfolgenden Reiter zurück. Sie fluchten lautstark auf ihre sich aufbäumenden und tänzelnden Tiere, die in ihrer Panik die Fußsoldaten gegen die Hauswände preßten oder ihnen gefährliche Hiebe mit den ausschlagenden Hufen versetzten.

Gyrto staunte über das Wunder, das ihn vor seinem fast sicheren Tod bewahrt hatte. »Schon wieder Zauber?« murmelte er zwischen zusammengebissenen Zähnen.

Da erspähte er die Ursache seiner Rettung. Eine Sau und etwa zwanzig Ferkel waren aus der offenen Stalltür gekommen und rannten nun über und über schmutzbedeckt und stinkend durch das Unkraut, um nach etwas Freßbarem zu suchen.

Conan brüllte: »Kletter schon über den Zaun, Mann! Schnell!«

Da zögerte Gyrto nicht länger. Er zog sich hoch, schwang sich über die Spitzen und landete gerade auf der anderen Seite, als die Königstreuen den Zaun erreichten.

»Haltet Euch an meinem Steigbügel fest!« donnerte Conan. »Versucht aber nicht, aufzusitzen.«

Gyrto griff nach dem Steigbügel und rannte mit Riesenschritten neben dem Pferd her. In leichtem Kanter überquerten sie die dunklen Felder und ließen die Königstreuen zurück.

Als das Dorf in der Ferne schrumpfte, hielt Conan an. Er betrachtete die in die Dämmerung gehüllte Landschaft. »Wir müßten die Kolonne bald eingeholt haben«, sagte er. »Doch zuerst möchte ich einen Blick auf das Lager des Feindes werfen. Vom Hügel dort läßt es sich vielleicht ermöglichen.«

Von der Kuppe aus spähte Conan über das wellige Land. Nördlich des Dorfes entdeckte er schließlich das feindliche

Feldlager. Vom Dorf aus war es durch eine Anhöhe verborgen gewesen, doch von hier war es gut zu sehen und seine beachtliche Größe zu erkennen. Dutzende von Kochfeuern glühten im Dämmerlicht und dünne blaue Rauchschwaden kräuselten sich im leichten Wind.

»Das ist Graf Ulrics Armee«, sagte Conan. »Auf wie stark schätzt Ihr sie, Gyrto?«

Der Hauptmann betrachtete das Lager und überlegte. »Nach der Anzahl der Feuer und der Größe des Lagers würde ich sagen, es sind etwa ein Dutzend Regimenter. Was meint Ihr, Sardus?«

»Mindestens zwanzigtausend Mann«, erwiderte der alte Veteran. »Was ist das für eine Standarte, die rechts im Lager von einem Fahnenmast flattert?«

Conan kniff die katzenscharfen Augen leicht zusammen. »Verdammt! Ich will ein Stygier sein, wenn das nicht das Banner der Schwarzen Drachen ist!«

»Doch nicht die königliche Leibgarde, General?« rief Gyrto verblüfft. »Das ist unmöglich, außer Numedides reitet persönlich mit Graf Ulric!«

»Ich sehe des Königs Standarte nicht, also bezweifle ich es«, brummte Conan. »Es ist Zeit, daß wir uns wieder unseren Kameraden anschließen. Der Weg zurück ins Lager ist weit.«

Sardus setzte sich hinter seinem Hauptmann, dem die Füße schmerzten, auf sein Pferd, und die drei machten einen vorsichtigen Bogen um das Dorf, in dem so viele ihrer Toten lagen. Als sie endlich die Straße erreichten, trabten sie zu einer Baumgruppe, wo die Überlebenden der Schlacht warteten. Zumindest ein Drittel des Trupps fehlte. Viele mit Verbänden halfen die Wunden ihrer Kameraden versorgen.

Als Conan, Gyrto und Sardus herbeitrotteten, riefen die niedergeschlagenen Soldaten ihnen ein schwaches, doch erfreutes Hurra entgegen. Conan knurrte:

»Ich danke euch, aber spart eure Hurras für den Sieg. Ich hätte die Häuser durchsuchen müssen, ehe ich euch wie ein Anfänger in die Falle führte. Trotzdem, Jungs, habt ihr euch großartig geschlagen und dem Feind schlimmere Verluste zugefügt als er uns. Und nun laßt uns zum Lager reiten und hoffen, daß wir es noch vor Morgengrauen erreichen.«

Am nächsten Morgen berichtete Conan, was ihnen zugestoßen war. Prospero pfiff durch die Zähne: »Zwanzigtausend Mann! In einer regulären Schlacht würden sie uns lebenden Leibes verschlingen!«

Nachdem er einen riesigen Bissen von einer Rinderlende gekaut und hinuntergeschluckt hatte, sagte Conan: »Solchen Gedanken dürft Ihr nicht nachhängen, sonst beschwört Ihr gar noch herauf, daß sie wahr werden. Ruft jetzt die Männer zusammen – alle außer denen, die in Elymia kämpften – und laßt sie das Lager befestigen. Mit einer solchen Übermacht könnte Graf Ulric leicht ein Nachtangriff einfallen. Ohne Gräben und Palisaden, ihn aufzuhalten, würde er uns wie Käfer unter einem Wagenrad zerquetschen.«

»Aber die Schwarzen Drachen!« rief Trocero. »Es ist einfach unvorstellbar, daß Numedides seine Leibgarde zur Verstärkung Ulrics schickte und sich so selbst allen Schutzes entblößte!«

Conan zuckte die Achseln. »Ich weiß, was ich gesehen habe. Keine andere Einheit führt als Banner ein geflügeltes Ungeheuer auf schwarzem Feld!«

Pallantides warf ein: »Daß Numedides seine Schwarzen Drachen geschickt hat, mag ihn zwar verwundbarer machen, aber es trägt nicht dazu bei, unser gegenwärtiges Problem zu verringern.«

»Im Gegenteil«, fügte Graf Trocero hinzu, »ihre Anwesenheit erhöht es noch.«

»Dann macht euch daran, das Lager zu befestigen, meine Freunde!« forderte Conan die Rebellenführer auf. »Wir haben keine Zeit zu vergeuden.«

Eine milde Vormittagsbrise streifte gegen hastig errichtete Palisaden und kühlte die blutunterlaufenen Augen und schmerzenden Glieder ihrer Erbauer. Als die Lagerbegleiter – Marketender, Wasserträger, Frauen und Kinder – Wasser aus einem nahen Bach holen wollten, tauchte eine Schwadron königlicher Kavallerie hinter einer Anhöhe auf und galoppierte zu ihnen herab, daß sie um ihr Leben liefen. Ein alter Mann und ein kleines Kind, die zu langsam waren, fanden den Tod.

Ein Kundschaftertrupp der Rebellen wurde überrascht und war gezwungen zu fliehen. Als er das Lager erreichte, galoppierten seine Verfolger daran vorbei. Sie stießen Hohnrufe aus und warfen Speere über die Palisaden. Conans schnell herbeieilende Bogenschützen trafen zwei Feindpferde, aber ihre Reiter wurden von ihren Kameraden zu sich hochgezogen, und sie ritten ohne Menschenverluste davon. Zwar fand kein wirklicher Angriff auf das Rebellenlager statt, aber die Anspannung und Unruhe zermürbte Conans müde Männer.

Bei der Abendversammlung sagte Publius: »Ich verstehe zwar nicht viel von militärischen Dingen, General, aber ich glaube, wir sollten uns während der Nacht davonstehlen, ehe Ulric uns überfällt oder belagert und aushungert. Er ist uns zahlenmäßig weit überlegen und bei ihm geht auch keine Seuche um, wie bei uns.«

»Und ich sage«, rief Trocero und schlug mit der Faust auf den Tisch, »wir halten unsere Stellung, während meine Poitanen das Landvolk an die Waffen rufen. Wenn Ulric uns umzingelt, dann können die Bauern einen noch größeren Kreis um ihn schließen.«

»Jetzt, kurz vor der Ernte«, gab Publius zu bedenken, »werdet Ihr Mühe haben, auch nur tausend aufzurufen. Und Bauern, die mit nichts weiter als Axt und Mistgabel bewaffnet sind, können einem Sturm von Ulrics schwerer Kavallerie nicht standhalten. Ich wollte, wir wären zurück im Brocellianischen Forst, wo uns unsere Satyrfreunde wieder helfen könnten!«

»Ja, aber nur so lange, bis die Königstreuen dahinterkommen, daß sie sich nur die Ohren zu verstopfen brauchen«, warf Prospero ein. »Ich bin dafür, daß wir noch heute nacht einen Überraschungsangriff auf Ulrics Lager riskieren!«

Pallantides schüttelte abwehrend den Kopf. »Nichts führt zur schlimmeren Verwirrung, in der Freund den Freund niederschlägt, als ein Nachtangriff mit nur so flüchtig ausgebildeten Männern wie unseren.«

Die Offiziere diskutierten weiter, aber sie kamen zu keinem einzigen brauchbaren Vorschlag. Conan saß mit gerunzelter Stirn und düsterer Miene dabei, ohne selbst viel zu sagen. Da meldete eine Wache:

»Ein königlicher Offizier mit etwa fünfzig Mann kam mit einer weißen Fahne und ersucht, Euch zu sprechen, General.«

»Laß dir seine Waffen geben und schick ihn herein!« befahl Conan und straffte die Schultern.

Die Zeltklappe wurde zurückgeschlagen, und ein Mann in Rüstung trat ein. Auf seinem weißen Waffenrock trug er das Adlerwappen Aquiloniens, während sich auf seinem Helm der Messingdrache von des Königs Leibgarde erhob. Der Offizier salutierte steif.

»General Conan? Ich bin Hauptmann Silvanus von den Schwarzen Drachen. Ich und der größte Teil meines Trupps sind gekommen, uns Euch anzuschließen, wenn Ihr uns haben wollt.«

Conan musterte den Hauptmann unter halbgesenkten Lidern. Er sah einen hoch- und gutgewachsenen blonden Mann, fast ein wenig zu jung, um schon Hauptmann zu sein.

»Willkommen, Hauptmann Silvanus«, sagte er schließlich. »Ich danke Euch für Euer Angebot. Doch bevor ich es annehmen kann, muß ich erst mehr über Euch wissen.«

»Aber gewiß, General. Bitte fragt.«

»Als erstes, was bewegt Euch dazu, zu diesem Zeitpunkt die Fahnen zu wechseln? Ihr müßt doch wissen, daß unsere Lage prekär, Ulric zahlenmäßig stärker und er selbst ein fähiger Feldherr ist. Also, weshalb kommt Ihr heute zu uns?«

»Das ist ganz einfach, General Conan. Meine Männer und ich wählten das Risiko, für die gute Sache der Rebellen zu sterben, als weiter ein sicheres Leben unter diesem Wahnsinnigen zu führen, wenn überhaupt ein Leben unter des Königs Standarte als sicher angesehen werden kann.«

»Aber weshalb ausgerechnet jetzt?«

»Es ist unsere erste Gelegenheit. Die Drachen kamen gestern am Spätnachmittag, kurz vor dem Scharmützel zwischen Ulrics Mannen und Euren, in Elymia an. Wären wir von Tarantia aufgebrochen, um uns Euch anzuschließen, hätten königstreue Truppen uns den Weg versperrt und uns vernichtet.«

Conan fragte: »Hat Numedides denn das gesamte Drachenregiment ausgeschickt?«

»Ja, mit Ausnahme von ein paar jungen Rekruten, die noch in Ausbildung sind.«

»Aber weshalb hat dieser Hund sich von seiner persönlichen Leibgarde getrennt?«

»Numedides hat sich selbst zum Gott ernannt. Er hält sich

für unsterblich. Und da er als Gott unverwundbar ist, braucht er auch keine Leibwache. Außerdem ist er fest entschlossen, Eure Rebellion niederzuwerfen und deshalb unterstellt er alle Streitkräfte Graf Ulric. Weitere Truppen sind von der Ostgrenze hierher unterwegs.«

»Was ist mit Thulandra Thuu, dem Zauberer des Königs?«

Silvanus wurde bleich. »Dämonen werden manchmal allein durch Erwähnung ihrer Namen herbeigerufen, General Conan. Während des Wahnsinns Numedides' regiert der Hexer das Reich, und wenn er auch weniger töricht ist als der König, so ist er dafür herzlos und habgierig. Nur zu gut wissen alle über seine Opferungen von Jungfrauen für seine grauenvollen Experimente Bescheid.« Er fummelte mit zitternden Fingern in seinem Lederbeutel und brachte ein auf Alabaster gemaltes Bildnis zum Vorschein, das an einer goldenen Halskette hing. Das Bild stellte ein etwa zehnjähriges Mädchen dar.

»Meine Tochter«, murmelte Silvanus. »Sie ist tot. Er nahm sie. Wenn die Götter mir auch nur die geringste Chance gewähren, werde ich ihm mit meinen Zähnen die Kehle zerfleischen.« Die Stimme des Hauptmanns bebte wie seine Hände von der Heftigkeit seiner Gefühle.

Conans Augen funkelten in eisigem Feuer. Seine Offiziere schauten einander bedeutungsvoll an. Sie wußten, daß auch nur die Erwähnung von Frauenmißhandlungen eine wilde Wut in dem Cimmerier erweckte. Er reichte das Bildnis herum und gab es schließlich Silvanus zurück.

»Wir brauchen nähere Auskünfte über Graf Ulrics Armee. Wie stark ist sie genau?«

»Fast fünfundzwanzigtausend Mann, glaube ich.«

»Woher hat Ulric so viele Soldaten? Die Nordarmee hatte diese Stärke nicht, als ich des wahnsinnigen Königs Dienst quittierte.«

»Viele von Prinz Numitors Grenzer sammelten sich, als sie ihre Panik überwunden hatten, und schlossen sich Graf Ulric an. Und das Drachenregiment wurde von Tarantia zu ihm beordert.«

»Was ist mit Numitor?«

»In seiner Verzweiflung über die Niederlage wählte er den Freitod.«

»Seid Ihr sicher?« fragte Conan. »Es wurde auch behauptet, daß Amulius Procas sich das Leben nahm, aber ich weiß, daß er einem Mordanschlag zum Opfer fiel.«

»Es besteht kein Zweifel, General. Prinz Numitor erstach sich vor Zeugen.«

»Bedauerlich«, murmelte Graf Trocero. »Er war der anständigste von allen, wenn auch etwas zu arglos für einen blutigen Bürgerkrieg.«

»Wir müssen noch eine eingehende Besprechung abhalten«, brummte Conan. »Pallantides, sorgt für Unterkunft für Hauptmann Silvanus und seine Männer, dann kommt hierher zurück! Gute Nacht, Hauptmann.«

Publius, der bisher nur wenig gesagt hatte, hob die Stimme: »Einen Augenblick noch, wenn Ihr so freundlich wärt, Hauptmann Silvanus. Wer war Euer Vater?«

Der Offizier drehte sich am Zelteingang noch einmal um und erwiderte: »Silvius Macro, Sir. Weshalb fragt Ihr?«

»Ich kannte ihn, als ich Hofkämmerer war. Gute Nacht.«

Als der Hauptmann das Zelt verlassen hatte, sagte Conan: »Nun, was meint Ihr? Es ist zumindest ein gutes Zeichen, daß Männer zu uns überlaufen und nicht von uns desertieren – zur Abwechslung einmal.«

»Ich glaube«, brummte Prospero, »daß Thulandra Thuu wieder einmal versucht, einen Attentäter in unsere Mitte zu schmuggeln. Der Bursche wird nur auf eine Gelegenheit warten, Euch ein Messer in die Rippen zu jagen, General, und sich dann schleunigst aus dem Staub machen.«

Trocero widersprach. »Nein, ich halte ihn für einen offenen, anständigen jungen Offizier. Er sieht nicht aus wie einer von Numedides' verderbten Lüstlingen, noch wie einer von Thulandras Anhängern, die sich der Magie verschrieben haben.«

»Man darf sich nicht vom Äußeren beeinflussen lassen«, sagte Prospero, »selbst der rotbackigste Apfel kann Würmer behausen.«

»Wenn Ihr gestattet«, warf Publius ein. »Ich kannte den Vater des jungen Offiziers. Er war ein hochanständiger, aufrechter Mann – und ist es sicher auch jetzt, wenn er noch lebt.«

»Der Sohn muß nicht immer dem Vater nachgeraten«, brummte Prospero.

»Prospero«, sagte Conan. »Eure Sorge um mein Wohlergehen ehrt Euch. Aber man muß auch Risiken eingehen, vor allem im Krieg. Wenn Ihr mich auch noch so gut vor einem versteckten Dolch beschützt, ist es doch weit wahrscheinlicher, daß Ulric uns allen das Lebenslicht ausbläst – außer wir können durch einen unerwarteten Glücksfall das Blatt wenden.«

Eine Weile herrschte Schweigen, während Conan grübelnd auf den Boden starrte, ehe er schließlich fortfuhr:

»Ich habe einen Plan – einen gefährlichen Plan, aber auch nicht gefährlicher als unsere gegenwärtige Lage. Tarantia ist ungeschützt und des gesamten Militärs entblößt, während der wahnsinnige Numedides auf seinem Thron den unsterblichen Gott spielt. Ein Trupp tollkühner Männer, als Angehörige der Leibgarde verkleidet, könnten den Palast erreichen und ...«

»Conan!« brüllte Trocero. »Eine göttliche Eingebung! Ich werde den Trupp führen.«

»Ihr seid zu wichtig für Poitain, mein Lord«, protestierte Prospero. »Ich werde ...«

»Keiner von euch beiden geht!« sagte Conan in einem Ton, der keinen Widerspruch duldete. »Die Poitanen sind in den Zentralprovinzen nicht sehr beliebt, denn die Menschen dort haben die Invasion ihres Landes durch sie während des Krieges mit König Vilerius nicht vergessen.«

»Wer dann?« fragte Trocero. »Pallantides?«

Conan schüttelte seine schwarze Mähne und sein Gesicht glühte vor Abenteuerlust. »Ich werde den Plan selbst ausführen oder dabei sterben. Ich wähle erfahrene Veteranen aus und wir leihen uns die Waffenröcke und Helme von Hauptmann Silvanus' Männern. Silvanus werde ich mitnehmen, denn ihn kennt man am Tor. Ja, er ist der Schlüssel zur Stadt.«

Publius hob warnend eine Hand. »Einen Augenblick, meine Herren. Conans Plan mag sehr wohl in einem normalen Krieg von Erfolg gekrönt sein. Aber in Tarantia haben wir es nicht nur mit einem vom Wahn besessenen König zu tun, sondern auch mit einem Hexer, dessen Zauberkräfte und Beschwörungen Berge versetzen und die Dämonen aus der Erde, dem Meer oder dem Himmel rufen können.«

»Zauberer jagen mir keinen Schrecken ein«, sagte Conan. »Vor Jahren mußte ich mich einem der furchtbarsten stellen – und tötete ihn, trotz allen Fummelns und Brummelns.«

»Wie habt Ihr das fertiggebracht?« fragte Trocero.

»Ich warf mein Schwert nach ihm.«

»Rechnet lieber nicht damit, daß Euch das auch diesmal gelingt. Eure Kraft ist groß, und Eure Sinne schärfer als die anderer, aber das Glück ist auch den Helden nicht immer hold.«

»Wenn meine Zeit gekommen ist, ist sie eben da«, brummte Conan.

»Aber Eure Zeit mag dann sehr wohl auch die unsrige sein!« gab Prospero zu bedenken. »Laßt mich nach Dexitheus schicken. Ein Mitrapriester weiß mehr über die andere Welt, als wir normalen Sterblichen.«

Conan gab mißmutig nach.

Dexitheus hörte sich Conans Plan mit gefalteten Händen an. Schließlich sagte er ernst: »Publius hat recht, General. Ihr dürft die Kräfte Thulandra Thuus nicht unterschätzen. Wir von der Priesterschaft verstehen ein wenig von den finsteren, namenlosen Mächten jenseits der Vorstellung der Menschen.«

»Woher kommt dieser Teufel überhaupt?« fragte Trocero. »Manche halten ihn für einen Vendhyaner, andere für einen Stygier.«

»Er ist weder das eine, noch das andere«, antwortete Dexitheus. »In meiner priesterlichen Bruderschaft erachten wir ihn als Lemurier, der – wir wissen nicht auf welche Weise – von Inseln jenseits der bekannten Welt kommt, und zwar aus dem Osten hinter Khitai. Diese geheimnisumwitterten Inseln sind alles, was von einem einst großen Land übrigblieb, das unter den Wellen versank. Um einen Hexer wie ihn zu schlagen, braucht unser General mehr als normale Waffen und Rüstung.«

Trocero fragte: »Haben wir denn keine Zauberer in diesem Lager, die diese Aufgabe übernehmen könnten?«

»Nein!« schnaubte Conan. »Nein, ich habe nichts übrig für ihresgleichen. Nie würde ich einen aufnehmen oder seine Hilfe suchen.«

Mit trauriger Miene sagte Dexitheus. »General, auch wenn Ihr es nicht ahnen könnt, betrüben mich Eure Worte sehr.«

»Wie das, Ehrwürdiger?« fragte Conan. »Ich schulde Euch viel und möchte Euch keineswegs kränken. So sprecht nicht in Rätseln, mein Freund.«

»Ihr haltet nichts von Zauberern, General, und betrachtet sie als Scharlatane und Quacksalber, und doch gibt es einen, den Ihr Euren Freund nennt. Glaubt mir, Ihr braucht einen Magier, aber Ihr lehnt seine Hilfe ab.« Dexitheus hielt inne. Conan bedeutete ihm fortzufahren.

»So wisset denn, daß ich in meiner Jugend die Schwarzen Künste studierte, obgleich ich nicht über die untersten Stadien der Zauberei hinauskam. Später sah ich Mitras Licht und entsagte allem, was auch nur im geringsten mit Dämonen und dem Okkulten zu tun hat. Hätte die Priesterschaft von meiner früheren Zauberlehre erfahren, wäre ich nicht in ihren Orden aufgenommen worden. Wenn ich Euch also in dieser gefährlichen Mission begleite . . .«

»Was? Ihr?« rief Conan stirnrunzelnd. »Magier oder nicht, Ihr seid nicht mehr der Jüngste und würdet dreihundert Meilen im Galopp nicht überleben.«

»Ganz im Gegenteil. Ich bin viel zäher, als Ihr Euch auch nur vorstellen könnt. Mein asketisches Leben verleiht mir Kraft und Stärke, die meine Jahre Lügen strafen. Und Ihr braucht einen oder auch mehrere Gegenzauber. Doch wenn ich Euch begleite, wird mein Geheimnis ans Licht kommen und ich werde gezwungen sein, mein heiliges Amt aufzugeben – ein trauriges Ende meiner langen priesterlichen Laufbahn.«

»Ich würde sagen, die Benutzung von Magie für einen guten Zweck ist eine Sünde, die man vergeben muß«, brummte Conan.

»Dieser Meinung seid vielleicht Ihr, General, doch nicht mein Orden, der in dieser Hinsicht keine Duldsamkeit kennt. Aber ich habe keine Wahl. Ich werde, über was ich an Kräften verfüge, für Aquilonien einsetzen.« Sein Seufzer war schwer von unterdrückten Tränen.

»Wenn alles vorbei ist, kann ich vielleicht Eure Bruderschaft überzeugen, daß es richtig wäre, bei Euch eine

Ausnahme von ihren strengen Regeln zu machen. Seid bereit, guter Freund, noch in dieser Stunde aufzubrechen.«

»Mitten in der Nacht?«

»Welch bessere Zeit gibt es für uns? Wenn wir bis zum Morgen warten, belagern uns möglicherweise bereits die Königstreuen. Prospero, wählt mir einen Trupp Eurer tüchtigsten berittenen Kämpfer aus. Stattet jeden mit zwei Pferden aus, damit wir häufig wechseln können. Wir müssen der Kunde, daß wir das Lager verlassen haben, zuvorkommen. Und ihr anderen, baut die Befestigung weiter aus, während ich fort bin. Und nun, lebt wohl!«

Der Halbmond spitzte kaum noch über die Baumwipfel, als ein Trupp Reiter, jeder mit einem Ersatzpferd, sich aus dem Lager schlich. Ihr Führer war Conan im Helm und weißen Waffenrock der Schwarzen Drachen. Hauptmann Silvanus ritt neben ihm, und hinter ihm, ebenfalls wie die beiden bekleidet, der Mitrapriester Dexitheus. Fünfzig von Conans besten Soldaten folgten. Auch sie trugen die Uniform der Drachengarde.

Unter Silvanus' Anweisung machten sie einen weiten Bogen um das feindliche Lager. Erst als sie sich wieder auf der Straße nach Tarantia befanden, gaben sie ihren Pferden die Fersen zu einem gleichmäßigen Trott. Der Mond versank hinter den Bäumen, und die schwarze Nacht verschlang die zu allem entschlossenen Männer.

12

FINSTERNIS IM MONDSCHEIN

Die Sonne war untergegangen, der leuchtende Halbmond stand an einem wolkenlosen Himmel. Im Herrscherpalast von Tarantia war das goldene Geschirr und Besteck des königlichen Einmannmahls bereits wieder aufgeräumt worden. Von dem Vorkoster hinter dem Lehnstuhl des Königs abgesehen, zwei Leibwachen an der silberbeschlagenen Tür, und den Dienern, hatte Numedides während des Essens niemand Gesellschaft geleistet.

Tausende von Lampen und Kerzen brannten in den königlichen Gemächern. So üppig war die Beleuchtung, daß ein zufälliger Beobachter sich fragen würde, ob hier vielleicht eine Krönung stattfand oder der Besuch eines benachbarten Monarchen.

Trotzdem wirkte der Palast ungewöhnlich verlassen. Statt des Stimmengewirrs lieblicher Hofdamen, galanter Jünglinge und hoher Edler des Königreichs, hallten lediglich Echos der Vergangenheit durch die stillen Marmorhallen, die so leer und verlassen waren. Nur ein paar Leibgardisten, auf deren silbernen Harnischen sich die zahllosen Kerzen spiegelten, hielten Wache. Diese Soldaten der Schwarzen Drachen waren entweder junge Burschen, Kinder fast noch, oder graubärtige Männer, denen nicht mehr viele Jahre zum Greisenalter fehlten. Denn als des Königs Leibgarde südwärts gegen die Rebellen gezogen war, hatten des Monarchen Männer das Drachenkoprs schnell mit Kadetten in Ausbildung aufgefrischt und Reservegardisten, alte Veteranen, einberufen.

Die Lampen und Kerzen brannten die ganze Nacht, da der König sich jetzt für einen Sonnengott hielt, dem auch des Nachts das helle Licht des Tages gebührte. Und so eilten besorgte Diener von Lampe zu Lampe, um sich zu vergewissern, daß auch jede noch genügend Öl hatte, und von Kandelaber zu Kandelaber, mit Armen voll Kerzen, um die abbrennenden sofort zu ersetzen.

Als es mit dem Wahnsinn des Königs immer ärger wurde, hatten sich sein altes Gefolge und seine Beamten so unauffällig wie nur möglich davongestohlen. Auch Vibius Latro, der seine Amtsräume und seine Gemächer im Palast hatte, machte keine Ausnahme. Er hatte Numedides ein kurzes Schreiben geschickt, in dem er ihn um einen Urlaub ersuchte. Seine Gesundheit, schrieb er, hätte unter der anstrengenden, verantwortungsvollen Tätigkeit und den langen Amtsstunden gelitten, und er bedürfte dringend einer Erholung auf seinem Landsitz, wollte er seine Kräfte wiedergewinnen, um Seiner Majestät auch weiterhin von Nutzen sein zu können.

Numedides hatte gerade eine seiner Konkubinen zu Tode gepeitscht. Er war deshalb bester Laune und genehmigte den Urlaub. Latro beeilte sich, seine Familie in eine Kutsche zu setzen, und brach sofort, wie er angab, zu seinem Landsitz nördlich von Tarantia auf. Doch schon bei der ersten Abzweigung bog er nach Osten ab und trieb seine Pferde an, um nur möglichst schnell die nemedische Grenze, sechshundert Meilen entfernt, zu erreichen. Andere Angehörige des königlichen Haushalts fanden ebenfalls dringende Gründe für eine Beurlaubung und verließen die Residenz nicht weniger eilig als Vibius Latro.

Numedides' Thron im Privataudienzsaal stand auf einem kunstvoll gemusterten iranistischen Teppich aus herrlich gefärbter Wolle in Edelsteinfarben – wie Rubinrot, Jadegrün, Amethystlila und Saphirblau – und mit Büscheln von Goldfäden geknüpft. Der Thron selbst war ebenfalls ein Meisterwerk, wenn auch nicht ganz so beeindruckend wie der Rubinthron im öffentlichen Audienzsaal, aber von auserlesener Geschmacklosigkeit mit seinem überladenen Zierat, wie geschnitzte Drachen, Löwen, Schwerter und Sterne, ganz zu schweigen von der Rückenlehne, die den Wappenadler der Numedides-Dynastie darstellte. Die Schwingen und Augen dieses Wappenvogels waren mit kostbaren Edelsteinen besteckt, die in dem hellen Kerzenschein funkelten.

Des Königs silberner Zepter – das Symbol seiner Regentschaft – lag quer über dem weichgepolsterten, mit Purpurkissen bedeckten Sitz. Sein Zeremonienschwert – ein gewaltiger Bihänder mit juwelenglitzernder Scheide und Griff – ruhte gegen eine der breiten Armlehnen.

Zwei Personen standen in diesem Gemach: König Nemedides, der den schmalen Goldreif, die Krone Aquiloniens, und eine rote Robe trug, voll von Essen- und Weinflecken und Erbrochenem, und Alcina in einem hautengen Gewand aus seegrüner Seide.

Sie funkelten einander böse von den gegenüberliegenden Lehnen des goldenen Thrones an.

Alcina zischte: »Räudiger alter Hund! Ich sterbe eher, bevor ich mich deinen Abartigkeiten hingebe. Du kannst mich auch gar nicht fangen, du feister, dreckiger Wüstling! Such dir doch eine läufige Hündin oder eine fette Sau, der du deinen Willen aufzwingen kannst und die auch besser zu dir paßt, du Schwein!«

»Ich sagte dir doch, daß ich dir nichts tun würde, du kleine Wildkatze!« krächzte Numedides. »Aber ich werde dich fangen! Keiner vermag sich dem Verlangen eines Königs und schon gar nicht eines Gottes zu entziehen. Komm her!«

Numedides bewegte sich plötzlich seitwärts. Es war eine Finte, bei der er sich erstaunlich geschickt und flink erwies. Sie überraschte Alcina, so daß sie zurücksprang und dadurch den Schutz des Thrones verlor. Und so gelang es dem König, sie mit ausgebreiteten Armen in eine Ecke zu drängen, weit entfernt von den beiden Flügeltüren, an den Wänden links und rechts des auffallenden Thrones.

Alcinas Finger tauchten in ihr Mieder und zogen blitzschnell einen schmalen Dolch heraus, dessen Spitze in das gleiche Gift getaucht war, wie das, das Amulius Procas den Tod gebracht hatte. »Bleibt mir vom Leib, ich warne Euch!« rief sie. »Der geringste Kratzer mit diesem Dolch und Ihr werdet sterben!«

Numedides wich einen Schritt zurück. »Ihr kleine Närrin, wißt Ihr denn nicht, daß mir Euer Gift nichts anhaben kann?«

»Das wird sich herausstellen, wenn Ihr mir noch näher kommt!« fauchte die Tänzerin.

Der König zog sich bis zu seinem Thron zurück und griff nach seinem Zepter. Dann kam er erneut auf das zitternde Mädchen zu. Als Alcina ihren Dolch hob, schlug er mit dem Zepter auf ihre Hand. Der Dolch entglitt ihren Fingern und fiel auf den Teppich, während Alcina mit einem Schmerzensschrei ihre verletzte Hand an die Brust drückte.

»Und jetzt, du kleine Hexe«, höhnte Numedides, »werden wir ...«

Die Flügeltür an der rechten Seite vom Thron schwang auf. Thulandra Thuu stand auf seinen geschnitzten Stab gestützt auf der Schwelle.

»Wie kommt Ihr herein?« donnerte Numedides. »Die Türen waren allesamt verschlossen.«

Die zischelnde Stimme des dunkelhäutigen Zauberers klang scharf wie ein Peitschenknall. »Eure Majestät! Ich warnte Euch, meine Leute nicht zu belästigen!«

Der König runzelte finster die Stirn. »Wir vergnügten uns lediglich mit einem harmlosen Spiel. Aber, was bildet Ihr Euch überhaupt ein, so zu einem Gott zu sprechen? Wer ist denn hier der Herrscher?«

Thulandra Thuu verzog die Lippen zu einem dünnen, bitteren Lächeln. »Ihr seid der Monarch, aber Ihr regiert nicht, das tue ich.«

Numedides' Wangen färbten sich mit dem Rot seines wachsenden Grimmes. »Blasphemischer Ghul! Aus meinen Augen, ehe ich Euch mit meinen Blitzen zerschmettere!«

»Beruhigt Euch, Majestät! Ich habe Neuigkeiten ...«

Die Stimme des Königs hob sich schrill: »Ich sagte, *hinaus*! Ich werde Euch zeigen ...«

Numedides' tastende Finger streiften den Griff des Zeremonienschwerts. Er zog die schwere Klinge aus ihrer juwelenbesteckten Scheide. Mit beiden Händen das Schwert schwingend, kam er auf Thulandra Thuu zu. Der Hexer wartete völlig ruhig ab.

Mit einem überschnappenden Kreischen wirbelte der König die Klinge zum enthauptenden Hieb. Im letzten Augenblick riß Thulandra Thuu, ohne eine Miene zu verziehen, seinen Stab zum Parieren hoch. Stahl und geschnitztes Holz prallten mit einem durchdringenden Klirren zusammen, als schwänge auch der Zauberer eine metallene Klinge. Der Hexer drehte den Stab so geschickt, daß er Numedides das Schwert aus den Händen schlug. Es flog wirbelnd hoch in die Luft und als es wieder herabkam, traf die Klinge den König im Gesicht und schnitt ihm die Wange fingerlang auf. Blut troff in den rostroten Bart.

Numedides drückte die Hand auf die Wunde und starrte, als er sie gleich wieder zurückzog, ungläubig auf das Rot, das von seinen Fingern sickerte. »Ich blute genau wie ein Sterblicher!« murmelte er. »Wie ist das möglich?«

»Es wird noch eine Weile dauern, bis die Hülle der Göttlichkeit Euer ist«, sagte Thulandra Thuu mit dünnem Lächeln.

In seiner plötzlich aus Angst geborenen Rage brüllte der Monarch: »Sklaven! Pagen! Phaedo! Manius! Wo in den neun Höllen seid ihr? Euer göttlicher Gebieter wird gemordet!«

»Es wird ihm nichts nutzen«, sagte Alcina. »Er versicherte mir, daß er alle seine Diener in einen anderen Teil des Palasts geschickt hat, damit ich mir die Kehle aus dem Hals schreie, ohne daß irgend jemand außer ihm mich hören könnte.« Mit ihrer unverletzten Hand strich sie das schwarze Seidenhaar aus der Stirn.

»Wo sind meine getreuen Untertanen?« wimmerte Numedides jetzt. »Valerius! Procas! Thespius! Gromel! Volmana! Wo sind meine Höflinge? Wo ist Vibius Latro? Haben sie mich im Stich gelassen? Liebt mich denn keiner mehr, trotz allem, was ich für Aquilonien getan habe?« Der verlassene Monarch fing zu weinen an.

»Ihr wißt in Euren klareren Momenten genau«, sagte der Zauberer streng, »daß Procas tot, Vibius Latro geflohen und Gromel zum Feind übergelaufen ist. Volmana kämpft unter Graf Ulric, genau wie alle anderen auch. Aber nun setzt Euch und hört mir endlich zu! Ich habe Euch wichtige Dinge zu berichten.«

Numedides watschelte völlig verstört zum Thron. Die schmutzige weite Robe wallte um ihn. Er zog ein dreckiges Taschentuch aus einem Ärmel und drückte es auf seine verletzte Wange, bis es sich mit Blut vollsog.

»Wenn Ihr Euch nicht besser beherrschen könnt«, sagte Thulandra Thuu, »muß ich mich Euer entledigen und direkt regieren, statt mit Euch als Marionette wie zuvor.«

»Ihr könntet nie König sein!« murmelte Numedides. »Kein Mensch in Aquilonien würde Euch gehorchen. Ihr seid nicht von königlichem Blut. Ihr seid kein Aquilonier, ja nicht einmal ein Hyborier. Ich fange an zu zweifeln, ob Ihr überhaupt ein menschliches Wesen seid.« Er hielt mit funkelnden Augen inne. »Also selbst wenn wir einander hassen, braucht Ihr mich so sehr wie ich Euch.

Nun heraus mit der Sprache! Welche Neuigkeit wollt Ihr mir berichten? Gute, hoffe ich. Schnell, erzählt!«

»Wenn Ihr nur endlich zuhören wolltet ... Ich stellte heute nachmittag unsere Horoskope und erfuhr, daß wir uns in unmittelbarer tödlicher Gefahr befinden.«

»Gefahr? Wovor?«

»Das weiß ich nicht. Die Zeichen waren unklar. Bestimmt kann es nicht von der Rebellenarmee sein. Mein Blick in die Astralebene, der von der gestrigen Botschaft Graf Ulrics bestätigt wurde, zeigte, daß die Rebellen jenseits Elymias ihr Lager aufgeschlagen haben. Ihre Situation ist jedoch hoffnungslos, und sie werden sich entweder bald zurückziehen, sich angesichts dieser verzweifelten Lage zerstreuen, oder völlig aufgerieben werden. Von ihnen haben wir nichts zu befürchten.«

»Könnte es nicht sein, daß dieser arme Teufel, Conan, sich an Graf Ulric vorbeistahl?«

»Leider sind mein Astralvisionen nicht deutlich genug, Einzelpersonen aus einer solchen Entfernung zu unterscheiden. Aber der Barbar ist ein verschlagener Halunke. Als Ihr ihn in die Flucht triebt, warnte ich Euch, daß Ihr ihn möglicherweise nicht zum letztenmal gesehen habt.«

»Ich hörte von Verrätermeuten in Sichtweite der Stadtmauern«, sagte der König mit zitternden Lippen.

»Das sind Gerüchte, nichts weiter. Es kann keine Wahrheit dahinterstecken, außer es hat sich ein neuer Führer unter den Unzufriedenen der Zentralprovinzen erhoben.«

»Angenommen, dieser Abschaum der Menschheit schwemmt tatsächlich an Land und gegen die Stadtmauern? Was können wir tun, ohne die Schwarzen Drachen? Es war

Eure Idee, sie zur Unterstützung von Graf Ulric auszuschikken.« Des Königs Stimme überschlug sich schrill, als Angst und Wut ihm die mühsam bewahrte Fassung raubten. Er tobte weiter:

»Ich überließ die Führung des Feldzugs Euch, weil Ihr Euch mächtiger Zauberkräfte brüstet. Jetzt sehe ich jedoch, daß Ihr in militärischen Dingen ein blutiger Anfänger seid. Ihr habt alles verpatzt! Als Ihr Procas nach Argos schicktet, sagtet Ihr, sein Eindringen würde mit der Rebellenbedrohung ein für allemal ein Ende machen, aber das war nicht der Fall. Ihr versichertet mir, daß dieses Ungeziefer nie den Alimane überqueren würde. Und wie war es wirklich? Die Grenzlegion wurde geschlagen und in alle Winde verstreut. Dann, ich zitiere Euch: haben die Rebellen keine Chance, die Imirianische Höhe zu überwinden! Trotzdem überquerten sie sie. Und schließlich die Seuche, die, wie Ihr so sicher wart, diese Banditen niederstrecken würde, und doch . . .«

»Eure Majestät!« Eine jugendliche Stimme unterbrach die Anschuldigungen des Königs. »Gestattet mir, einzutreten. Es ist äußerst wichtig!«

»Das ist einer meiner Pagen. Ich kenne seine Stimme«, sagte Numedides. Er erhob sich und schritt zur immer noch verschlossenen Tür zur Linken des Thrones. Als er den Schlüssel umgedreht hatte, stürmte ein Junge in Pagenlivree herein. Er keuchte: »Mein Lord! Der Rebell Conan hat den Palast besetzt!«

»Conan!« schrie der König. »Was ist geschehen? Sprich!«

»Eine Abteilung der Schwarzen Drachen – oder vielmehr, von Männern in ihren Uniformen, galoppierte zum Palasttor und ihr Führer rief, er brächte eine wichtige Nachricht von der Front. Die Wachen dachten sich wohl nichts dabei und ließen die Reiter hindurch. Aber ich erkannte den riesigen Cimmerier, als ich sein narbiges Gesicht in dem beleuchteten Vorraum erblickte. Ich sah ihn in der Westermark, ehe ich nach Tarantia kam, um Eurer Majestät zu dienen. Und so rannte ich, Euch zu warnen.«

»Willst du damit sagen, er überfällt uns und es sind keine Wachen im Palast außer ein paar grünen Rekruten mit ihren Großvätern?« Mit wutfunkelnden Augen wandte der König sich an Thulandra Thuu. »Los, Ihr hexerischer Halunke, sprecht schnell einen Abwehrzauber!«

Der Magier fummelte bereits mit seinem Stab herum und rief etwas in einer zischelnden, unbekannten Sprache. Während die klangvollen Worte durch den Raum hallten, geschah etwas Seltsames. Das Kerzenlicht trübte sich, als wäre das Zimmer mit kräuselndem Rauch oder wirbelnden Nebelschwaden aus den nassen Sümpfen erfüllt, und Modergeruch hing in der Luft. Immer dunkler wurde es, bis es im Privataudienzsaal so finster war wie in einem seit Jahrzehnten vermauerten Verlies.

»Habt Ihr mir das Augenlicht geraubt?« rief der König panikerfüllt.

»Still, Majestät! Ich habe einen Finsterniszauber über den Palast herabbeschworen, das ist eine magische Verteidigungsmaßnahme. Wenn wir die Türen versperren und uns nur im Flüsterton unterhalten, werden die Eindringlinge uns nicht finden.«

Der Page tastete sich vorsichtig über den Teppich zur Flügeltür, wo er den schweren Schlüssel drehte, während Alcina, geschmeidig wie ein Panther, die rechte Tür versperrte. Der König setzte sich auf seinen Thron. Er war zu verstört, auch nur einen Ton von sich zu geben. Alcina suchte den hageren Hexer und kauerte sich in stummem Flehen vor seine Füße. Der Page, der sich in dem Gemach nicht auskannte, wich unsicher von der Tür zurück und wünschte, er befände sich irgendwo in den engen Gassen von Tarantia. Nur das Schlagen der angsterfüllten Herzen brach die Stille.

Plötzlich schwang die Tür neben dem Pagen auf und ein Gesang in der alten hyborischen Zunge war zu hören. Die Schwärze zog sich zurück und das Licht der unzähligen Kerzen flutete wieder den Raum.

Auf der Schwelle der offenen Tür stand Conan der Cimmerier, mit einem blutigen Schwert in der Hand, während Dexitheus, der Mitrapriester, noch die letzten Worte seines mächtigen Gegenzaubers leierte.

»Tötet sie, Thulandra!« kreischte Numedides. Noch verängstigter drückte er sich beim Anblick seines ehemaligen Generals gegen die Rückenlehne seines Thrones. Er preßte das blutige Taschentuch an seine wunde Wange und stöhnte.

Thulandra Thuu hob seinen geschnitzten Stab, streckte ihn Conan entgegen und stieß in der Sprache seiner unbekannten Heimat einen Fluch aus oder rief die Hilfe eines fremdartigen Gottes herab. Ein gezackter Blitz löste sich wie eine lebende Flamme aus der Stabspitze und schoß auf Conan zu. Mit dem Krachen eines Donnerschlags zerbarst der Blitz funkensprühend an einer unsichtbaren Barriere.

Thulandra Thuu runzelte die Stirn und wiederholte seinen Zauber. Lauter klang seine Stimme diesmal und befehlender, und nun deutete sein Stab auf Dexitheus. Wieder schoß ein Blitz heraus und brach sich an einem unsichtbaren Hindernis.

Als Conan auf den Zauberer zuzuschreiten begann, schob sich Hauptmann Silvanus mit Rachedurst in den Augen an ihm vorbei und brüllte:

»Jetzt sollst du dafür bezahlen, daß du mir die Tochter bestialisch gemordet hast!«

Silvanus stürzte sich mit erhobenem Schwert auf den Zauberer. Doch ehe er drei Schritte getan hatte, deutete Thulandra Thuu erneut mit dem Stab und leierte seinen Spruch. Wieder zischte der Blitz und leuchtete in grellem

Blau. Diesmal hielt keine Barriere ihn auf. Silvanus stieß einen grauenvollen Schrei aus und fiel auf das Gesicht.

Ein Loch von der Stärke eines Männerdaumens zeichnete sich am Rücken auf seinem Harnisch ab, und der geschwärzte Stahl kräuselte sich wie die Blütenblätter der Todesrose. Rauch stieg daraus auf, und ein roter Fleck breitete sich über den Iranistanteppich aus und vermischte sich mit den Juwelenfarben seiner Knüpfung.

Conan verschwendete keine Zeit mit Trauer über das Geschick seines Gefährten, sondern stürmte mit hiebbereitem Schwert auf den Zauberer zu. Der aschfahle Page versteckte sich hinter dem Thron. Alcina und der König drückten sich an gegenüberliegende Zimmerwände.

Aber Thulandra Thuu war noch nicht am Ende seiner Kräfte. Er faßte beide Enden seines Stabes und hielt ihn mit ausgestreckten Armen vor sich, während er einen Zauber in einer Zunge sprach, die schon alt gewesen war, als die Fluten Lemurien verschlangen. Beim nächsten Schritt stieß Conan gegen ein merkwürdiges Hindernis, das ihn zum Stehen brachte.

Die unsichtbare Barriere war weich und nachgiebig, aber sie widerstand Conans heftigstem Angriff. Von seinem mächtigen Hals hoben sich Sehnen ab, seine Muskeln wanden sich wie Pythons. Doch das formlose Hindernis hielt stand. Als er sein Schwert in diese unsichtbare Substanz stieß, bemerkte er, daß Thulandra Thuus Stab sich in der Mitte bog, als zwänge eine starke Kraft ihn dazu, aber er brach nicht. Dexitheus' mächtigste Magie kam nicht gegen diesen Stab und den Schutz an, den er Thulandra Thuu bot.

Schließlich sprach der Hexer. Seine Stimme klang wie von der Last vieler schwerer Jahre gepreßt: »Ich sehe, daß dieser abtrünnige Mitrapriester Euch vor meinen Blitzen beschützt. Aber seine unbedeutenden Zauberkräfte schaffen es nicht, mich zu vernichten. Aquilonien ist die Mühe, die ich mir mit ihm machte, nicht wert. Ich werde mich in ein Land jenseits des Sonnenaufgangs zurückziehen, wo die Menschen meine Experimente und die Gabe des ewigen Lebens zu schätzen wissen. Lebt wohl!«

»Meister! Meister! Nehmt mich mit Euch!« rief Alcina und hob die Arme in demütigem Flehen.

»Nein, Mädchen, Ihr bleibt hier! Ich habe keine weitere Verwendung für Euch.«

Thulandra Thuu zog sich langsam zur Tür zurück, durch die er den Privataudienzsaal betreten hatte. Mit ihm bewegte sich die geschmeidige Barriere. Die Lippen zu einem freudlosen Grinsen gefletscht, die Augen wild funkelnd, folgte Conan dem Hexer Schritt um Schritt. Sein sehniger, muskelbepackter Körper zitterte von der Wut eines Löwen, dem man die Beute vorenthält.

Als sie die Tür fast gleichzeitig erreichten, begann Thulandra Thuu zuerst leicht zu schwanken und dann sich zu drehen. Er wirbelte um seine eigene Achse, schneller und immer schneller, bis seine dunkle Gestalt vor den Augen verschwamm. Plötzlich war er verschwunden.

Zur gleichen Zeit löste sich auch die unsichtbare Barriere auf. Conan sprang vorwärts, das Schwert zum mörderischen Hieb geschwungen. Mit einem wilden Fluch stürmte er auf den Korridor. Aber er war leer. Der Cimmerier lauschte. Auch keine Schritte waren zu hören.

Er schüttelte die zerzauste Mähne, als könnte er so diesen gespenstischen Eindruck abschütteln, und kehrte in den privaten Audienzsaal zurück. Dexitheus bewachte die andere Tür, Alcina drückte sich gegen eine Wand, der König saß auf seinem Thron und betupfte seine aufgeschlitzte Wange mit dem blutigen Taschentuch. Conan schritt auf ihn zu.

»Halt an, Sterblicher!« plärrte Numedides und deutete

mit einem fleischigen Zeigefinger auf ihn. »Wisset, Wir sind ein Gott! Wir sind König von Aquilonien!«

Conans rechter Arm, dessen Muskeln sich wie Schlangen wanden, schoß auf Numedides zu. Er packte den Monarchen am Kragen und zog den Wahnsinnigen auf die Füße. »Du meinst wohl, du *warst* König. Hast du noch etwas zu sagen, ehe du stirbst?«

Numedides schmolz wie das Wachs einer niederbrennenden Kerze. Tränen rannen über die feisten Backen und vermischten sich mit dem Blut, das immer noch aus der Wunde sickerte. Er sank auf die Knie und flehte:

»Erschlagt mich nicht, edler Conan. Ich habe Fehler begangen, aber ich tat alles zum Wohle Aquiloniens! Schickt mich in die Verbannung, ich verspreche Euch, ich werde nicht wiederkehren. Ihr könnt doch keinen alternden, unbewaffneten Mann töten.«

Mit verächtlichem Schnauben schleuderte Conan Numedides auf den Boden. Er wischte sein Schwert am Saum des königlichen Gewandes ab und schob die Klinge in die Scheide. Dann drehte er sich auf dem Absatz und sagte:

»Ich jage keine Ratten. Bindet diesen menschlichen Abschaum, bis wir ein Haus des Wahnsinns finden, wo wir ihn einsperren können.«

Eine plötzliche Bewegung, die er mehr spürte als sah, und das scharfe Einatmen Dexitheus' warnten Conan vor der drohenden Gefahr. Numedides war auf den Dolch mit der vergifteten Klingenspitze gestoßen, der Alcina aus der Hand gefallen war, und jetzt erhob er sich, um in seiner Verzweiflung dem Cimmerier die Klinge in den Rücken zu stoßen.

Conan wirbelte herum. Seine Linke schoß vor und erfaßte das herabsausende Handgelenk. Seine Rechte legte sich um Numedides' schwabbligen Hals. Mit den mächtigen Muskeln zwang Conan seinen heimtückischen Angreifer auf den Thron. Der König versuchte verzweifelt, mit seiner freien Hand Conans Finger zu lösen, während seine Beine zuckend um sich schlugen.

Als Conans Nägel tiefer in den weichen Hals drangen, quollen Numedides' Augen schier aus den Höhlen. Sein Mund war weit aufgerissen, aber kein Laut drang heraus, bis die anderen im Saal, die mit angehaltenem Atem zusahen, die Wirbel brechen hörten. Blut sickerte aus den Mundwinkeln und vermischte sich mit dem Speichel im Bart.

Numedides' wurde immer bläulicher, und allmählich erschlafften seine um sich schlagenden Arme. Der vergiftete Dolch fiel auf den Boden und glitt in eine Ecke. Conan behielt den Würgegriff bei, bis das Leben den fetten Körper verlassen hatte.

Schließlich gab der Cimmerier die Leiche frei, und sie sackte vor dem Thron zu einem unförmigen Haufen nieder. Conan holte tief Atem, dann drehte er sich schnell um und zog das Schwert aus der Scheide, als er das Klacken von Schritten und Rasseln von Waffen und Rüstungen auf dem Korridor hörte. Etwa zwanzig seiner Männer, die ihn im Palast gesucht hatten, drängten sich an der Tür zusammen. Alle verstummten und aller Augen hingen an ihm, als sie sahen, wie er mit gespreizten Beinen, das Schwert in der Hand und triumphierend funkelnden Augen neben dem Thron von Aquilonien stand.

Welche Gedanken Conan in diesem Moment durch den Kopf gingen, würde nie jemand wissen. Schließlich steckte er das Schwert in die Hülle zurück, bückte sich und riß die blutige Krone vom Kopf des toten Numedides. Mit einer Hand hielt er den schmalen Goldreif, mit der anderen öffnete er den Kinnriemen seines Helmes und legte ihn ab. Dann hob er die Krone mit beiden Händen und drückte sie auf seinen Kopf.

»Nun«, fragte er. »Wie sehe ich damit aus?«

Dexitheus fand seine Stimme als erster: »Heil, König Conan von Aquilonien!« rief er.

Die anderen nahmen den Ruf auf, und schließlich stimmte sogar der Page mit ein, der mit großen Augen in seinem Versteck hinter dem Thron kauerte.

Alcina kam mit den verführerisch wiegenden Schritten der Tänzerin, die Conan in Messantia so aufregend gefunden hatte, zu ihm und kniete anmutig vor ihm nieder.

»O Conan!« rief sie. »Immer nur liebte ich dich, doch ich stand im Zauberbann des Hexers und mußte tun, was dieser Unhold befahl. Verzeiht mir und ich werde für immer Eure getreue Dienerin sein!«

Stirnrunzelnd schaute Conan auf sie hinab und seine Stimme klang wie Donnergrollen in den Bergen. »Wenn jemand versucht hat, mich zu morden, wäre ich ein Narr, diesem jemand eine zweite Chance zu geben. Wärst du ein Mann, würde ich dich hier und jetzt töten. Doch ich vergieße kein Frauenblut. Verschwinde!« Er blickte sie finster an. »Bist du aber morgen noch in den Teilen des Landes, die mir ergeben sein werden, wirst du dein hübsches Köpfchen verlieren. Elatus, begleite sie in den Marstall und sattle ihr ein Pferd, dann bring sie aus Tarantia hinaus!«

Alcina ging. Die schwarze Fülle ihres seidigen Haares verbarg ihr Gesicht. An der Tür drehte sie sich noch einmal um und sah Conan an. Tränen glitzerten auf ihren Wangen. Dann verließ sie den Saal.

Conan stupste die Leiche Nemedides mit den Zehen. »Spießt den Schädel dieses Aasgeiers auf eine Lanze, zeigt ihn in der Stadt herum, dann reitet damit zu Graf Ulric in Elmyia und überzeugt ihn und seine Armee damit, daß ein neuer König in Aquilonien herrscht.«

Einer von Conans Soldaten bahnte sich einen Weg durch seine Kameraden im Audienzsaal. »General Conan!«

»Was gibt es?«

Der Mann hielt an und schnappte nach Luft. Seine Augen waren so groß wie Umhangknöpfe. »Ihr befahlt Cadmus und mir, das Palasttor zu bewachen. Vor einer kurzen Weile hörten wir ein Pferd mit einem Gefährt aus den Marställen kommen, doch wir sahen weder das eine noch das andere. Da deutete Cadmus auf die Straße, wo sich im Mondschein der Schatten eines roßgezogenen Wagens abzeichnete. Dieser Schatten flog dahin, doch was ihn warf, war nicht zu sehen!«

»Was habt ihr getan?«

»Getan? Was hätten wir tun können? Der Schatten glitt durch das offene Tor und verschwand entlang der Straße. Da eilte ich, es Euch zu melden.«

»Zweifellos des früheren Königs Zauberer mit seinem Diener«, sagte Conan zu den Anwesenden. »Sollen sie von dannen ziehen. Der Hexer sagte, er würde sich in ein fernes, östliches Land begeben. Er wird uns nicht mehr belästigen.« Er wandte sich an Dexitheus. »Wir müssen gleich morgen eine neue Regierung aufstellen. Ihr werdet Kanzler sein.«

Erschrocken rief der Priester: »O nein, Gen ... Eure Majestät! Ich muß von nun ab das Leben eines Einsiedlers führen, um zu sühnen, daß ich gegen die Gebote meines Ordens Zuflucht zur Magie nahm.«

»Wenn Publius erst hier ist, mögt Ihr das mit meinem Segen tun, wenn Ihr es wirklich so wollt. Doch inzwischen brauchen wir eine Regierung, und Ihr versteht etwas von Politik. Ruft die Ratsmitglieder und ihre Schreiber bis zum Mittag zusammen!«

Dexitheus seufzte. »Gut, mein Lord König.« Er schaute zu Silvanus' Leiche hinab und schüttelte betrübt den Kopf. »Ich bedauere den Tod dieses jungen Mannes sehr, aber mir fehlten die Kräfte, auch um ihn einen Schutzschirm zu errichten.«

»Er starb den Tod eines Soldaten. Wir werden ihn mit allen Ehren bestatten«, sagte Conan. Er drehte sich um. »Wo kann man in dieser Marmorscheune ein Bad nehmen?«

Das Haar gestutzt, den Bart geschabt, in schwarzen Samt gekleidet, saß Conan auf den Purpurkissen des Thrones im Privataudienzsaal. Alle Spuren von Gewalt waren beseitigt – die Leichen hatte man fortgeschafft, den Teppich von den Blutflecken gereinigt, den vergifteten Dolch vergraben. Ein erwartungsvolles Lächeln überzog des Cimmeriers narbiges Gesicht.

Da platzte Kanzler Publius mit mehreren Schriftrollen unter dem Samtärmel herein. »Mein Lord«, rief er. »Ich habe hier ...«

»Croms Teufel!« donnerte Conan. »Können die Amtsgeschäfte nicht warten? Prospero wird gleich mit zwanzig ausgesucht schönen Mädchen kommen, die sich darum drängten, dem König Gesellschaft leisten zu dürfen. Ich soll eine Bettgefährtin unter ihnen auswählen.«

»Sire!« sagte Publius streng. »Einige dieser Angelegenheiten verlangen Eure sofortige Entscheidung. Es wird den jungen Damen nicht schaden, ein wenig zu warten.

Hier ist beispielsweise ein Gesuch der Baronie von Castrien. Sie bitten Euch, ihre Säumnis in der Bezahlung ihrer rückständigen Steuern mit Nachsicht zu behandeln. Hier sind die Aufstellungen des Schatzmeisters. Und hier die Schriftstücke der Advokaten im Rechtsstreit Phinteas gegen Arius Priscus zur Berufung vor dem Thron. Dieser Fall zieht sich bereits seit sechzehn Jahren ohne endgültige Entscheidung dahin.«

»Dann wird er auch noch weiter warten können.«

»Hier ist ein Schreiben von einem Quesado von Kordava, einem früheren Spion Vibius Latros. Mir deucht, wir hatten bereits mit ihm zu tun.«

»Was will der Hund?« schnaubte Conan.

»Er ersucht um Anstellung in seiner früheren Eigenschaft als Agent des Geheimdiensts Seiner Majestät.«

»Ja, er war gut, wenn es darum ging, sich vor Weinstuben herumzutreiben und sich wie ein Betrunkener oder geistig Unbedarfter zu benehmen. Gebt ihm einen Posten – auf Probe! Aber schickt ihn nie als Gesandten an einen benachbarten Hof!«

»Darauf könnt Ihr Euch verlassen, Sire. Hier ist ein Gnadengesuch für Galenus Selo. Und hier ein Bittschreiben der Kupferschmiedgilde. Sie möchten ...«

»Götter und Teufel!« brüllte Conan und hieb mit behaarter Faust in die Hand. »Warum warnte mich niemand, daß das Amt des Königs mühseligen Kleinkram mit sich bringt? Da wäre ich ja fast lieber ein Pirat auf hoher See!«

Publius lächelte. »Selbst die leichteste Krone drückt zu mancher Zeit. Ein Herrscher muß herrschen, wenn er nicht will, daß ein anderer es an seiner Statt tut. Der verstorbene Numedides entzog sich seinen Pflichten und wurde ...«

Conan seufzte. »Ja, ja. Ihr habt sicher recht. Croms Fluch! Page! Bring einen Tisch und breite die Schriftstücke darauf aus! Und jetzt, Publius, zuerst die Aufstellung des Schatzmeisters ...«